전교생의 사랑

전교생의 사랑

박민정
소설

문학동네

차례

전교생의 사랑 007

나의 사촌 리사 043

나는 지금 빛나고 있어요 071

하루미, 봄 097

누군가 어디에서 나를 기다리면 좋겠다 127

아직 끝나지 않은 여름 157

미래의 윤리 187

약혼 219

헤일리 하우스 257

해설 | 소영현(문학평론가)
이야기로 저널리즘 하기 289

작가의 말 311

전교생의
사랑

신이 가끔 내게 나쁘지 않은 선물을 줄 때가 있었다. 그 시절 나는 주목받는 것을 좋아했다. 이모가 하라는 대로 했을 뿐인데 다들 나더러 천재라고 했다. 이모 말만 잘 들으면 뭐든 어렵지 않았다. 때론 이렇게 술술 풀려나가도 되나, 싶었다. 그 생각을 너무 어릴 때 했다는 게 문제였다. "이번 한 번만 세리에게 양보하자." 회사에서 그렇게 말했을 때 나는 중학생이었다. 합격 통보를 받은 사람은 애초에 세리가 아니라 나였다. 독식하면 안 되는 거라고 했다. 독식이라는 말도 그때 처음 배웠다. 누군가 지나가는 말로 나는 지는 애고 세리가 뜨는 애라고 했다. 열다섯 살의 나는 그렇게 졌다. 공식 팬클럽 회원수가 몇백만 명이라는 가수가 오 년 만에 컴백하는 곡의 뮤직비디오 주인공은 세리가 되었다. 나는 그때 그만두었다. 이번 한 번만, 이라고 했지만 다시는 내게 기회가 오지 않았다. 그때 어영부영 그만두었던 것 역시 신이 내게 준 선물이라고, 이제는 생각한다.

*

  학교에 돌아온 나는 국영수와 음미체에 적응해나갔다. 내겐 국영수보다 음미체가 좀더 어려웠다. "배우가 왜 이렇게 몸을 못 써?"라고 말하는 교사도 있었다. 나는 아주 오랫동안 그 말을 생각했다. 이젠 배우가 아닌데 여전히 나를 배우라고 부르는 사람들. 내가 정말 배우였었나 싶을 때도 있었다. 그 시절을 돌이키다보면 가장 많이 떠오르는 장면은 운전하던 이모의 뒷모습이었다. 나는 이모가 몰고 다니던 소나타 뒷좌석을 침대라고 불렀다. 쪽잠에 들기를 반복하다보면 해가 지는지 뜨는지 구분할 수 없었다. 이모가 시동을 걸고 사이드브레이크를 내리는 순간에 대체로 나는 곯아떨어졌다. 그러다 코끝을 자극하는 탄내에 눈을 뜨면 이모가 시가잭으로 담뱃불을 붙이고 있었다. 그때마다 조금 열어놓은 창틈으로 바람이 미친듯이 불어들었다. 언제나 고속도로였다. 때론 이모가 좋아하는 엔카를 들었지만 주로 뉴스를 들었다. 이모가 틀어놓은 라디오 뉴스에서 흘러나오는 말들이 로파이 배경음악처럼 귓가에 꽂혔고 나는 그 말들을 곱씹으며 잠에 빠져들었다. 하나회 척결, 노태우의 비자금 오천억원, 한보그룹 정태수 회장 비리, 성공한 쿠데타는 처벌할 수 없다, 개가 짖어도 기차는 간다……

배우는 몸을 쓰는 사람이라는 걸 배우를 그만두고도 한참 후에야 조금 이해할 수 있었다. 대본을 읽고 연기 지도에 충실히 따르는 일은 내게 몸을 쓰는 일과는 다르게 여겨졌다. 현장에서는 누구든 내게 연기 지도를 했다. 감독은 물론이고 수많은 선배 연기자, 그리고 때론 이모도. 나는 학습이 빨랐고 암기를 잘했다. 학교에 돌아와서도 대본을 읽듯 교과서를 읽었다. 그때처럼 밑줄을 긋고 포스트잇을 붙이고 필기를 했다. 시나리오를 이해하는 일보다 교과서를 이해하는 일이 훨씬 쉽다는 건 금방 깨달았다.

내가 학교로 돌아온 해에 첫 발령을 받은 체육교사는 처음에는 열정이 넘쳤다. 막 군대를 전역한 그는 다른 체육교사와 달리 양복을 입었다. 젊고 만면에 미소를 띤 교사에게 학생들은 열광했다. 그러나 어느 날부터 학생들은 체육교사를 욕하기 시작했다. 운동장에서 보니 교실에서보다 훨씬 못하다고 지껄여 댔다. 잘생긴 남자인 줄 알았는데 막상 운동장에서 보니 키도 작고 왜소하다는 이유였다. 체육교사의 얼굴에서 미소가 점점 사라져갔다. 학생들이 인사하면 같이 묵례하며 다른 교사들과는 다르게 친절하고 깍듯한 태도를 보였던 그는 몇 개월 만에 그야말로 '흑화'해버렸다. 그가 서서히 미친개가 되어가는 과정을 나는 똑똑히 봤다. 군대식으로 열을 맞췄고 누군가 작게 웃음을 터뜨리기만 해도 발작하듯 고함을 지르며 화를 냈다. 한 사람이 잘못하면 모두가 함께 벌을 받아야 한다며 단체 기합을 줬다. 그의 얼굴색마저 잿빛으로 변해갔다. 나는 잊지 말자고 생각했다. 그가 아직 미친개가 되기 전의 모습을. 양복을 입고 웃으며 아이들의 인사를 받아주던 모습도. 그리고 줄넘기를 하기 싫다고 칭얼거리는 나를 달래던 모습까지.

체육 시간에 나는 아무것도 할 줄 몰랐다. 뜀틀을 가볍게 뛰어넘는 아이들, 평균대에서 똑바로 중심을 잡고 성큼성큼 걸어가는 아이들, 오래달리기 시간에 운동장을 가볍게 몇 바퀴 도는 아이들, 피구 경기에서 신나게 공을 던지는 아이들을 나는 멍하니 봤다. 나는 배우를 그만두고 너무 빨리 인생의 실패를 맛봤지만 그 맛에는 오히려 아주 짜릿한 구석이 있다고도 생각했다. 성년이 되기까지는 한참 멀어 보였고 그만큼 내게는 무엇이든 다시 시작할 기회가 있을 줄로 알았다. 배우는 그만뒀지만 공부를 열심히 해서 변호사가 되거나 드라마 작가가 될 수도 있다고 믿었다. 어쩌면 올림픽 챔피언이 될지도 모른다고 생각했다. 애국가가 울려퍼지는 무대 가장 높은 곳에 올라 금메달을 치켜들지도 모른다고. 품새를 아름답게 선보이는 태권도 국가대표가 되거나, 땡볕에 완주하고 주경기장에서 세레모니를 하는 마라톤 국가대표가 될 수도 있다고. 안 될 게 뭐가 있어? 나는 국민의 절반 이상이 생방송으로 지켜본 백호영화상의 주인공이 되어본 적도 있었는데. 그러나 체육 수업을 시작하자마자 그런 기대가 얼마나 지독하게 헛된 망상이었는지 알게 되었다. 좌향좌와 우향우라니, 왼쪽과 오른쪽을 구분하지 못하는 것도 아닌데 다른 아이들보다 반박자 늦게 움직였다. 여학생들끼리 피구 경기를 할 땐 당연히 누구도 나를 팀원으로 지목하려 들지 않았다.

학급에서 가장 체육을 못하는 애로 찍히기까지는 오래 걸리지 않았다. 나는 인생뿐만 아니라 내 몸마저 패배했다는 걸 인정했다. 언젠가부터 나는 스탠드 세번째 줄에 하염없이 앉아 있었다. 불볕더위에 운동장 한가운데에서 피어오르는 아지랑이처럼 현장에서 슛 들어가던 순간이 불현듯 펼쳐지는 것 같았다. 나는 이렇게 아무것도 아닌데 한때는 천재 아역이라고 불렸고 신문에서는 내 사진 밑에 미래가 가장 기대되는 청소년이라고 썼다. 아직 흑화하기 전의 체육교사가 내게 줄넘기를 내밀며 말했다.

"우리 민지, 오늘은 선생님이 반드시 성공시킨다."

나는 고개를 절레절레 저었다.

"줄넘기는 못해요."

"그러지 말고 해보자. 하면 다 할 수 있어."

"선생님, 하고 싶다고 다 할 수 있는 건 아니잖아요."

"민지는 뭐든 할 수 있잖아?"

나는 입을 다물어버렸다. 만약 줄넘기를 넘는 장면이 필요하다고 촬영장의 모든 어른이 나를 설득하는 상황이었다면 할 수 있었을까. 구석에서 노려보는 이모를 생각하며 어떻게든 해냈을지도 모른다. 그러나 체육교사의 말은 내게 전혀 설득력이 없었다.

"선생님, 줄넘기를 왜 해야 되는데요?"

"음, 일단 체력장 종목에도 있고."

"체력장 점수 0점 맞아도 괜찮아요."

"그러지 말고. 그러지 말고. 선생님이 이프로 사줄 테니 해보자."

그는 자주 '그러지 말고'라는 말로 나를 부드럽게 설득했다. 빈말인 줄 알았는데 그는 정말로 당시 가장 유행했던 이프로캔을 사 들고 왔다. 패키지에 그려진 둥근 복숭아를 빤히 볼 뿐 미동도 하지 않자 그가 내 팔을 잡아끌었다.

"자, 이제 줄넘기해야지."

나는 이프로까지 받아먹고도 끝내 줄넘기를 하지 않았다. 그런 내게 조금도 화내지 않았던 체육교사를 누가 미친개로 만들었나. 오랜 시간이 흐른 후에도 나는 이프로를 내밀며 나를 설득하던 그를 종종 떠올렸다. 부임한 지 반년 만에 군대 조교처럼 변해버린 그는 그로부터 이십 년쯤 흐른 지금 어떻게 되었을까. 그때보다 더 시든 잿빛 얼굴로 운동장에서 아이들을 굴리고 있을까. 매년 새로운 아이들을 만나도 거듭 혐오하고 또 혐오하면서, 첫해에 만났던 괴물 같은 아이들을 아직도 저주하면서 살아갈까. 민지는 뭐든 할 수 있잖아, 그 말을 듣고 이 사람 역시 나를 과거의 천재 아역 배우라고 생각하는구나, 싶어서 입을 다물어버린 기억이 난다. 꺼림칙한 불편함에 사로잡혔던 이유는 사람들이 나를 알아본다는 것 자체가 내 실패를 증명하는 일 같다고 생각해서였다. 나는 아직도 줄넘기를 못한다.

*

그래도 신은 언제나 내게 한번 더 기회를 준다. 연기보다 더 재미있는 일을 나는 금방 찾아냈다. 입시도 그다지 어렵지 않게 치렀다. 수능시험은 패턴을 정확하게 분석한 후 응용하면 그만이었다. 평범한 학생으로 빠르게 돌아갔던 만큼 나는 인기의 각축장에서 멀어진 '일반인'의 삶으로 쉽게 복귀할 수 있었다. TV에 나오는 세리를 보면 근심을 감추지 못하던 엄마도 점점 옛일을 잊어갔다. 중심 상가에 들어선 화장품가게에서 실물만한 세리의 등신대를 볼 때마다 어쩔 수 없이 머릿속이 어두컴컴해져 고개를 숙이고 말았던 나도 금세 그 시기를 지나왔다. 정작 커다란 등신대는 화장품가게가 폐업한 후에도 한동안 부주의하게 방치되어 색이 바래갔다. 마치 생물이라도 되는 것처럼 쓸모를 다하자 빠르게 빛을 잃는 것 같았다.

이제 나를 기억하는 사람은 없다. 그러나 세리는 아직도 종종 인구에 회자되었다. 또래들이 열광했던 화장품 광고, 생리대 광고, 청바지 광고에 등장했던 세리는 마치 등신대처럼 영원히 그 모습 그대로 인터넷에 박제되었다. 잊을 만하면 한 번씩 기사화가 되기도 했다. 세리는 나보다 더 오래 성공했고 그만큼 더 늦게 실패했기 때문이었다. 세리는 그야말로 '실패한 아역의 가장 나쁜 예시'로 사람들 입에 오르내렸다. 세상에는 조디 포스터, 내털리 포트먼, 커스틴 던스트 같은 '잘 자란 아역'이 존재하는 한편, 소위 '역변하거나 타락한 아역'도 분명 존재했다. 대중은 아역의 얼굴이 조금만 변해도 '역변' 운운했다. 자신들이 만들어놓은 완벽한 아역의 이미지에서 조금만 벗어나도 안타까워하며 한마디씩 말을 얹었다. 턱이 자란 것 같다, 가르마가 이상해졌다, 키가 저만큼 크니 예전 같은 귀여움이 없다…… 역변이 아닌 정변이 되는 길은 정말로 험난해 보였다. 만약에 대중이 아직도 최민지를 기억한다면, 그들은 정말 놀랄 것이다. 지금 내 모습은 그들이 말하는 역변 중 역변일 테니까.

　세리는 얼굴이 변한 쪽은 아니었다. 굳이 말하자면 타락한 쪽에 가까웠다. 대학에 들어가자마자 사고를 친 세리의 소식은 연일 언론을 도배했고, 기자들은 하필 화장기 없는 초췌한 얼굴에 플래시를 맞아 눈을 게슴츠레 뜬 세리의 사진을 기사에 실었다. 사람이 가진 다양한 표정 중에 가장 '타락한 것 같은' 표정을 한 세리의 사진은 그후로도 오랫동안 인터넷을 돌아다녔다. 그럼에도 불구하고 세리가 연기에서 연출로 전공을 바꾸고 유학을 다녀오고 지금은 연출가로 활동하고 있다는 건 아무도 몰랐다. 대학로 무대가 비주류여서이기도 하겠지만, 사람들은 아직 세리가 살아 있다는 데 관심이 없었다. 나는 그 사실에 때로 놀랐다. 그녀는 아역으로서는 실패했을지 몰라도 인간으로서는 실패하지 않았다. 그러나 인터넷에는 열다섯 살의 가장 빛났던 세리와 스무 살의 타락한 세리가 서로 상반된 모습으로 콜라주된 사진만 돌아다녔다.

　그런 세리와 이십 년 만에 대학로에서 우연히 마주쳤다. 우리는 어색하게 웃으며 인사를 나눈 뒤 누가 먼저랄 것도 없이 연락처를 주고받았다. 무척 반갑기는 했지만 세리와 계속 연락을 하게 되리라고는 생각하지 않았다.

　'지난번에 아트센터 앞에서 만났을 때, 너무 반가워서 눈물이 났어. 사실은 가끔 영주 선배님께 네 근황을 들었는데, 이

렇게 우연히 마주칠 줄이야. 영주 선배님께도 드리지 못한 말이 있는데……'

세리는 나밖에는 말할 사람이 없을 것 같다며 문자를 했다. 그 오랜 시간을 서로 소식도 잘 모르고 살았는데 아직도 나밖에 없다는 말이 안쓰럽기도 하고 다소 난처하기도 했다.

세리가 알려준 대로 나무위키에 접속했다. 세리가 연극 공부를 계속하고 현재는 연출가로 활동한다는 사실을 누군가 용케 알아냈다고 했다. 세리에 관한 첫번째 서술을 보자마자 간담이 서늘해졌다. '타락한 아역 배우의 상징이었으나 특기생으로 진학한 국립 예술대학에서 연극을 전공해 현재는 연출가로 활동중인 인물.' 나무위키 인물 정보란 뭘라까, 사실과 주관이 아무렇게나 뒤섞여 있었고 특히 '논란 및 사건 사고' 같은 항목은 익명의 다수가 작성한 연판장 같다는 느낌을 주었다. 세리의 이름으로 도배되는 기사나 끔찍한 악플을 보긴 했었지만 일목요연하게 정리돼 있는 걸 보자니 새삼스러웠다. 어느덧 세리는 그들이 서술해놓은 바로 그 사람이 되어 있었다. 나무위키만 보자면 그랬다.

세리가 내게 연락한 이유, 바로 그 '논란 및 사건 사고' 항목의 5-1번 내용을 목전에 두고 무심코 나는 단 한 번도 검색해보지 않은 내 이름을 나무위키 검색창에 입력해봤다. 내 이름과 생년, 출연작 몇 개가 간단히 떴다. 내게는 '여담'이라는 항목이 있었다.

여담에는 세리와 내가 함께 출연했던 그 영화, 아직까지는 세리가 조연이고 내가 주연이었던 시절, 나에게 백호영화상 아역상을 안겨주었던 작품, 〈전교생의 사랑〉과 관련한 짧은 서술이 있었다. 전교생의 사랑. 아주 오랫동안 나는 그 제목을 똑바로 보지 못했다. 찰나와 같은 반짝임과 오랜 절망을 안겨준 작품. '요즈음이라면 절대 나오기 어려운 작품이었을 것이다. 감독의 고집과 예술적 열망, 광기가 서려 있는 작품이다. 1982년작 일본 영화 〈전교생Exchange Students. 転校生〉의 리메이크작이다. 한국어 표현으로는 '전학생', 그러나 감독은 고집대로 일본식 표현을 제목에 그대로 사용했다. 주연이었던 최민지는 호연을 펼쳐 흥행과 상관없이 백호영화상 아역상을 수상했으나 이 작품을 마지막으로 더는 배우 생활을 이어나가지 못했고 이후 근황은 알려져 있지 않다……'

나는 그 대목을 몇 번이나 곱씹으며 읽었다. 정작 나에 대한 정보는 많지 않았고 눈여겨볼 부분도 딱히 없었으나, '요즈음이라면 절대 나오기 어려운 작품'이라는 말에 눈길이 오래 머물렀다. 과연 무슨 뜻일까. 감독의 고집이라거나 열망이라거나 광기, 그게 무슨 말인지는 나도 잘 알고 세리도 익히 아는 바였다. 감독은 이미 십 년 전에 죽었다. 그는 오랫동안 알코올중독으로 살다가 고독사했다. 기사가 몇 줄 나왔으나 누구도 그 죽음에 그다지 주목하지 않았다. 영화에 출연했던 영주 선배님도 나도 세리도 장례식장에 가지 않았다. 우리뿐만 아니라 그와 작업했던 어떤 배우도 조문을 가지 않았다고 들었다. 놀라울 것도 없는 사실이었다.

나무위키란 이상한 하이퍼텍스트였다. 세리가 봐달라고 부탁한 5-1을 잠시 잊고 나는 감독 소개 페이지에 접속해 그의 필모그래피를 눌러봤다가 어느덧 원작 영화 〈전교생〉 페이지에 도달했다. 이내 원작 〈전교생〉의 주연이 누구였는지 알게 된 나는 잠시 당황했다. 당시 주연이었던 배우는 지금은 일본에서 존경받는 '국민 어머니'로 불리는 사람이었다. 그녀가 출연한 작품을 나도 꽤 많이 봤지만 그 사람이 그 사람이리라고는 미처 알아채지 못했다. 지금은 머리칼이 희끗한 그녀가 워낙 오래전에 찍은 영화였고 무엇보다 〈전교생의 사랑〉이 그렇듯 원작 〈전교생〉도 청소년 관람 불가였다. 당시에는 '연소자 관람 불가'라는 말을 일반적으로 썼고 줄여서 '연불 영화'라고 부르기도 했다. 나도 세리도 개봉 당시에는 우리가 출연한 작품을 보지 못했다. 아역 배우는 작품의 흐름을 파악하기 위해 각본은 전부 검토할 수 있으나, 모니터링은 자신이 출연한 장면만 할 수 있었다. 훗날 세리는 말했다. 미성년자 시절에 출연한 영화는 단 한 편도 볼 수 없었다고. 성인이 된 후에도 그 작품들을 보지 않았다고. 나와 같은 이유였다. 영화를 볼 수 있는 성인이 된 우리에게는 그 작품들을 떠올리는 것조차 고역이었다.

1982년으로부터 너무 많은 시간이 흘렀지만 〈전교생〉의 아역은 이제 예쁜 접시에 요리를 담아내고 화단에 핀 풍성한 꽃에 물을 주는 어머니나 할머니 역을 맡으며 그토록 오래 살아남았다. 과거 그녀는 아무 말도 하지 않았을 것이다. 발설하지 않았을 것이다. 고독사로 세상을 떠난 홍감독이 나와 세리에게 요구했던 장면, 그 장면을 그녀는 촬영했다. 그 장면은 영화를 소개하는 스틸 컷 중에서도 대표적인 이미지였다. 우리는 그 장면을 찍는 대신 다른 장면을 찍었다. 홍감독이 오마주하고 싶어 미쳐 날뛰었던 그 장면과, 타협하고 찍은 다른 장면 중에 뭐가 더 찍기에 나았느냐고 묻는다면 대답하긴 어려울 것이다. 그러나 단언컨대 원작 〈전교생〉의 그 장면을 고작 열다섯 살에 촬영한 사람이라면 어딘가 망가졌을 것이다. 그런 장면을 찍고도 망가지지 않았다면 그 자체로 망가진 것이다. 나는 확신할 수 있었다.

세리가 내게 봐달라고 했던 5-1의 내용은 이랬다. 〈전교생의 사랑〉까지만 해도 주인공의 친구 역에 불과했던 이세리가 불현듯 극적으로 성장한 사실에 대해 당시 언론에서 자와자와 한 까닭은 그녀가 아역 배우였음에도 불구하고 영화계에 큰 영향을 미치고 있었던 홍감독과의 염문이 있었기 때문이다

(라는 카더라가 있다).

대단한 사실을 아는 척하지만 사실은 아무것도 아는 게 없는 문장. 정보값이라고는 없고 누더기처럼 이런저런 단어를 기워붙인 조잡한 문장. 뭔가 일갈하는 척, 폭로하는 척하지만 괄호 안으로 숨어버리는 비겁한 문장. 그 항목을 대면한 세리가 느꼈을 황당함과 분노에 전이되는 걸 방어하듯 나는 서술자의 글솜씨부터 평가했다. 연기보다 더 재미있는 일은 글을 쓰는 일이었다. 세리도 글을 쓰긴 했으나 자신을 글쓰는 사람이라고 말하지는 않았다. 나는 글을 쓰는 사람이 되었다. 그런 내가 보기에 나무위키의 서술은 내용 따위를 떠나 문장부터 엉망이었다. 그러나 허접한 문장을 뜯어보는 와중에도 나는 내가 외면하는 것이 무엇인지 알았다. 나도, 세리도, 그때 당시 이미 삼십대의 어른이었던 영주 선배님도, 영영 가는 순간까지 모른 척하고 싶었던 사람, 홍감독.

세리는 내게 아역 시절의 모든 기록으로부터 자유로워지고 싶다고 말했다.

*

세리도 나도 우리가 다시 가까워질 수 있으리라고 생각하지 않았다. 어린 시절에도 우리는 어른들에 의해 라이벌로 불렸다. 내가 아주 어릴 적부터 매니저를 맡아주었던 이모는 내 앞에서 세리를 욕하곤 했다. 세리가 내게 못되게 군 적도 없는데 이모는 늘 세리를 두고 못된 애라고 했다. 세리는 착한 아이라고 말하면, 이모는 짜증난다는 듯 미간을 좁히며 뇌까렸다.

"이세리, 걔는 얼굴에 욕심이 많잖니."

나보다 키가 더 크고 팔다리가 길쭉길쭉했던 세리. 주로 누아르 영화에 출연해 피비린내가 난무하는 세상에서 버림받거나 구출되는 아이를 연기했지만, 광고에 출연할 때는 누구보다 빛났던 스타. 극장 스크린 속에선 내내 불쌍한 아이였지만 공중파 가요 프로그램에서는 반짝이는 마이크를 들고 아이돌 가수와 즐겁게 이야기를 나누는 연예인이었던 세리. 이모는 흠잡을 구석이 없어 세리를 얼굴에 욕심이 많은 애라고 흉봤다. 훗날 세리가 사고를 쳐서 대서특필되었을 때 이모는 그럴 줄 알았다고 말하며 혀를 찼다. 그게 내가 될 수도 있었다는 생각은 이모나 엄마나 그 누구도 하지 않는 것 같았다.

다시 만난 세리와 나는 서로를 조금 경계하며 대했다. 이미 우리는 많은 사람을 잃어봤고 다른 사람에게 속내를 진솔하게 털어놓았다가 그걸 약점 삼아 공격당하는 얄궂은 경험도 제법 해본 터였다. 나만 그런 줄 알았는데 세리도 그랬다고 했다. 언젠가부터 새로운 친구를 만드는 일은 고사하고 남아 있는 사람들이라도 지키고 싶은데 사소한 오해와 무심함, 이간질로 인해서 불화가 생겼다. 그런 경험들이 누적되다보니 학창시절이 자주 떠올랐다. 나를 아역 배우로 기억하는 사람이 아직 많았던 시절에도 학교 집단에서 따돌림당했던 적은 없었다. 그건 당연한 일이어야 했으나 도리어 기이한 일로 여겨졌다. 그래서 나이가 들수록 새로운 사람을 사귀는 일이 두려워졌다. 나나 세리나 호기심으로 다가왔던 사람이 돌변하는 모습을 살면서 너무 많이 경험해왔다. 우리가 서로에게 그러지 않으리란 법도 없었다.

우리가 마지막으로 만났던 20세기로부터 이만큼 지나왔는데, 나는 작가가 되고 세리는 연출가가 되었는데, 홍감독도 이미 죽고 그의 뼛가루조차 어디에도 없을 텐데, 그런데 우리는 아직 〈전교생의 사랑〉에 머물러 있었다. 더욱이 세리나 내가 연락하는 그 시절 사람은 영주 선배님이 유일했다. 세리와 만나자는 약속을 잡을 때 자연스럽게 영주 선배님과 함께 보자는 말이 나왔다. 영주 선배님은 가끔 문자로 언제나 응원한다는 말, 네가 괜찮다면 난 언제든 만날 수 있다는 말을 건네주었다. 영주 선배님을 가끔 아침 드라마 화면에서는 봤지만 만남을 청할 용기는 나지 않았다. 예나 지금이나 그녀는 어른이었고 시간을 내달라고 하는 건 실례 같기만 했다. 세리와 나는 대학로의 오래된 카페 발코니에 나란히 앉아 레모네이드를 마셨다.

"여기에서 예전에 〈관객모독〉 배우에게 응원한다고 소리친 적 있어."

세리가 말했다.

"네가?"

"아니, 나는 그럴 용기까진 없었지. 같이 관람한 내 친구가 그랬어. 방금 전까지 무대에 있었던 사람인데 퇴근길은 너무나 쓸쓸해 보인다고. 저 길로 아르바이트 갈 것 같다면서."

"그럴 수도 있겠네."

"그런데 지금 생각하면 그래. 그 사람은 그런 응원을 받고 기분이 어땠을까. 잘나가는 사람에겐 굳이 응원 같은 거 하지 않잖아. 힘들어 보이는 사람에게 힘내라고 하는 거잖아."

세리는 한숨을 길게 한 번 내쉬었다.

"염문이라."

"세리야, 진짜 지독하지 않니? 어떻게 이날 입때까지 그따위 말들이."

"내가 그런 짓만 안 했어도 그따위 말은 안 나왔을지 몰라. 워낙 미친 애니까 나는, 욕해도 되니까, 그런 말까지 나오는 거 아니겠어. 너는 나를 믿니?"

그날 세리는 뜬금없이 자신이 좋아하는 넷플릭스 시리즈 이야기를 꺼냈다. 어린 시절 학교에서 망신당하는 영상이 유튜브에 박제된 인물이 자신이 '잊힐 권리'에 대해 주장하는 에피

소드를 두고 세리는 말했다.

"그런 게 있다는 걸 처음 알았어. 잊힐 권리. 그런데 우리에겐 해당되지 않겠지. 우리는 그 장면을 돈 받고 판 배우였으니까."

나는 이모의 소나타를 타고 다녔고 세리는 아빠의 엘란트라를 타고 다녔다. 엘란트라가 내가 기억하는 세리 아빠의 마지막 차였다. 그 이야기를 하자 세리는 웃으며 아빠 차는 엘란트라 이후 포텐샤로, 그랜저로, 에쿠스로 바뀌었다가 돌연 아반떼에 정착한 지 오래라고 말했다.

"아빠가 자동차 욕심 좀 부려보려고 했다가 소심하게 포기했지. 워낙 여론도 안 좋았고."

보호자이자 매니저로서 세리와 나보다 더한 긴장감으로 서로를 보던 세리 아빠와 이모의 모습이 새삼 떠올랐다. 촬영장에서 세리가 칭찬을 받으면 이모는 얼굴에서 표정을 지우려 애썼고 내가 칭찬을 받으면 세리 아빠가 눈을 내리깔았다. 정작 우리는 홍감독이 화를 내는 것보다야 화기애애한 분위기가 훨씬 좋았기 때문에 누가 칭찬받든 상관없었다. 세리와 나는 서로의 조각난 기억을 맞춰보며 웃음을 터뜨리기도 하고 잠시 숙연해져 입을 다물기도 했다.

그뒤로도 우리는 만남을 이어갔다. 나는 예술인복지재단에서 일했고 세리는 공연이나 강의 때문에 대학로에 상주해 있었으므로 우린 항상 대학로에서 만났다. 골목골목 오래된 가게가 많았다. 우리는 넓은 발코니가 있는 카페와 식당을 자주 찾았다. 천장에 잔뜩 매달린 아라베스크 오너먼트, 오래된 유럽풍의 카펫과 테이블보, 파르페와 레모네이드와 체리코크, 반숙 달걀이 올라간 나폴리탄 스파게티와 카레를 곁들인 햄버그스테이크, 그런 것들이 막연한 옛 시절에 대한 향수를 불러일으켰다. 오래전부터 변하지 않은 풍경, 무명 희극배우들이 보도에 늘어서서 공연을 홍보하는 모습이나 봄이 되면 곳곳에서 프리지어를 파는 모습들. 낮밤이 다르고 평일과 주말이 다른 마로니에공원의 정경. 사람이 없으면 없는 대로 또 있으면 있는 대로 공원에 앉아 있는 게 좋았다. 공원에 앉아 있을 때 나는 카페에서 사 온 아이스커피를 마셨고 세리는 주로 캔맥주를 마셨다. 술을 못하는 나는 끝도 없이 맥주를 마시는 세리가 가끔 신기했다. 세리는 금세 한 캔을 비우고 빈 캔을 손으로 우그러뜨리기를 반복했다. 캔을 우그러뜨릴 때 세리는 무척 신난 듯했다. 세리는 살짝 불콰해진 얼굴로 내게 웃어 보였다.

"미안. 술 때문에 인생 조져놓고도 여전히 이런다."

그런 말을 한 적도 있었다.

하지만 인생 조졌다는 건 단지 말버릇일 뿐이라고 덧붙였다. 세리는 배우를 더이상 못하게 되었다고 해서 인생이 망했다고 생각하지는 않는다고, 진심이라고 말했다. 배우를 그만

두지 않았다면 지금의 삶은 못 살아봤을 텐데, 이번 생에 두 개의 평행우주를 모두 체험한 셈이니 나쁘지 않다고. 그건 일본에서 유학할 때 몇십 년 동안이나 샤베쿠리 만자이(しゃべくり漫才, 만담)가로 활동해온 배우가 해준 말이라고 했다. 워낙 오랫동안 어른의 삶을 대신 견뎌주지 않았느냐, 이제는 너의 인생을 살아라, 라고 했다면서. '너의 인생을 살아라'는 다소 작위적인 말이기는 했지만 선배가 후배에게 해줄 수 있는 덕담으로서 그만한 말이 또 있을까 싶었다.

"그런데 그렇게 생각해보려고 노력해도……"

스무 살의 세리가 수십 개의 마이크 앞에 섰을 때. 그런 자리에 불명예로 선 누구나 그러듯 파리한 얼굴에 단색 정장 차림으로 고개를 숙였을 때. 그동안 받아온 관심보다 더 많은 관심을 받는다는 걸 증명하는 듯한 베스트 댓글의 내용.

'세리야, 지금까지 네가 만든 모든 필모보다 이 영상 하나가 더 훌륭하구나.'

그게 세리가 배우로서 받은 마지막 평가였다. 세리는 그 말이 가슴에 박혔다고 했다. 아직도 그 말이 불쑥 떠오르면 사방에서 플래시가 터지던 그날로 곧바로 돌아가게 된다고 했다.

"복수하고 싶은 사람이 너무 많아지니까 내 마음이 그야말로 방황하는 칼날이 되더라."

세리는 〈전교생의 사랑〉은 망령처럼 자신을 종종 붙들고 흔들어놓는다고 말했다. 주연은 세리가 아니라 나였다. 세리는 이후 유명 가수의 뮤직비디오 주인공으로 발탁돼 잠깐이지만 최고의 스타가 되었고 나는 〈전교생의 사랑〉을 마지막으로 필모그래피가 끊겼다. 〈전교생의 사랑〉 때문에 가장 불행해진 사람은 단연코 나 자신일 거라고 굳게 믿어왔다. 세리 역시 다름 아닌 그 작품 때문에 괴로울 거라고는 생각하지 못했다.

"네가 아니라 내가 선택된 이유는 너보다 내가 훨씬 어두워 보여서였다는 거 기억하지."

나도 기억하고 있었다. 세기말 유행했던 신비주의 소녀 이미지. 나는 그런 이미지에 맞지 않았다. 울상의 반대말을 '웃상'이라고 한다면 나는 그야말로 웃상의 전형이어서 어두운 분위기와는 거리가 멀었다. 홍감독이 내게 주연을 맡긴 이유도 원작 〈전교생〉의 주연배우처럼 한없이 해맑은 표정을 짓는 아이였기 때문이었다. 홍감독의 말에 따르면 "그야말로 소년같이 웃는 아이"였기 때문에. 원작 〈전교생〉도, 홍감독의 〈전교생의 사랑〉도 모두 남자아이와 여자아이의 몸이 서로 바뀌는 내용이었다. 나는 돌연 여학생의 육체에 갇히게 된 남자아이를 연기했다. 세리가 맡은 역할은 갑자기 태도가 달라진 친구 때문에 어안이 벙벙한 나날을 보내는 아이였다. 나와는 정반대로 세리는 멍하니만 있어도 서늘한 분위기를 풍겼다. 뮤직비디오에서 세리는 긴 생머리에 흰 잠옷을 입고 초점 없는 눈으로 가만히 서 있었다. 이를 두고 어떤 기사에서는 '한국식 호러의 오랜 표상이었던 처녀귀신의 21세기적 재해석'이라고 썼고, 또다른 매체에서는 〈페노미나〉의 제니퍼 코널리를 한국에서 다시 본다고도 평가했다. 당시의 세리를 상찬했던 말들 역시 나무위키에 정리되어 있었다.

"민지 네가 늘 웃고 싶은 기분이 아니었던 것처럼 나도 늘 우울하지는 않았어. 나도 한 번쯤 광고나 예능이 아닌 작품에서도 밝은 아이 역할을 해보고 싶었어."

세리가 내게 연락한 이유는 나무위키의 허위 기록 때문이었지만, 세리는 그 이후 그 일에 대해서는 말하지 않았다. 그런 기록을 어떻게 삭제할 수 있는지, 그런 것도 명예훼손으로 신고할 수 있는지 나나 세리나 아는 바가 없었다.

*

고전의 재해석.

뻔하디뻔한 말이었다. 사무실에 팸플릿이 돌았다. 영상자료원에서 개최하는 행사로, 영화를 상영한 후 관객들과 함께 현대의 관점에서 이런저런 이야기를 나누는 시간을 갖는다고 했다. 제목을 왜 이렇게 지루하게 지었을까, 처음에는 그 생각만 했다. 가뜩이나 고전 영화라면 인기도 없을 텐데 제목마저 이러면 누가 가겠어, 생각하던 나는 팸플릿을 들춰보고 깜짝 놀랐다. 상영 예정인 '고전 영화' 목록에 〈전교생의 사랑〉이 있었다. 수많은 생각이 순식간에 머릿속을 지나갔다. 가장 처음 들었던 생각은 '벌써 고전이 되었구나'였다. 고전의 의미가 단순히 오래된 작품을 뜻하는 건지, 오래도록 살아남을 만한 명작을 가리키는 건지는 알 수 없었다. 나는 세리에게 연락을 했다.

세리는 이런 행사가 추하게 늙어 죽은 홍감독을 뒤늦게나마 '올려쳐주려는' 의도는 아닐까 의심했다. 행사를 진행하는 평론가에 대해 면밀히 조사한 세리는 내게 '조금 애매하다'고 말했다.

"정확히 어떤 스탠스인지는 모르겠어. 한번 가보지 않을래?"

"우리가?"

"그래, 우리가. 최민지와 이세리가. 안 되나?"

안 될 것도 없지 않나, 세리는 자문자답했다. 오래전, 〈전교생의 사랑〉 시사회에 주연배우인 나와 가장 비중이 큰 조역이었던 세리는 참석할 수 없었다. 제목에 명시된 '전교생'인 나는 물론이거니와 가장 친한 친구 역할이었던 세리, 그리고 나와 몸이 바뀐 남학생 역할을 맡은 배우는 우리 영화를 볼 권한이 없었다. 무슨 의도였는지 홍감독은 시사회 직후 진행한 기자 간담회에도 우리를 부르지 않았다. 담임교사 역할을 맡았던 영주 선배님은 시사회가 끝나고 며칠 후 나와 세리를 불러내 햄버거를 사주며 말했다.

"기자들도 평론가들도 호평했단다. 너희 부모님들은 큰 박수를 받으셨어."

나나 세리나 이미 부모에게 들은 이야기였다. 우리 대신 부모님이 박수를 받았다는 사실을 어떻게 받아들여야 하는지 당시 우리는 좀처럼 이해할 수 없었다. 결국 나는 단 한 번도 내 마지막 작품을 처음부터 끝까지 본 적이 없었다. 아마 세리를 만나지 않았다면 팸플릿을 보고도 그저 불편한 마음으로 지나쳤을 터였다. 게다가 이제 사람들에게 잊혔다고는 해도 나는 영원히 그 작품의 주연이었다. 관객 중 누군가가 배우의 연기에 대해 문제삼으면 어떡하나, 나는 알고 있지만 그들은 모르는 사실들이 영화의 배면에 차고 넘치는데 표면만 보고 함부로 지껄이면 나는 그 말들을 어떻게 견뎌낼 수 있나. 그런 걱정을 하는 내게 세리는 단호하게 말했다.

"내가 확인하고 싶은 건 두 개야. 홍감독에 대해 어떻게 평가하는지. 그들이 말하는 현대의 관점이라는 게 대체 뭔지."

그리고 덧붙였다.

"너도 알고 싶지 않아?"

세리는 내 눈치를 살피면서도 힘주어 말했다.

"우리는 알지만 그들은 모르는 것들이 있듯 그때는 몰랐지만 지금은 알게 되는 게 분명히 있을 거야."

결국 우리는 〈전교생의 사랑〉이 상영되는 금요일 저녁 영상자료원에 가기로 약속했고, 그날 나는 퇴근 후 방송통신대 지하에 주차돼 있는 세리 차에 올라탔다. 세리는 사이드브레이크를 내리다 말고 그대로 굳어버린 듯 미동도 하지 않았다. 나는 사이드브레이크를 붙잡은 세리 손을 살짝 치고는 공회전 그만하고 가야지, 어색하게 웃으며 말했다. 세리는 나를 돌아보며 똑같이 어색하게 웃었다.

"사실은 두렵다. 아직도 사람들이 나를 알아볼까."

확답할 수 없었다. 누구도 나를 알아보지 못할 거라고 장담할 수는 있었다. 그러나 세리는 아직도 인터넷에서 회자되고 루머에 시달리고 욕을 먹었다. 심지어 최근에도 나무위키에는 세리를 음해하는 서술이 올라왔다. 나는 세리에게 아닐 거야, 라는 빈말조차 해줄 수 없었다. 참가 신청서를 작성할 때 우리는 가명을 썼다. 최민지, 이세리가 아니라 홍현주, 홍지영이란 이름으로. 홍감독의 알려지지 않은 딸들의 이름을 차용한 것이었다. 참가 신청을 하려면 몇 개의 질문에 답해야 했다.

1. 기존에 〈전교생의 사랑〉을 관람한 적이 있나요?
2. 〈전교생의 사랑〉에 관해 무슨 이야기를 나누고 싶나요?

1번 질문에는 '없습니다'라고 바로 적었지만 우린 둘 다 2번 질문을 두고 한참 고민했다. 각자 노트북만 들여다보고 있었으나 2번 질문에서 망설이고 있다는 걸 알 수 있었다. 우리는 그 질문에 뭐라고 답할지 상의했다. 세리는 '감독의 연출 방식이 아역 배우에게 미치는 영향에 대해서 이야기하고 싶습니다'라고 적었고, 나는 '영화가 아역 배우에게 어떤 트라우마를 남기는지 논의하고 싶습니다'라고 적었다. 사실 같은 말이었다. 이런 의견이 두 개나 있다면 진행자가 다루지 않기도 곤란할 것 같다는 판단에서였다.

"홍감독도 죽어 없어진 마당에 누가 욕이라도 실컷 해줬으면 좋겠다."

세리는 가만히 뇌까리더니 액셀을 밟았다.

우리가 처음 관람하는 우리 영화, 〈전교생의 사랑〉이 상영되는 내내, 나는 입술을 잘근잘근 씹었다. 때론 누가 먼저랄 것도 없이 서로의 손을 잡았다. 머리카락을 칼단발로 자른 내가, 아니, 전교생 역할인 내 몸이 전신 거울 앞에 섰다. 바로 다음 이어질 장면이 무엇인지 알기에 세리와 나는 동시에 숨을 들이마셨다. 영화가 아니라 촬영장이 눈앞에 펼쳐지는 것 같았다. 주저하는 내게 이모가 건넸던 말. 이런 건 배우에게는 아주 기본적인 연기일 뿐이야. 나중에는 더 심한 장면도 찍게 될 거야. 그런 걸 부끄러워하는 건 일반인들이지, 배우는 그 무엇도 부끄러워해선 안 돼.

도리어 영주 선배님이 홍감독에게 쏘아붙였다. 왜 이런 장면이 들어가야만 하는 거냐고. 영주 선배님은 자신의 촬영 날도 아닌데 현장에 와 있었다. 홍감독은 감독 의자에 앉아 짤막하게 대답했다. 내 스승의 영화에서도 중요한 장면이야. 그 사람이 얼마나 대단한지 너희 몰라서 그러냐. 영주 선배님은 결국 홍감독에게 소리쳤다. 대단한 스승 감독이랍시고 여자애들 옷 벗기는 게 취미요? 홍감독은 혓바닥에 힘을 주며 유치하게 응수했다. 아니 이 씨팔년이, 뭘 믿고 까부는 거야? 너 많이 컸다? 그리고 나는 나 때문에 어른들이 싸우는 것 같아서 몸 둘 바를 모르다가 결국 대본대로, 연출 지시를 수행했다. 음흉하게 웃으며 브래지어를 이리저리 들춰보는 소녀, 아니, 소년. 막 자라기 시작한 가슴을 보며 "이게 웬 떡이야!" 하고 낄낄거리는 장면. 나는 내 가슴을 타인의 시선으로 바라보고 조물조물 만지며 웃음을 흘리고 있었다. 다음 순간 오래전에는 보지 못한 장면이 이어졌다. 내가 출연하지 않은 신이었다. 내 부모 역할을 맡은 배우들이 침대에서 뒹굴고 있었다.

어른들이 시키는 대로 뭐든 했던 나도 결코 찍지 않겠다고 홍감독에게 맞서던 순간이 있었다.

원작 〈전교생〉의 대표 스틸 컷. 소녀의 몸에 갇힌 소년이 벌거벗은 채 옥상에서 내달리는 장면이었다. 홍감독은 내게 팬티만 입으라고 했다. 그때 나에게 관객이 내 몸을 본다는 수치심은 없었다. 편집된 버전의 영화는 어차피 내가 볼 수 없었기 때문에 실감하지 못했다. 하지만 촬영장에는 너무 많은 사람이 있었다. 무엇보다 액션을 외친 후 나를 뚫어질 듯 주시하는 홍감독, 이모, 세리 아빠…… 세리가 내달리는 나를 쫓아다니며 말리는 신이었다. 나는 발가벗고 폴짝폴짝 뛰면서도 해맑게 웃어야 했다. 그게 바로 해방감을 느끼는 소년 그 자체였기 때문에. 나는 홍감독에게 벗을 순 있어도 웃을 순 없다고 말했고, 홍감독은 웃지 않는다면 그 장면은 아무런 의미가 없다고 말했다. 이모는 엄마에게 전화를 걸어 상황을 설명했다. 엄마나 이모나 내 편을 들어주지 않고 난감하다는 듯 군다는 게 화가 났다. 이 어른들 중에 누구도 나를 지켜주지 않는구나, 생각했다. 그날 영주 선배님이라도 함께 있었다면 조금 달랐을까. 나를 지켜준 건 어른들이 아니라 세리였다. 세리는 홍감독에게 똑 부러지게 말했다.

"감독님, 이 장면은 필요 없어요. 차라리 저희 둘이 사랑하는 장면을 찍을게요."

사랑하는 장면?

세리가 나보다 좀더 성숙했다는 사실을 부인할 수 없다. 나는 그때 '사랑하는 일'에 내포된 의미가 뭔지 조금도 알지 못했다. 우리는 옥상에서 내달리는 장면을 찍는 대신 그 장면을 찍었다. 소녀의 몸에 갇힌 소년은 단짝으로 붙어다니는 친구 - 세리를 짝사랑하는데, 자기 몸이 여자라는 걸 이용해서 그애를 손쉽게 훔쳐보고 만지며 욕심을 채운다. 그러므로 세리는 '사랑하는 장면'이 더 낫지 않냐고 말한 것이었다. 자기 아빠가 보는 앞에서.

오랫동안 잊고 있었던 말.

"혼자 망신당하는 것보다는 같이 망신당하는 게 낫잖아."

스크린으로 그 장면이 지나가는데, 의외로 끔찍하다거나 부끄럽게 느껴지지 않았다. 세리가 내게 속삭였던 말이 왜 이제야 떠올랐는지, 수많은 비수 같은 말은 기억하면서 왜 그 말만 잊고 있었는지 의아할 뿐이었다. 세리도 기억할지 궁금했지만 아마 극장을 나선 후에도 물어볼 수 없을 것 같다는 생각이 들었다.

극장이 밝아진 후 진행자인 평론가가 마이크를 잡고 이야기를 시작했다. 관객의 의견을 듣기 전에 자신이 본 〈전교생의 사랑〉에 대해서 짧게 발표하겠다고 했다. 그녀는 스크린에 PPT를 띄웠다. 발표 주제는 미처 생각하지 못한 것이었다. 〈전교생의 사랑〉이 말하는 사랑, 젠더리스의 새로운 가능성. 1982년작 〈전교생〉 이후로 남녀의 몸이 바뀌는 설정은 오랜 시간에 걸쳐 클리셰로 자리잡았다. 1998년작 〈전교생의 사랑〉은 그중에서도 기념비적이다. 단순히 성적 호기심이 충만한 남녀 청소년이 서로의 몸을 바라보며 신기해하는 것을 넘어 (비록 겉과 속이 다르다고는 하지만) 여학생끼리 성적 긴장을 유지하고 있기 때문이다.

우리는 묵묵히 그녀의 발표를 끝까지 들었다. 나는 종종 세리의 표정을 살폈다. 세리는 표정을 없애려고 애쓰고 있었다. 예전에 이모가 그랬던 것처럼. 표정을 지우려는 표정.

진행자가 질문이나 의견을 받겠다고 말하자 몇 사람이 우르르 손을 들었다.

"솔직히 홍감독이 퀴어적인 마음가짐으로 연출했다고 보기는 어려운데요."

"홍감독이야 그런 의도가 없었으리라는 건 우리 모두 알고도 남을 것 같습니다. 다만 연출 의도를 넘어서서 관객에게 어떤 현상으로 해석되는지는 조금 다른 문제인 것 같아요."

여전히 같은 표정으로 진행자의 대답을 듣고 있던 세리가 손을 들었다. 스태프가 마이크를 들고 걸어오는 동안, 나는 조금 당황스러웠다. 사람들이 알아볼까 두렵다고 했던 세리가 마이크를 잡겠다니 걱정부터 들었다. 마이크가 세리에게 건네지는 순간까지 나는 조마조마했다. 세리는 마이크를 잡자마자 자기소개부터 했다.

"안녕하세요. 저는 이세리라고 합니다."

진행자도, 관객도 모두 조용했다.

잠시 뒤 진행자는 말했다.

"네, 이세리님. 어떤 질문이실까요?"

세리도 나도 짐작하지 못했던 상황이었다. 누구도 세리를 알아보지 못했다.

"네, 저는 이 영화에 출연한 아역 배우 중 한 사람, 이세리입니다."

그제야 곳곳에서 탄성이 쏟아졌다. 진행자는 눈이 휘둥그레져 몸을 앞으로 바짝 기울였다.

"아, 이세리님. 이세리님이 여기 오셨군요!"

"네, 제 친구 최민지도 같이 왔습니다."

세리는 문득 내 손을 잡았다. 최민지라는 이름 역시 누구도 단번에 알아듣지 못했다. 나는 일어서서 세리에게 마이크를 건네받고 말했다. 머릿속엔 그 말만 맴돌았다. 혼자 망신당하는 것보다는 같이 망신당하는 게 낫잖아. 그래, 그게 조금 더 낫잖아.

"저는 주연배우였던 최민지입니다."

진행자의 몸은 이제 앞으로 너무 기울어 거의 쏟아질 것 같았다. 극장의 누군가가 나지막이 박수를 치자 사람들이 일제히 박수를 따라 쳤다. 기립 박수만은 사양하고 싶다, 고 생각했다. 나는 다시 세리에게 마이크를 건넸다.

"저희는 오늘 이 영화 전체를 처음 봤습니다. 그래도 평론가님께서 말씀하신 그 내용에는 동의하기 어렵습니다. 홍감독의 모든 영화를 본 분이 계십니까? 그 작품들을 감당할 수 있는 분이 계십니까? 저는 어렵습니다. 저희, 그, 사랑하는 장면은, 저희가 찍고 싶어서 찍은 게 아닙니다."

사람들이 웅성거렸다. 나는 눈을 질끈 감았다. 어떤 배우도 자기가 찍고 싶은 장면만 골라 찍을 수는 없다, 그냥 홍감독이 씨팔놈이라고 하자, 그냥 그렇게 얘기하고 나가버리자, 나는 세리에게 말하고 싶었다.

진행자는 그 말에 대답하지 않았다.

"오늘 이 자리에 작품의 주역이신 최민지, 이세리님이 와주셔서 영광이고요, 무척 신기합니다."

그렇게 말할 뿐이었다.

그리 머지않은 옛날에 초로의 영주 선배님이 내게 장문의 메일을 보낸 적이 있었다. 민지가 공부를 잘하고 학교에 적응을 잘한다니 너무 기뻤단다, 오랫동안 그랬다, 로 시작하는 메일이었다. '그렇게 무엇이든 될 수 있다는 사실. 배역이 아니라 진짜 삶에서. 얼마나 다행이었는지 모른다. 그래도 나는 여태껏 배우 말고는 해본 것이 없고, 여전히 배우라는 직업을 사랑한다. 배우의 배俳라는 글자에는 광대라는 뜻도 있고 익살이라는 뜻도 있단다. 너무나 멋지지 않니. 내가 졸업한 학교 연극과의 마스코트도 광대였단다. 나는 광대가 내 숙명이라고 생각한다. 그러나 너희는 선택할 겨를도 없이 배우의 삶을 살았고, 어른들의 욕심과 때론 광기에 마치 소품처럼 이용되기도 했다는 걸 안단다. 민지야, 요즈음엔 드라마나 영화에서 엔딩에 꼭 이런 문장을 붙인다. '아역 배우의 안전과 정서적 안정을 위해 노력했고 심리 상담을 병행했다'고 말이야. 그 말에 값할 만큼 해나가는지는 내가 두 눈 똑바로 뜨고 지켜볼 심산이다. 나를 믿어다오. 그리고 〈전교생의 사랑〉이 어떤 작품이었는지에 대해서는 굳이 이해할 필요 없다. 사실 나는 그때도 지금도 너희가 몰라도 되는 작품이었다고 생각한다.'

나는 극장을 나와 세리에게 그 이야기를 해주었다.

세리는 자신도 영주 선배님에게 비슷한 말을 들은 적이 있다고 했다. 〈전교생의 사랑〉이 아니라 다른 영화에 함께 출연했을 때, 폭행을 당하고 피투성이가 된 채 길바닥에 버려져 있는 장면을 찍었을 때, 올리고당에 빨간 식용색소를 넣어 만든 피를 혀로 깔짝깔짝했을 때, 성범죄를 당했다는 걸 보여주려면 옷을 찢어놓아야 하지 않겠느냐고 누군가 지껄였을 때, 영주 선배님은 세리에게 다가와 말했다.

"이걸 왜 찍는지는 네가 굳이 이해하지 않아도 된단다."

한 번도 제대로 보지 못했던 〈전교생의 사랑〉의 엔딩 크레디트에 우리 이름이 어떻게 적혀 있는지 우리는 그날에야 봤다. 최민지, 이세리라는 이름. 극장에서 빠져나온 사람들이 우르르 세리와 나를 스쳐지나갔지만 아무도 우리를 일별조차 하지 않았다. 세리는 이제야 비로소 알 것 같다고 했다. 아무도 나를 기억하지 않는 자유가 어떤 건지. 연극판에 있으면서도 누군가는 나를 알면서 모르는 척하는 것 같았다고, 기자들 앞에 서서 죄송하다고 고개를 숙이던 그때 그 여자애로만 기억할지도 모른다고 생각했다고. 그러나 오늘에야 정말 알겠다고 했다. 이제 사람들은 날 알아보지 못하고 내게 관심도 없다. 나무위키에 업데이트되는 서술이나, 잊을 만하면 한 번씩 유튜브 사이버 레커 영상에 등장하는 자신은 지금의 이세리가 아니라 그저 대중의 허상 속 이세리일 뿐이라고. 오늘에야 이세리를 떠나보내고, 자신은 끝내 돌아갈 수 없었던 중학교 스탠드에서부터 시작하겠다고 세리는 비장하게 말했다. 제 이름을 기억해주세요, 저는 이세리입니다! 십대 초반에 세리는 그 말을 어디에서나 외쳤다. 이제 세리는 자신을 잊어달라고 간곡하게 부탁하는 중이었다.

나의 사촌
리사

지난겨울, 나는 리사를 만나러 도쿄에 갔다. 리사는 나카메구로에 있는 브런치 카페에서 아르바이트를 하며 지내는 중이었다. 그녀가 혼자 사는 2LDK에서 나는 일주일간 머물렀다. 방 한 칸은 다다미, 한 칸은 입식 침실로 되어 있는 집에서 나는 오랜만에 휴가를 즐기는 기분을 느꼈다. 리사가 홀로 일구어놓은 공간은 쾌적했다. 리사가 출근하고 없을 때면 나는 청소기로 다다미 바닥을 열심히 밀었고 빨래 건조대에 가득 걸려 있는 손수건을 다리고 개켰다. 집안일을 도와준다는 핑계로 리사의 집 곳곳을 훑어보는 건 즐거운 일과였다. 리사의 화장대와 책상을 구경할 때면 아직도, 어린 시절 리사가 내게 주던 선물꾸러미를 보던 때만큼 황홀했다. 몇 권 되지 않았지만 작은 문고판 책들, 정갈한 세로쓰기로 제목이 적힌 책등을 보는 재미도 쏠쏠했다. 일본산 세제의 향기를 나는 좋아했다. 섬유유연제를 잔뜩 풀어 빨래를 하고 상큼한 향이 나는 비누 거품을 충분히 내어 설거지를 한 후 리사가 일하는 카페로 가곤 했다.

 리사는 내게 여러 가지 음식을 그때그때 돌아가며 서빙해주었다. 팬케이크, 오믈렛, 햄버그스테이크, 샐러드. 나는 냅킨과 접시의 무늬를 꼼꼼하게 관찰하며 음식을 오랫동안 천천히 먹었다. 창밖으로 교각과 앙상한 나뭇가지들이 보였다. 봄이면 벚꽃이 활짝 피는 동네야. 리사의 한국말은 갈수록 서툴러졌다. 그래도 리사는 '만발'한다거나 '만개'한다는 표현을 쓰지 않았다. 꽃무늬 앞치마를 두른 리사는 카페에 끝없이 들어오는 사람들을 응대하며 바쁘게 움직였다.

 그런 리사를 관찰했다. 리사에 대해 쓰려고 마음먹고 도쿄까지 갔는데, 정작 리사를 만나자 어떤 이야기를 써야 할지 도무지 감을 잡을 수 없었다. 한 이틀간 나는 한 줄도 쓰지 못하고 카페에 앉아만 있었다. 리사는 첫날 퇴근길에 재킷을 걸치며 내게 다가와 물었다. 오늘은 일 좀 했어? 다음날 리사는 다시 똑같은 질문을 했다. 리사가 재촉하는 것 같은 상황이 조금 우습게 느껴졌다. 리사는 한 줄도 쓰지 못했다고 말하는 내게 걱정스러운 표정을 지어 보였다.

─어떡하냐, 일본까지 왔는데.

리사는 내가 쓰려는 글이 어떤 건지 몰랐다. 그런 리사에게 미안한 마음이 들었다. 글은 한 줄도 못 썼지만, 스케치 노트에 연필로 리사의 모습을 그리기는 했다. 얼굴에 기미가 끼고 머리카락 숱도 줄어든 삼십대 중반의 리사. 내가 그려내는 리사의 모습은 한결같이 무기력해 보였고, 실패한 사람 같았다. 대학교 2학년 때 창작 세미나에 제출한 소설에서, 리사를 본뜬 '유미'를 등장시킨 적이 있었다. 리사의 삶을 조금 베껴넣은 첫번째 캐릭터였다. 그걸 본 교수는 "이건 우울한 개인의 일상일 뿐이야"라고 말했다. 그때부터 지금까지 나는 조금도 발전하지 못한 것이었다.

리사는 자기 이야기가 쓸 만한 거냐고 묻곤 했다. 그 외에 다른 것들에 대해선 묻지 않았다. 이십대 초반에 그녀가 고모와 함께 잠깐 한국에 들렀을 때 나는 처음으로 인터뷰를 시도했다. 나는 연신 미안하다고 말했다. 언니, 이해해줄 거지? 거듭 말하는 내게 리사는 의아한 얼굴을 하고 되물었다. 지연이 쓰려고 하는 게 뭔데 그래? 나야 고맙지.

반면 리사의 어머니인 고모는 내가 소설가가 되었다고 말했을 때부터 성마른 반응을 보였다. 그때 한국에 온 고모는 내 손을 붙들고 말했다. 우리 이야기는 쓰지 마라. 그녀가 말하는 '우리'는 자기 자신과 리사 둘 다를 의미했다. 결코 하나로 통칠 수 없는 그런 삶이지만, 결국에는 서로 연결될 수밖에 없는 두 사람의 이야기. 나는 바로 그런 이야기를 쓰려고 했는지도 몰랐다. 내겐 고모가 모르는 리사의 비밀이 있다. 오직 그 사실만을 굳게 믿으면서.

그러나 오랫동안 숙제였던 리사의 이야기를 쓰기 위해 비로소 도쿄에 있는 그녀의 맨션까지 찾아간 그때, 나는 할말이 없다는 것을 더없이 실감했다.

*

1991년의 리사는 내게 이렇게 말했다. 리사는 나보다 두 해 먼저 태어났지만 만 나이를 썼기에 나와 같은 일곱 살이라고 했다.

─서울 사람들 왜 이렇게 못생겼어? 토할 것 같아.

지금의 리사는 그때의 리사만큼 생생하지 않았다. 애초에 나는 리사를 실패자로 보고 있었다. 내 머릿속의 리사는 어린 시절부터 이십대 초반까지의 리사, 고정된 하나의 이미지였다. 리사가 '메가미(めがみ, 여신)'를 탈퇴한 후에도 가끔 무대에서 노래를 불렀다는 사실을 나는 애써 모른 척했던 것이다. 내게 리사는 오직 메가미의 리드 보컬이자 센터이자 팬들이 호명하는 대로 불굴의 여신님이었다. 이십대 중반쯤에 아키하바라의

전자상가 축제에서 관객 다섯 명을 앞에 두고 "오타쿠들이여, 부활해!"를 외치던 리사가 있었고, 나는 그 모습을 유튜브로 처음부터 끝까지 감상했지만 곧 잊어버리고 말았다. 내가 쓰고자 하는 리사의 이야기에 맞지 않는 이미지였으므로. 내게 리사는 이십대 초반에 화끈하게 실패해서 거품처럼 날아가버린 왕년의 아이돌일 뿐이었다.

나카메구로에서 리사를 만났을 때, 나는 리사가 생각보다 건강하게 지내고 있다는 데 당황했다. 리사는 고모와 떨어져 살면서 자기만의 살림을 알차게 일구고 있었고, 비록 아르바이트생 신분이었으나 카페에서 열심히 일하고 있었다. 나는 리사가 아직도 고모에게서 독립하지 못한 채 변변한 일자리도 없이 하루하루 시간을 죽이며 살아가는 모습을 상상했는지도 몰랐다. 더욱 심하게는 자신의 공연 포스터가 잔뜩 나붙은 방 구석에서 히키코모리로 지내는 모습을.

메가미를 탈퇴하고 리사 모녀가 한 번씩 한국에 들를 때면 나는 리사를 그저 건성으로 관찰했다. 리사와 고모가 할아버지를 보러 친정인 우리집에 올 때마다 자리를 비우지 않으려 노력했지만 리사와 깊게 이야기를 나눈 적은 별로 없었다. 내심 다 망한 처지에 뭐하러 한국에 들어오나, 생각했던 것 같기도 하다. 그즈음 내 머릿속에 박제된 리사의 이미지는 더이상 눈부시게 예쁘지도 화려하지도 않은 '왕년의 아이돌'이었다.

내게는 고모가 선물한 메가미의 음반 세 장이 있었지만 제대로 들어본 적은 없었다. 서랍 한구석에 왕년의 리사가 한국에 올 때마다 주었던 굿즈, 세일러복을 입은 리사의 얼굴이 담긴 스티커나 엽서 따위가 뒹굴 뿐이었다.

그런데도 나는 언젠가 꼭 리사의 이야기를 써보고 싶었다.

—지연은 왜 내 이야기를 쓰려는 거야?

내가 도쿄에 머무른 지 삼 일째 되던 밤이었다. 리사는 헤어 터번을 두르고 기초화장품을 얼굴에 꼼꼼하게 펴 바르며 무심한 듯 물었다. 낮에 리사가 서빙해준 점심을 먹고 다이칸야마의 상점가에 다녀온 날이었다. 글이 안 써진다는 핑계로 쇼핑을 잔뜩 하고 돌아와 텀블러니 찻잔이니 하는 것들을 펼쳐놓고 가만히 보고 있었다. 언젠가 리사가 질문한다면 이렇게 대답해야지, 준비한 말이 무척 많았다. 그러나 막상 질문을 받자 아무 말도 떠오르지 않았다. 나는 엉겁결에 대답했다.

—언니는 특별하니까. 이런 사람을 알게 되는 경우가 몇이나 있을까.

내뱉자마자 아차, 싶었다. 리사는 대수롭지 않게 대꾸했다.

—하긴 그렇지. 자기가 아이도루였다고 착각하는 애들을 다 더한대도 그게 얼마나 되겠어.

리사의 말을 듣자 옛날 생각이 났다. 1991년, 리사가 도쿄 미키마우스 클럽에 막 입단한 직후였다. 도쿄 미키마우스 클럽은 일본 최대의 아역 배우 기획사였다. 리사 고모의 사업도 그즈음 크게 번창했다. 친척들 모두 입을 모아 리사네가 가장 잘되었다고 말했다. 할아버지가 가끔씩 혀를 쯧쯧 차며 욕하기는 했지만. 고모는 한국에 올 때마다 용돈을 넉넉히 줬다. 나는 일 년에 두 번씩 한국에 오는 리사를 마냥 기다렸고, 그녀는 내게 줄 선물을 한아름 들고 찾아왔다. 리사는 한국말을 잘했기에 나는 당연히 그녀가 한국 사람이리라고 생각했다. 고모 차에 실려 종로3가를 지날 때, 빠이롯드 간판이 보이던 길에서 그녀가 이렇게 말하기 전까지.

―외국 애가 너무 많아. 우리도 힘들어 죽겠는데.

미키마우스 클럽에는 서양 아이도 많고 오키나와 아이도 많다고 했다. 그애들을 통틀어 리사는 '다른 데서 온 애들'이라고 말하곤 했다. 그렇게 말하는 리사가 조금 무서워서 나는 그녀를 멍하니 쳐다봤다. 리사가 일본 사람이라는 걸 실감하지 못했던 것이다. 나는 그 사실을 고등학생쯤 되어서야 받아들일 수 있었다. 어머니는 한국인이지만 아버지는 일본인이고, 일본에서 태어나서 자랐기에 나의 사촌 리사는 일본 사람이라는 것을. 그때 이미 고모부는 연락이 끊긴 지 오래라고 했다. 리사에게는 아버지에 대한 기억이 얼마 남아 있지 않으리라고 나는 짐작했다.

―지연, 사실 나보다는 내 친구였던 하루미 상을 쓰는 게

훨씬 좋을 거야. 걔는 AV였거든.

나는 리사의 그 말에 적잖이 놀랐다. 리사의 말이 놀라웠던 까닭은 여러 가지였는데, 내게는 AV가 특정 영상물 종류를 뜻할 뿐 아니라 그 일에 종사하는 사람을 뜻하는 일본식 어법이 익숙지 않았기 때문이기도 했다.

*

리사에 대해 생각할 때, 언제나 떠오르는 단어가 있다. JR東労組…… 언젠가 리사의 책장에서 삐죽 튀어나와 있던 편지 봉투에 인장처럼 새겨진 글자였다. 리사에 관해 쓰려고 생각할 때마다, 도대체 내가 리사 인생의 어떤 부분을 서사화하고 싶은 것인지 의문이 들 때마다 번번이 떠올린 글자이기도 했다. 그게 마치 열쇠라도 되어주는 것처럼. 내가 그 편지를 발견한 건, 대학을 졸업하고 요코하마에 있는 고모 댁에 처음으로 방문했을 때였다. 리사는 그때도 아키하바라에서 춤을 추고 노래를 불렀다. 우리는 모두 그 사실을 외면하려 했지만. 나는 핸드폰 메모장에 글자를 적어두었다. 이후 인터넷 검색창에 넣어보니 '동노조', 동일본노조라는 설명이 떴다. 처음 검색했던 당시에는 동노조와 리사의 관계를 조금도 짐작하지 못해서 금세 검색창을 닫고 그것을 잊어버렸다. 그러다 핸드폰을 바꿀 무렵에 그 메모를 다시 발견하게 되었고, 메모는 클라우드로 저장되어 내가 핸드폰을 바꿀 때마다 따라왔으며, 나는 그때마다 그것을 발견하게 됐다. 그러다 하루는 결국 자리를 잡고 앉아 본격적으로 검색을 했고, 불현듯 메가미가 오래전 일본 최대의 노조인 JR철도노조의 집회에 따라다니며 공연했다는 사실을 떠올렸다. 메가미의 브로마이드에 적혀 있던 문구를 기억해낸 것이었다. '메가미, JR東労組와 함께!' 영어로 적혀 있지 않았다면 기억에 남지 않았을지도 모르겠다.

동노조는 끈질기게 내게 리사의 이야기를 쓰도록 종용하는 단어였지만, 이야기가 풀리지 않는 까닭이기도 했다. 나는 오랫동안 어린 시절부터 혹독하게 훈련된 아이돌인 메가미가, 전성기에는 도쿄돔에서 합동 공연에 참여할 만큼 인기를 끌었던 메가미가 왜 노조의 집회에 함께했는지 궁금했다. 리사가 그 무대에 오를 당시 고교생이었던 나는 그 시절 리사에게 무슨 일이 벌어졌는지 아는 게 없었고, 뒤늦게 리사에게 물어보기도 어색했다.

넷째 날, 리사가 출근하자 나는 용기 내 리사의 책장을 조금 뒤져보았다. 동노조와 막연하게라도 관련된 무엇이 더 있는지 알고 싶었다. 그러나 몇 권의 문고판 도서와 스케줄러 외에는 별다른 것이 나오지 않았다. 죄책감을 무릅쓰고 그녀의 서랍 깊숙한 곳까지 손을 넣어보아도 동노조에서 온 편지나 다른 단서는 발견하지 못했다.

　동노조와 리사의 관계를 생각하다보면, 내가 한 번도 목격하지 않은 장면이 추억처럼 떠오르곤 했다. JR철도노조 전국 투쟁을 스케치한 뉴스에서 본 듯한 철도 노동자들의 대규모 집회 현장, 그들과 함께하겠다고 수없이 외치며 무대를 누비는 세일러복을 입은 리사. 자신들의 히트곡을 열창하며 무대 밑으로 내려가 노동자들과 어깨를 나란히 하는 리드 보컬 리사. 아직도 인터넷에 메가미를 검색하면 관련된 한글 페이지가 두세 페이지 이어졌는데, 그중에는 '일본 최초의 개념 아이돌'이라는 한국어 사용자의 평가가 달려 있었다. 그런 코멘트를 보는 것이 유쾌하지는 않았지만 전성기의 리사를 생각하면 나도 모르게 뿌듯함에 벅차오르곤 했다. 내게도 대학 시절, 전국의 투쟁 현장을 누비던 친구들이 있었다. 춤과 노래로 사회운동에 참여하던 문선대 친구들은 그 특유의 재능으로 현장에 활기를 더하곤 했다. 그런 친구들을 보며, 멀리 있는 사촌 리사를 떠올리며, 내게도 그런 재능이 있었다면 얼마나 좋았을까 하고 생각하던 순간이 제법 있었다. 리사가 문선대 친구들이 지녔던 진지함을 가지고 철도 노동자들의 현장에 함께했으리라는 막연한 믿음이 내게는 있었다. 그럴 때도 문득 1991년의 리사가 떠오르긴 했지만.

　1991년의 리사는 밝고 명랑하고 예뻤다. 그때 나는 부채춤도 제대로 따라 하지 못하는 유치원생이었지만 리사는 이미 일본의 어린이 TV 방송에 종종 출연해 뛰어난 율동 솜씨를 보여주던 소녀 탤런트였다. 고모는 한국에 올 때마다 일본 방송을 녹화한 테이프를 보여줬는데, 모여 앉은 친척들의 환호와 칭찬은 또래인 나를 기죽게도 만들었지만 그런 사촌을 가졌다는 자부심 역시 못지않게 안겨주었다. 리사는 가끔 할아버지 앞에서도 춤을 추고 노래를 했다. 리사에게 외할아버지인 할아버지는 못마땅한 표정으로 그런 리사를 보았다. 리사가 일본어로 노래를 부르며 정수리와 엉덩이에 손날을 세워 버섯 모양을 만들어 보일 때, 할아버지는 얼굴을 돌렸다. 할아버지에게 리사는 그저 행방을 모르는 일본놈의 자식일 뿐이었다. 지금 생각하면 거의 아동 학대에 가까운 잔인한 장면이었다. 할아버지 눈에는 리사가 영원히 애물단지일 뿐이라고, 어른들은 내가 듣는 데서 말했다. 그러나 그렇다고 해서 리사가 불쌍해 보인 적은 단 한 번도 없었다. 리사는 그 무렵의 내가 보기에 언제나 '꿈을 이룬 아이'였으니까.

그런 리사가 내게 비밀을 털어놓은 적이 있었다. 그땐 고모의 사업이 잘되지 않았던 것 같다. 한국에 들어오는 일이 점점 드물어졌을 때였으니까. 디즈니 스토어와 산리오에서 사다 주던 화려한 팬시상품 보따리도 더는 없었다. 리사는 내게 말했다.

─선물 사다주지 못해서 미안해, 그런데……

마치 비밀을 털어놓는 까닭이, 선물을 사다주지 못한 데 대한 나름의 보상이라는 듯 리사는 속삭였다. 나 사랑 고백을 받았어. 나는 화들짝 놀라 물었다. 미키마우스 친구에게서? 리사는 목소리를 더욱 낮췄다.

─카메라 상에게서……

나는 '카메라 상'이 무엇인지 오랫동안 이해하지 못했으나, 그것이 카메라를 들고 찍던 아저씨라는 것을 아는 지금처럼 그때도 마음이 불편했던 건 매한가지였다.

*

내가 리사에 대해 망설이며 쓰지 못하는 까닭에 대해서 여전히 깨닫지 못하고 있었던 다섯째 날 저녁, 리사는 시부야에 놀러가자고 했다. 리사가 일하는 나카메구로의 카페에서 버스를 타고 조금만 가면 그 유명한 시부야 거리에 도착한다고 했다. 나는 리사의 카페에서 그녀의 일과가 끝나기를 기다렸다가 함께 버스를 타고 시부야에 갔다. 리사는 모처럼 놀러왔는데 일만 하느라 도쿄 관광을 제대로 시켜주지 못했다며 미안해했다. 다음에 기회가 되면 환한 낮에 놀러가서 여기저기 둘러보자고 아쉬워하면서.

도착했을 땐 이미 깜깜한 밤이었다. 명동이나 홍대 앞 골목들처럼 늦은 밤에도 사람이 많았다. 리사는 내게 어디를 가보고 싶었느냐고 물었다. 그때 어릴 적에나 맛보았던 웬디스버거의 간판이 눈에 들어왔고, 나는 망설임 없이 그곳을 가리켰다. 리사와 나는 베이컨버거를 반으로 쪼개 나누어 먹었다. 오래전 어른들을 따라 반포 뉴코아백화점과 웬디스버거에 놀러 갔던 기억이 났다. 리사와 내가 풍선을 하나씩 들고 있었고 리사의 핑크색 풍선이 탐났던 일도. 그때를 생각하니 조금 쓸쓸해졌다. 그때의 리사는 이젠 없었다.

웬디스버거를 나와 리사는 "신기한 걸 보여줄게" 하더니 나를 골목으로 끌고 갔다. 골목이라고 해봤자 ABC마트와 애플스토어 사이, 하나도 음침하지 않은 곳이었다. 리사는 앨리스의 토끼굴에 데려가듯 내 손을 붙들고는 한 건물의 계단을 내려가고 또 내려갔다. 계단을 빙글빙글 돌아 내려가는 내내 사방에 홍등이 켜져 있었다는 사실은 한참 후에야 깨달았다. 지하 사층에 이르러서야 점포가 모습을 드러냈는데, 여태껏 그랬듯 홍등이 입구를 밝히고 있었다. 리사는 "여긴 오타쿠들의 천국이야"라고 말하며 앞장섰고, 그때 나는 아키하바라에서 노래하던 리사를 떠올리곤 흠칫했다. 리사를 따라 점포 안으로 들어가니 맞아주는 직원 하나 없었고, 조도가 낮은 가게 내부에 좌판처럼 질서 없이 물건들만 쌓여 있었다.

그 잡동사니들을 슥 훑어보니 다른 데서도 얼마든지 구할 수 있을 것 같은 인형과 소품 따위가 한국 돈으로 사오백만원을 호가했다. 눈이 휘둥그레진 내게 리사는 "이거 전부 중고야"라고 말했다. 오래전 고모가 한국에 오면 거실에 한바탕 부려놓곤 하던 기념품들이 떠올랐다. 작은 불상들과 풍경, '에로 그로 난센스' 시절의 포스터와 엽서까지. 기모노를 입고 웃고 있는 부인의 초상이 한국 돈 삼백만원을 호가하는 걸 나는 어안이 벙벙해 구경했다. 리사는 잠시 어디론가 가더니 CD 한 장을 들고 왔다.

—알아? 이건…… 우리 음반이야.

그 앨범은 나도 단번에 알아볼 수 있었다. 메가미의 1집 앨범이었다. 빨간 바탕에 그려진 번개를 배경으로, 멤버 세 명이 세일러복을 입고 환하게 웃고 있는 앨범 표지. 그룹 이름은 '여신'이었으나 요란하게 멋부리지 않은 고교생 세 명은 자연스러운 차림으로 무대에 서곤 했었다. 물론 리사가 짧은 치마에 반스타킹을 신고 하루종일 무대에 서느라 탈진 직전까지 이르곤 했었다는 사실은 알고 있었다. 그녀들이 입던 세일러복이 아저씨들에게 터무니없이 비싼 값으로 팔렸다는 것도. 점포에 있는 꼬질꼬질한 인형들이 사오백만원을 호가하듯. 리사는 앨범 표지에서 자신의 왼쪽에 서 있는 양 갈래 머리의 멤버를 가리키며 말했다.

―여기 하루미 상. 얼마 전에 말했던······

나는 리사의 말을 가로막았다.

―알아, 언니. 기억하고 있어. 더이상 말하지 않아도 돼.

리사는 앨범을 도로 가져다두겠다며 돌아섰다. 리사는 동료였던 하루미가 AV 일을 한다는 사실이 아무렇지도 않은가, 의문이 들었다.

"나는 AV만 보잖아, 당당하게······" 리사가 자리를 비운 사이 문득 한 선배의 말이 떠올랐다. 동시에 자꾸 하루미의 이야기를 꺼내는 리사에게 조금 불편한 마음이 들었다. 한국에서는 '국산 몰카' 따위의 영상을 소비하는 사람들 때문에 연일 언론이 떠들썩했다. '국산 몰카'란 이른바 '비동의 유포 성적 촬영물', 범죄 증거물이었다. 그런 것을 업로드하고 매개하고 유통하고 소비하는 사람들이 있었다. 그것은 애인과 성관계를 맺은 여성들 거의 전부가 공포에 시달리고 있다는 뜻과 다름없었다. 도쿄로 여행을 오기 얼마 전에 만난 선배는 자신은 국산 몰카 따위에는 결코 손대본 적 없으며, 당당하게 일본산 AV만 본다고 말했다. 그 말을 듣고 나는 알 수 없는 기분에 사로잡혔다.

그날 밤, 다다미방에 누워 나는 리사를 어떻게 써야 하는지 고민했다. 한국으로 돌아갈 날이 다가오고 있었다. 어둠에 익숙해진 눈으로 방 곳곳을 더듬었다. 리사의 방에는 리사의 옛 시절을 알려주는 포스터나 엽서는 한 장도 붙어 있지 않았다. 아이돌을 그만두고 삼십대 중반의 프리터로 살아가는 리사, 소득의 반 이상을 월세로 내며 살아가는 리사. 그런 리사를 그리고 싶은 것인가, 라는 질문이 나를 막아섰다. 결국 소녀들의 워너비였으나 짜릿한 실패를 맛보고 불안정 노동자로 겨우 살아가고 있는 리사를 내 소설의 강렬한 인물로 등장시키고 싶을 뿐이었다. 내 스케치 속에 등장하는 리사, 꽃무늬 앞치마를 입고 지친 얼굴로 서빙하는 리사가 생각났다. 나는 도쿄에 올 때부터 그런 리사만을 상상했다. 그렇다면 리사를 만나 굳이 그녀의 일상을 들여다볼 필요도 없지 않았나 싶었다.

리사에 대해 쓰지 못하고 있는 것은 내가 만드는 인물들에 대한 자괴감 때문이기도 했다. 그날 밤 하염없이 천장을 올려다보며 나는 그것을 인정했다. 내가 만든 인물들은 언제나 '작가의 목소리'를 담지하고 있는 작위적인 인물이라는 평을 받았다. 작가의 PC한 주제의식에 맞게 움직이는 마리오네트, 괴뢰 인형 같다는 평을 받은 적도 있었다. 그런 평을 접할 때마다 나는 "소설 속 인물들은 당연히 작위적일 수밖에 없지, 누군가에 의해 만들어진 인물이니까!"라고 웃어넘기곤 했지만, 최근 발표한 작품 속 '유미'에 대한 평을 두고는 다소간 무너질 수밖에 없었다.

나는 소설을 습작하며 수십 명의 유미를 만들어냈는데, 그것은 전부 리사를 생각하고 만든 인물이었다. 유미는 1991년의 리사의 겉모습을 조금 닮기도 했고, 일본에서 태어난 혼혈 사생아 리사를 조금 닮기도 했다. 일본 아이돌이었던 리사는 한국 연예계의 실패한 걸그룹 멤버 유미가 되어 인디 신에서 재기를 꿈꾸기도 했다. 처음으로 리사의 출생 비화에서 아이돌 이력까지 적극적으로 참고해 만든 최근의 유미로 나는 매서운 악평을 받았다. 내 작품을 꾸준히 따라 읽었다는 한 독자는 '이제 이 작가에게 최종적으로 실망했다. 그녀의 답답한 캐릭터 유미를 더이상 보고 싶지 않다'고 일갈했다. 그후로 한동안 나는 유미가 나오지 않는 작품마저도 완성할 수 없었다. 내가 납득할 만한 유미를 만들어내지 못한다면 다른 어떤 인물도 만들지 못하리라는 생각이 들었다.

도쿄에 와서 리사를 만나면 어느 정도 해갈이 되리라는 나의 기대가 애초에 헛된 바람이었던 것만 같아서 한숨을 쉬고 있을 때, 노크 소리가 났다. 리사는 다다미방 문을 열고 들어와 내 옆에 앉았다.

—지연이 자고 있지 않을 것 같았어.

나는 몸을 일으켜 앉았다. 그동안 리사가 작업에 대해 물어보면 한 줄도 쓰지 못했다고만 대답해왔다. 리사는 그런 나를 줄곧 걱정한 것 같았다. 내가 리사를 쓰지 못하는 까닭이, 리사와 충분히 대화하지 못했기 때문은 아니었다. 리사가 미안해할 필요는 조금도 없었다.

　―지연, 사실 하루미 상에 대해 할말이 있어.

　메가미의 서브 보컬 출신으로 지금은 AV 배우를 하고 있다는, 또 그 하루미였다. 다시금 불편한 기분에 사로잡혔다. 리사는 꼭 이야기하고 넘어가야겠다는 기세로 말끝에 힘을 주었다.

　―그녀는 사실 AV가 아니야. 소송중이야. 오랫동안. 이건 아마 내 잘못인 것 같아.

　흠칫 놀라는 나에게 리사는 천천히 하루미의 이야기를 들려주었다.

　2004년, 소속사와의 계약이 종료된 후 메가미의 세 멤버는 각각 다른 길을 걷게 된다. 리사는 디자인 전문학교에 입학했고, 하루미는 배우가 되겠다며 연예계에 잔류했고, 또다른 멤버인 마나는 결혼을 했다. 이때쯤 고모의 자존감이 바닥을 쳤던 걸로 기억한다. 메가미의 존속 여부는 멤버와 그 가족들이 결정할 수 없었다. 소학생 시절부터 아이돌 트레이닝을 밟은 이들에게 남은 것은 계약 기간 만료뿐이었다. 메가미의 마지막 음반인 3집 앨범은 히트하지 못했다. 리사와 마나가 연예인 생활을 그만두고자 했을 때 하루미는 배우가 되기를 원했고, 리사는 그것을 적극 응원했다고 했다. 리사는 이 대목에서 잠시 말을 멈추고 '그랬기 때문에' 하루미의 운명이 바뀌었다고 역설했다. 그러다 리사는 분노에 찬 듯 말했다.

—출생률이 제로에 가까워진다고 말해, 다들. 다행이지. 아이 낳아봐야 어차피 AV 될 테니까.

리사는 잠시 흥분을 가라앉히고 이야기를 이어갔다. 하루미는 예전 같았다면 생각도 하지 않았을 이름 없는 소속사로 적을 옮기고, 그곳에서 영업 위탁 계약서를 작성했다. 하루미는 그라비어 모델을 겸하는 텔런트로 계약을 했다고 생각했으나, 사실 그것은 그녀의 동의 여부와 관계없이 현장에서 일어나는 일체의 성행위를 녹화하는 일, 즉 AV 출연 계약이었다. 하루미는 이 계약으로부터 벗어나기 위해 노력했다. 그 과정에서 자신의 소속사에는 미성년자 시절 영업 위탁 계약서를 강제로 쓰고 들어온 사람들도 있다는 것을 알게 되었고, 그들과 공동으로 소송을 준비했다. 리사 역시 이 사실을 알고 그녀를 돕기 위해 노력했다. 리사는 내게 처음으로, 이십대 중반에 아키하바라 등지에서 노래를 했던 까닭을 이야기했다. 하루미의 소송에 제출할 서명을 받기 위해서였다고 했다.

—나에게는 오타쿠를 미워할 이유가 없어.

나는 리사의 그 말을 기억했고, 이야기를 마친 리사가 떠난 후 노트에 옮겨 적었다.

다음날 나는 출근하려는 리사에게 하루미의 근황을 물었다. 하루미는 한국 돈으로 십억 가까운 손해배상금을 청구받았고, 여전히 힘든 싸움을 하는 중이라고 했다. 저명한 AV 배우가 말기 암 선고를 받은 후 자서전을 출간해 자신이 부당한 강요에 못 이겨 AV 출연을 시작했음을 밝혔고 일본 사회가 충격에 휩싸였는데도 법은 '당연히' 그녀의 편이 아니라고 했다. 리사는 구두를 신으며 무심한 듯 말했다.

—내게는 하루미가 중요한 친구야. 메가미가 오사카 덴덴타운에서 공연을 했을 때, 노래하는 내게 너희 나라로 돌아가라고 외쳤던 남자와 맞서 싸워준 친구이기도 해.

나는 그 말을 듣고 내가 리사에 관한 중요한 사실을 놓치고 있었다는 걸 깨달았다. 리사는 나의 사촌이었고 한국인 어머니를 두었다. 고모가 오래전 영주권을 획득했으며 일본인 아버지를 둔 리사 역시 일본 국적을 가졌다는 사실과 별개로. 일본 연예계에 혼혈뿐만 아니라 재일조선인도 많다는 사실은 나도 들은 바 있었다. 리사가 한국인 어머니를 두었다는 사실이 알려졌을 때, 그녀에게 쏟아졌을 일부의 경멸과 비난을 나는 짐작조차 하지 못했다. 내게 리사는 고모의 자랑스러운 딸, 당대 최고의 아이돌 메가미의 멤버였을 뿐이므로.

리사가 출근한 후 나도 뒤이어 카페로 갔다. 그리고 그날 소설의 첫 문장을 썼다. '나에게는 오타쿠를 미워할 필요가 없다.' 써놓고도 내용이 와닿지 않아 한참을 들여다보았다. 내게 와닿지 않는 것과 별개로 마땅히 첫 문장에 와야 할 것 같은 내용이었다. 나는 서빙하는 리사를 지켜보았다. 리사가 먼저

나서서 내게 하루미의 일을 말해주었던 지난밤이 떠올랐다. 문득 리사에게도 자신이 원하는 자기 이야기가 있을까 궁금해졌다. 단 한 번도 생각해보지 않았던 것이었다. 나는 언제나 리사에게 그녀 자신을 캐릭터로 쓰고자 한다고 말했을 뿐이었지, 그녀를 어떻게 다룰지에 대해선 말해주지 않았다. 사실 말해줄 필요가 없다고 생각했다. 작가는 이야기의 신이며 인물을 만드는 창조주이므로. 나는 리사에게 그것을 물어보기로 했다. 그녀는 자기 인생을 어떻게 회고하는지, 더불어 오늘은 용기를 내서 JR동노조와 연대하던 시기의 일들에 대해서도 물어보리라 다짐했다. 훔쳐보거나 뒤져보지 않고, 당사자에게 정정당당하게 물어보기로.

그날 나는 퇴근하는 리사에게 함께 천천히 걷자고 말했다. 우리는 나란히 나카메구로 강변을 걸었다. 봄이면 벚꽃이 만개해 멀리서부터 관광객이 찾아오는 곳이라던데, 겨울에는 앙상한 나뭇가지들뿐이었다. 서로 침묵하며 강변을 반쯤 걸었을 무렵, 리사가 하루미 이야기를 꺼냈다.

─하루미 상이 한국에 놀러갔을 때, 거리에서 한국 남자가 얼굴을 알아보고 말을 걸었던 적이 있대. 아는 사이처럼 친근하게 인사를 하더니 대뜸 어깨동무를 하고 사진 촬영을 요구했다는 거야. 마치 정말 아는 사이처럼.

나는 찌푸린 얼굴로 리사를 돌아봤다. 리사는 참담하다는 듯 고개를 떨구었다.

─계약을 한 사람은 하루미 상이 맞지. 자기가 계약서에 서명을 했고. 미성년일 때 계약을 했던 친구들도 성년이 되어서야 계약 내용을 이행했으니 소속사 사람들의 말이 틀리지 않았는지도 모르지.

나는 아니, 그 사람들이 틀렸지, 라고 말해주지 못했다. 리사는 말마디마다 한숨을 쉬었다.

그날 밤 리사는 마트에 들러 장을 봐다가 요리를 해주었다. 퇴근하는 리사와 함께 외식을 하거나 편의점 음식으로 때우던 저녁 일과에서 처음 있는 일이었다. 리사는 밑반찬을 꺼내 접시에 정갈하게 담고, 고타쓰 앞에 앉아 나베를 했다. 거실 조명등 불빛을 받은 리사의 얼굴이 어린 시절처럼 예뻤다. 리사는 접시에 고기를 덜어주며 내게 물었다.

─지연은 소설 쓰는 거, 재미있어?

나는 언제나 그렇다고 대답하는 편이었다. 그러나 리사의 물음에는 선뜻 대답하지 못했다. 리사를 만난 그즈음의 소설 쓰기란 결코 재미있는 일이라고 할 수 없었다. 나는 황망한 심정이 되어 잠자코 있었다.

─지연은 꿈을 이룬 사람이니까.

리사는 다시 말했다. 그 말 한마디에 어린 시절의 풍경이 전부 몰려오는 것 같았다. 1991년의 미키마우스 클럽 단원인 리사, 어른들이 노래를 시키면 두 손을 가지런히 모으고 "〈고이비토요〉 한 곡 부르겠습니다" 말하던 깜찍한 소녀 리사. 머릿속으로 메가미가 가장 높은 곳에서 노래를 부르던 모습이 스쳐갔다. 단결 투쟁 조끼를 맞춰 입은 노동자들의 머리 위에서 노래를 부르던 모습.

—언니, 동노조에서 온 편지는 뭐야?

나는 이 순간을 오랫동안 기억하게 된다.

집게를 든 리사의 손이 멈추고, 나베에서 뜨거운 김이 솟아올랐다. 고개를 든 나와 눈이 마주친 리사는 웃었다. 조금도 당황하지 않은 얼굴로. 나는 그 순간 리사가 나의 질문에 자못 놀라기를 기대했는지도 몰랐다. 리사가 아, 그거, 하고 태연하게 대꾸하자 오히려 내 얼굴이 붉어졌다. 얼마나 오랫동안 기다려왔던 순간이었나. 동노조는 내 소설의 실마리가 되어줄 키워드였다. 나는 막연히 그렇게 믿고 있었다.

—아저씨. 야스코 상.

—야스코 상?

—동노조 조합원인데, 언제나 많이 외로우셔……

나는 '외롭다'라는 말의 여러 의미를 떠올려보았다. 리사의 말에 비하의 의도는 조금도 들어 있지 않은 것 같았다. 리사는 보이지 않는 상대를 향해 측은하다는 듯 입술을 깨물고 눈을 내리깔았다.

―2004년 상반기에 춘투 무대에서 노래하는 메가미에게 테러가 있었어. 악질적인 놈이 무대에 뛰어올라와 하루미 상의 몸을 더듬은 거야. 우린 그후로 동노조 집회에 나가지 않았어. 물론 그놈 역시 조합원이리라고 생각하지는 않아. 아저씨들은 좋은 사람들이었으니까. 야스코 상은 그때 우릴 지켜준 분들 중 하나야.

나는 리사에게 물었다.

―메가미는 왜 동노조 집회에서 공연을 했던 거야?

리사는 짧게 대답했다.

―우리는 노조 아이돌이었으니까. 그분들이 원했으니까.

마지막날 아침, 놀랍게도 리사에게 더이상 어떤 종류의 사실관계든 캐묻고 싶다는 욕망이 사라졌다는 것을 느꼈다. 나는 전날 밤 싸둔 짐을 떠들어보며, 이 여행의 의의를 생각했다. 여행을 통해 새롭게 알게 된 사실이 있긴 했지만 그렇다고 리사에 관해, 실존 인물에 관해 보다 정직하게 서사화한다는 것은 요원한 일이었다. 내가 줄곧 원해왔던 것이 주인공을 '대상화'하지 않는 정직한 서사였던가, 에 대해서도 확신이 없었다.

우에노역에서부터 나는 노트북을 꺼내들고 초고를 쓰기 시작했다. 일본에 가기 전에 썼던 초고에는 리사가 노래를 부르는 장면이 있었다. 우리 인생은 작은 비행기처럼 사뿐히 날아가. 모두 그저 날아가. 서로를 보지 않고. 싸우지 않고…… 메가미의 1집 수록곡이었다. 나는 다다미방에 정물처럼 앉아 멍한 얼굴로 그 노래를 부르는 리사를 쓴 적이 있다. 전철에서 예전 초고 파일을 불러와 그 장면을 모두 지워버렸다. 나는 동 노조부터 시작하기로 결심했다. 아저씨, 야스코 상. 나는 아저씨가 리사에게 보낸 편지의 내용을 상상해보았다. 내가 읽을 수 없는 일본어로 적혀 있을 말들. 리사에게 그 편지 내용을 들려달라고 할 필요는 없었다.

유미 상, 건강하니. 이번 춘투에서는 대체로 무력감과 패배감이 가득했다. 노조에는 젊은이들이 없다. 원래의 인원도 대개 빠져나가고 있는 실정이다. 오래전 무대에서 노조와 함께 했던 메가미의 활기가 그립구나. 너희는 우리 모두에게 희망이었다. 우리를 응원해주던 건강한 여동생들의 열기, 영원히 잊지 못하고 있다…… 언제나 진짜 연인이 될 수 없다는 건 알지만, 그래도 유미 상은 내게 연인이나 마찬가지다……

이 대목을 쓸 때 우에노역 개찰구에서 나를 배웅하던 리사의 모습이 생각났다. 리사에게 미안한 마음이 들었다. 실제의 리사를 빼닮은 모습이든 아니든, 나는 리사를 핍진하게 그려내고 싶었다. 그러나 그러려면 언제나 리사에게 미안해진다. 왜냐하면 내가 리사에 대해 쓰려고 할 때, 그렇게밖에 쓸 수 없다는 사실을 몹시 견디기 힘들기 때문이다.

나는 지금
빛나고 있어요

수지에게.

오래전 제비뽑기를 하던 순간을 기억해. 1998년도, 내가 너희 학교를 방문했을 때였지. 나는 수학여행을 처음 가봤던 거였어. 그해 봄 우린 잠실 롯데월드로 수학여행을 갔었어. 숙소는 롯데호텔이었는데 우리에게 'LOTTE'는 이미 익숙한 브랜드였지. 뮤지컬을 관람했고, 석촌호수에서 벚꽃 구경을 했고, 그리고 마지막 코스로 너희 학교엘 들렀어. 잠실 변두리의 조그만 중학교였지. 한국에서 올림픽이 열렸을 때 지어진 경기장 옆에 있는 아파트 단지의 학교였어. 한국으로 떠날 때 담임교사가 했던 말이 떠올랐어. "우리가 방문하게 될 자매결연 학교의 아이들은 우리보다 훨씬 형편이 어려운 친구들입니다.

부디 그 친구들 앞에서 말조심하길 바라요." 우리는 서로 쓰는 언어가 다른데 말조심을 하란 당부가 무슨 소용인지 잠시 생각해보았어. 우리가 탄 전세버스가 너희 학교 앞에 도착했을 때, 그만 담임교사의 그 말을 순식간에 이해해버렸지만 말이야.

아이들은 우릴 보고 신기해하며, "이 버버리 스타킹 진품이야?" 따위의 말을 영어로 하곤 했어. 교문 앞으로 춘추복을 입은 수많은 여학생이 달려나왔어. 나는 어렸을 때 항상 생각했던 것처럼, 서울 사람들 참 못생겼다, 고 느꼈어. 빨간 체크무늬 조끼에 쑥색 치마를 입은 너희 학교 애들은 촌스러웠어. 제비뽑기로 내 짝이 된 수지 너와 인사했을 때도 놀라고 말았지. 여학생이 이렇게까지 살이 쪄도 되나, 생각했던 것 같아. 친하니까 이제 와서 할 수 있는 말이지. 이런 생각을 말로 드러낸다는 게 무례하다는 것쯤은 알고 있어. 하지만 그때 무시했던 서울 여자들이 지금은 선망의 대상인걸.

학생회관에서 두 학교 교사들의 길고 긴 인사말을 들을 때, 내 명찰에 있는 성姓을 의식했어. 영문으로는 CHOI. 내 어머니의 성씨였지. 다른 학우들은 아버지의 성씨를 따르는데 나만 어머니의 성씨를 따른다는 것이 부끄러웠어. 그리고 불안했어. 너희 중 누군가가 내 성씨를 알아볼까봐. 수지 너와 그 후로 오랫동안 펜팔을 했지만 말하지 않은 것이 있지. 내 어머니의 고향이 한국이라는 것. 나는 혼혈아라는 것. 언젠가 일본어로 번역된 한국 소설을 보았을 때, 거기서 이런 대목이 나왔어. 혼혈인 아이를 두고 할머니가 "짐승의 새끼야"라고 말하는 거야. 소설을 잘 읽지 않는 내게 사촌동생이 추천한 책이었는데, 오랫동안 그 말이 맴돌았어. 짐승의 새끼야…… 얼굴로는 분간할 수 없을 테니, 사실 내가 혼혈이라는 건 중요한 사실이 아니야. 내가 먼저 말하기 전까지는 아무도 모르니까.

수학여행에서 돌아온 후에 '서울시 송파구 오륜동'으로 시작하는 주소로 내가 먼저 편지를 보내기 시작했고. 언젠가의 편지에서 너는 '서울시 송파구 오륜동'이 너희 집 고유의 주소가 아니라고 말했지. 그 중학교 아이들은 전부 그렇게 시작하는 주소를 가지고 있다면서. 나는 그 사실을 조금 신기해했고. 언젠가 한국에 오면, 언젠가 일본에 오면, 우린 수없이 약속을 했지만 한 번도 지키지 못했어. 이십대의 어느 날들엔가, 문득 한국에 찾아가서 오륜동의 수지를 불러낼까, 생각한 적이 더러 있었지만 실행하지 않았어. 내 기억 속의 통통한 수지를 잃고 싶지 않았거든. 이제 우린 서로 손편지를 보내지 않지. 이십 년의 세월이 흐르는 동안 우리는 한 번도 만나지 않았어. 내가 너에 대해 알고 있는 정보는 거의 없는 것 같아. 수지는 아직도 올림픽선수촌아파트에 살고 있고, 아직도 마땅한 직업을 찾지 못해 어머니가 운영하는 약국에서 아르바이트를 하고 있다는 것밖에는. 그건 나와 같지.

가끔은 그때 봤던 너희 학교가 생각나. 벚꽃이 핀 담장, 등나무 아래서 땀을 닦고 있던 남학생들, 흙먼지가 일어나던 운동장. 너희 학교 근처에 있는 올림픽경기장에서는 K-POP 스타들이 큰 공연을 한다지? 나도 계속 잘되었다면 그곳에서 공연할 수 있었을까?

나는 소학교 때부터 고교 때까지 학교에 제대로 출석해본 적이 별로 없어. 잠실로 갔던 수학여행은 나의 마지막 학창시절 추억 같아. 학교에서 남긴 친구도 없지. 딱 한 번 얼굴을 봤던 수지 너밖에는.

너에게 소포를 보내던 날이 생각나. 선물은 나의 첫번째 음반이었지. 수지 너는 음반에 대한 감상을 보내오지 않았어. 사실, 내게 음악성이 없다는 건 알고 있어. 언젠가 한 선배가 "나는 하루미 상의 음악성만은 인정해"라고 말했을 때, 나는 자괴감을 느꼈지. 그녀와 내가 함께 활동하던 시간 동안 내 보컬을 칭찬해주는 사람은 거의 없었어. 리더이자 센터였던 나는, 언제나 앞장서서 인터뷰하고 먼저 팬들에게 인사했던 나는, 블로거와 기자들의 사냥감이었지. 내 앞에선 사근사근 웃어주던 기자들도 자기들이 쓰는 글에서는 나를 비난했어. '솔직히 나는 리사의 보컬이 불편하다'든가 '다른 멤버들의 서브 보컬이 받쳐주지 않았다면 메가미는 폭망했을 것이다'라는 네티즌들의 논평을 볼 때마다 가슴이 찢어지는 것 같았어. 지금에 와서야 이렇게 담담하게 말할 만큼 괜찮아졌지만 당시에는 입에 담는 것도 어려운 일이었지. 내 보컬 실력에 대한 세간의 평가라는 것은.

항상 인정받는다 생각하면서도 불안했고, 내가 없어져도 우리 그룹에 아무런 지장이 없으리란 생각이 들 때마다 외면하고 싶었어. 어린 시절부터 갈고닦은 보컬이지만, 누구에게도 말하지 못한, 엄마에게도 말하지 못한 비밀이 있었어. 사실 나는 악기를 배울 수 없을 것 같았어. 미키마우스 클럽 시절, 일곱 살 때는 이것저것 악기를 배우려 시도했었지. 하지만 내겐 소질이 없었어. 특히 합주를 하기 직전에는 오금이 저려오곤 했지. 그래서 나는 내 몸을 선택했던 거야. 내 목소리만은 배우고 익히면 발전할 것이라는 믿음이 들었기에. 다른 악기를 배우지 못해 보컬이 되었던 나를 사람들이 다 꿰뚫어보고 있는 것만 같았지.

나는 사람들을 행복하게 해주고 싶었어. 나로 인해 다른 사람이 행복해진다는 것의 의미를 아주 어린 시절부터 알고 있었지. 그게 내가 배운 전부였다고 해도 과언이 아니야. 예로부터 연예인이란 그런 존재라고 스승들이 말해왔으니까. 하지만 철없던 시절엔 그걸 잘 이해 못했던 것 같아. 내가 수지 너에게 '나의 정체'에 대해 밝혔을 때, 곧 도착한 네 답장에는 흥분감이 가득해 보였어. '곧 한일 문화교류가 정식으로 시작된다고 하는데 그럼 리사의 음반과 영상을 볼 수 있는 걸까?' 나는 곧장 답장을 보냈지. 당시 냈던 솔로 앨범 〈소철지옥〉과 내가 나온 드라마 영상 CD를 동봉해서. 수지 너는 그때, 처음으로 내게 전화번호를 알려달라고 했어. 그때 나는 다른 십대들과 달리 휴대전화를 가지고 있었지만 그 사실을 알려주지 않았지. 집에 있는 일이 별로 없어 집 전화번호는 알아도 소용이 없다는 핑계를 댔고. 그때 조금 얄궂은 기분이 들기도 했던 것 같아. 수지가 나에게 느낀 갑작스러운 친밀함이 우스웠달까. 이제야 하는 이야기지만 소녀로서 당연한 일이었을 텐데.

그해 10월에 수지가 말한 대로 공식적인 문화교류가 시작됐지. 김대중 대통령이 일본에 왔고, 오부치 게이조 총리와 공동선언을 하고 액션 플랜을 발표했어. 문화 수교 첫 타자로 한국에서 뒤늦게 개봉했다던 영화 제목은 기억나지 않아. 수지가 그때 했던 말은 기억하지. '우린 이미 일본 영화와 일본 음악, 일본 소설과 일본 만화를 보고 듣고 있었는데 말이야, 해적판으로.' 그때 나는 이상한 기분을 느꼈어. 수지가 내게 했던 말의 의미는 무엇이었을까? 나는 이미 일본에선 꽤 유명한 아이돌이었는데 말이야. 해적판으로 돌려볼 만큼의 연예인은 아니었다는 걸까?

그래, 사실 내 앨범 〈소철지옥〉은 일본에서도 반응이 좋지 않았어. 열세 살에서 열네 살이 될 때까지 나는 학교 수업도 거의 듣지 못하고 그 앨범 준비에 매진했는데 말이지. 뒤늦게 자신이 오키나와 출신이었다고 밝힌 선생님, 내가 스승이라 기억하고 있는 몇 안 되는 사람 중 하나인 미사코 상이 내내 날 교육해주었지. 〈소철지옥〉의 가사를 쓰신 분이야.

독이 있는지도 모르고 삼키는 것처럼…… 당신에 대한 사랑은 늘상 고통스럽기만 했지. 그런데도 난 여기서 기다려…… 잎과 열매를 먹고, 언제 독이 퍼질지 몰라 두려워하면서……

마치 실연을 겪는 여자의 평범한 읊조림처럼 시작되는 이 노래는 사실 1920년대 일본의 경제공황을 다루는 노래야. 설탕값이 폭락하고 흉작을 겪으면서 지독한 가난에 시달렸던 사람들의 이야기지. 이 시기를 '소철지옥'이라고 불렀어. 당시 사람들은 소철로 연명할 수밖에 없었다고 해. 소철의 잎과 열매에는 독이 들어 있는데, 그걸 미처 제거하지도 못하고 꾸역꾸역 먹었던 사람들의 이야기야. "이 비참을 이해할 수 있겠니?" 미사코 상은 내게 물었지. 그리고 나는 선생님들이 내게 늘 장점이라고 말해주었던 음산한 보컬로 그 곡을 소화해냈어. 앨범의 제목을 '소철지옥'이라고 하는 데 대해서 소속사의 누구도 반대하지 않았었고.

지금은 알아. 그런 제목을 가진 앨범이 흥행할 리 없다는 걸. 평론가와 기자 몇은 '나이답지 않게 성숙한 리사의 보컬'이라고 글을 썼지만, 그 이상의 칭찬은 없었어. 아마 이후의 메가미 활동에서 내게 악평을 달았던 사람들의 선입견도 〈소철지옥〉에서 비롯되었을 거야. 그래도 나는 그 앨범을 낸 걸 후회하지 않아. 그건 그냥 내 것이었으니까. 그러나 말해 뭐하겠어. 나는 냉정한 평가를 받았지. 내가 하루미와 같은 맑고 고운 음색이었다면, 그래서 누구의 마음이든 편안하게 해줄 수 있는 신적인 능력 같은 게 있었다면 솔로 활동을 이어갈 수 있었을까. 결국 문제는 내게 음악성이 없다는 거였지. 내 보컬은 오랜 시간 동안 대중에게 서서히 외면당하고 있었고.

한국에서는 지금도 오타쿠들을 경멸한다고 들었어. 당연한 이야기지. 일본에서 가장 유명한 오타쿠는 소녀들을 강간한 후 살해했고, 일본이나 한국이나 오타쿠(특히 남성)들은 자기 세계에 방어막을 치고 허구의 여자들을 탐하기 일쑤이며 대개 잘못된 여성관을 가졌으니까. 그러나 수지야, 짐작할 수 있겠니. 나에게 그 사람들은 한때 구원과도 같았어. 하루미 문제로 모금을 할 때 가장 앞장서서 도와줬던 사람들이니까. 십시일반 돈을 모아주고 소송에 필요한 서명을 받아준 사람들이었어. 하루미 문제를 알리기 위해 콘서트를 열었을 때, 사실상 '퇴물'과도 같았던 내 공연을 보러 와준 이도 오타쿠들밖에 없었지. 전국 방방곡곡에서 아이돌이 되겠다는 포부를 품고 올라온 십대 어린 여자애가 도쿄에 차고 넘치는데도. 나도 내가 한창때가 아니라는 걸 잘 알고 있었지. 돈 떨어진 노름꾼처럼 어디서도 고개를 똑바로 들지 못할 때, 나는 용기를 냈던 거야. 하루미를 위해.

기억하니, 하루미가 회사에 속아 영업 위탁 계약서를 작성하는 바람에 AV 배우가 되어버렸던 거. 너에게 그 이야기를 털어놓았을 때, 하루미는 원치 않는데 옷을 벗고 있어, 라고 완곡하게 표현했었지. 그 말에 숨겨진 이야기들은 더 처참해. 하루미가 처음 촬영장에 갔던 날에 대해 말해준 적이 있어. 처음 보는 남자 열 명과 한꺼번에 섹스를 하라고, 그것도 카메라 앞에서. 하루미는 피임약을 먹고 촬영을 했어. 그들 중 누구도 콘돔을 쓰지 않았대. 열 명의 손과 혀가 다지류의 벌레처럼 하루미의 온몸을 휘감았다지. 나는 그런 이야기를 계속 듣고 싶지 않았어. 끔찍했어.

그즈음부터 나에게는 전에 없던 신경증이 생겨나기 시작했어. 우선 편의점엘 가지 못했어. 처음엔 왜 그렇게 되었는지 몰랐고, 생필품을 사러 나갈 수 없으니 갑갑하기만 했지. 로손에서 세븐일레븐에서 패밀리마트 앞에서 나는 왜 체한 것처럼 가슴이 답답해 돌아서야만 했을까. 그 병을 앓기 시작한 지 한 달쯤 지난 후 깨닫게 되었어. 편의점 가판대에서 하루미를 보고 말았던 거야…… 벌거벗은 상반신을 그대로 노출한 하루미가 성인 잡지의 표지 모델이 되어 있었어. 나는 얼른 고개를 돌렸는데 한 무리의 남자 중학생들이 낄낄거리며 가판대 앞을 지나갔어. 그들이 뭘 보고 웃었는지는 몰라. 그런데도 그들을 때려눕히고 싶다는 충동에 휩싸였지. 나는 얼른 발길을 돌렸고, 그날 이후부터 편의점엘 가지 못했어.

잡지 사진을 찍는 카메라 앞에서도 수치심을 느꼈을 하루미를 생각하면 못 견딜 만큼 화가 나서 아예 처음부터 다 모르는 일로 해버리고 싶었어. 얼마 전 뉴스를 보고 나는 코웃음을 쳤어. 이제 일본 전역의 편의점에서 성인물 가판대를 치워버린다는 거야. 2020년 도쿄올림픽을 앞두고, 외국인들에게 야만적으로 보일지도 모른다고. 그걸 왜 지금에야 깨달았을까? 하나같이 여성의 신체에만 집중하고 있는 사진들과, 전부 강간 포르노인 만화들을 전시해두며 그것이 야만적이라는 걸 왜 몰랐을까? 사실, 나는 알았을까? 하루미란 친구를 두지 않았더라면.

어쩌면 말이야, 내 공연에 와서 나를 응원해주고, 돈과 서명을 모아준 오타쿠들도 전부 그런 걸 보며 시시덕거리는 족속들일지도 모르지. 내 앞에선 하루미가 승리하길 기원한다고 해놓고 집에 가서는 하루미가 나오는 AV를 보며 딸을 칠지도 모르지. 비싼 값에 아이돌의 때묻은 스타킹을 사는 사람들인데. 그런 것이 혼란스러웠던 순간도 분명 있었어. 리사의 보컬은 음산하고 불편하다고 진지하게 악평을 작성하는 이들과 오타쿠는 다르다는 믿음이 있었는지도 몰라. 그들은 대개 바보 같지만 정말 순수한 이들이라고 합리화했는지도 몰라. 오타쿠건 아니건 상반된 면면들이 한 사람에게 전부 존재할 수 있다는 걸 나는 이제야 조금 깨닫고 있는 것 같아.

하루미는 지금도 싸우고 있어. 애초에 속아서 한 계약에서 벗어나려면 아직도 엄청난 돈이 필요해. 어느덧 이만큼이나 나이를 먹었는데, 아직도. 수지야, 이해할 수 있겠니? AV로부터 벗어나려고 오랜 시간을 싸우고 있는데, DVD 숍에서는 아직 그녀가 출연한 영상이 팔리고 있고, 한국 같은 데서는 아예 웹하드에 무료로 돌아다니고 있다지. 인터넷에는 하루미(아, AV 예명이 있기는 해, 준코라고)에게 성희롱하는 자들이 가득해. 일본어 댓글이나 한국어 댓글이나 비슷한 내용이겠지. DVD 표지에서 벌거벗은 채로 무릎을 꿇고 있는 하루미를 생각할 때마다 숨이 막혀. 그녀가 모든 연예계 활동을 접고 결혼하겠다고 했을 때 내가 말렸거든. 하루미의 재능은 그런 식으로 썩힐 만한 게 아니다. 그라비어 모델을 하든 예능인이 되든 어떻게든 연예계에서 살아남아 언젠가 꼭 다시 노래를 해라. 그렇게 강권한 사람이 나였어. 그러니까 하루미가 AV가 된 데는 내 책임도 있는 거지. 그때 내가 하루미의 운명을 바꿔놓은 건지도 몰라.

하루미의 부모님은 아직도 딸이 AV인 줄 모르셔. 도쿄로 올라오는 일도 거의 없고, AV DVD를 볼 일도 없기 때문이겠지. 아직도 그분들에게 하루미는 자랑스러운 딸이야. 한때 가장 높은 곳까지 올라섰던 아이돌. 이미 오래전 끝나버린 줄도 모르고.

그러고 보면 그룹 활동 시기에도 하루미는 아저씨들의 표적이 되곤 했어. 환호하는 팬들 사이로 정신없이 지나갈 때면 경호원의 방어를 뚫고 우리에게 손을 뻗는 자들이 있었어. 하루미는 그런 자들에게 우리 중 가장 많이 당했어. 어떤 미친놈은 하루미의 가슴을 힘껏 움켜쥐었다 도망가기도 했고, 하루미의 치마 밑으로 손을 넣으려던 개자식은 경호원에게 걸려 죽기 직전까지 얻어맞았지. 나에게는 그런 일이 거의 없었는데, 추측건대 나는 '음산한 보컬'의 리사였기 때문 아닐까. 하루미는 '맑고 고운' 목소리로 노래를 불렀어. 가끔 하루미가 솔로로 무대에 올라 "후와후와리 후와후와루 ふわふわり ふわふわる, 둥실둥실 두둥실"노래할 땐, 구름 위를 걷는 듯 황홀해졌지. 하루미는 요정 같았어. 그래서였을까. 모두 하루미를 만만하게 봤던 거야. 마녀 같은 리사라면 길길이 날뛰고 화를 내겠지만 하루미는 봐주겠지, 우리가 가슴 좀 만진다고 난리 치지 않을 거야, 뭐 이렇게라도 생각한 걸까? 하루미는 그런 일을 겪을 때마다 화를

내거나 울지 않았어. 어두운 얼굴로 입을 꼭 다물었을 뿐이지.

그러나 언젠가 무대 뒤에서 하루미는 내게 털어놓았지. 가끔은 죽고 싶어질 때가 있다고. 소학교에 입학하자마자 연예인이 되려고 지독한 훈련을 받았는데, 그저 성실하게 노력해 왔을 뿐인데, 가끔은 내가 저들의 장난감이 되기 위해 그토록 애써 살아왔나 싶은 생각이 든다고.

그런 하루미가 그토록 굴욕적인 촬영을 했어야 했다는 사실을 어떻게 받아들여야 할까. 이럴 때는 우리 그룹 메가미라는 이름에 기대게 돼. 여신님이 계신다면 우리 운명을 이렇게 내버려두지는 않겠지, 싶은 마음으로.

메가미 시절은 짧았지만 많은 일이 있었어. 그중 수지 너에게 못했던 두 가지 이야기를 해보려고 해.

사람들이 멋대로 하루미를 만만한 작은 요정이라고 생각하는 것과 다르게 하루미에게는 나보다 더 강한 면이 있었어. 하루미는 슬픔을 훌훌 털고 일어날 줄 알았어. 내가 악평을 읽고 울고 있을 때면 다가와서, "계속 울어, 울어봤자 남는 건 울음을 그쳐야 한다는 사실뿐이라는 걸 깨달을 때까지" 하고 무섭게 말하곤 했지. 또다른 멤버인 마나도 다정한 친구였지만, 하루미만큼 내게 깊숙하게 영향을 미치진 못했던 것 같아. 나는 아직도 그 시절을 추억할 때면, 무대에 올라가기 직전 내 치마를 털어주던 하루미의 손길을 떠올려. 엉덩이를 가볍게 툭툭

치던 손길을. 그날도 그랬지. 오사카 덴덴타운에서 다섯번째 공연을 했던 날.

거짓말 같겠지만 그날은 왠지 무대에 오르기 싫었어. 의상을 입고 메이크업을 다 했는데 그대로 누워 자고 싶기만 했지. 감기 기운이 있는 것도 체한 것도 아닌데 몸이 무겁고 자신이 없었어. 그때 이미 나는 객석에서 던지는 토마토도 맞아본 경험이 있었는데 말이야. 하루미는 내 어깨를 토닥여주고, 치마를 털어주었어. "힘내자, 잘해보자"라는 하루미만의 제스처였지. 그렇게 무대에 올랐는데……

"너희 나라로 돌아가라! 빨갱이 년!"

내 파트가 되어 마이크를 드는 순간 누군가 외치는 거야. 귀를 의심했어. 처음엔 나에게 하는 말이라는 생각도 못했지. 왜? 나에게는 돌아갈 다른 나라도 없었고, 빨갱이라는 말은 생전 처음 들어보는 단어였어. 메가미 1집 앨범의 배경색인 빨강을 뜻하는 건가? 그런 생각들이 뒤섞여 노래를 할 수 없었어. 입을 못 떼고 허둥대자 하루미가 급히 나서서 대신 노래를 불러줬는데, 그때 객석에서 엄청난 환호가 터져나왔어. 나는 무대 밑으로 그만 꺼져버리고 싶었어.

곡을 마치며 내가 다시 중앙에 섰는데, 그때 그 말이 다시 들렸어. "너희 나라로 돌아가라……" 하루미가 나보다 먼저 그 말의 뜻을 이해했던 것 같아. 하루미는 마이크에 대고 "사과하세요"라고 외쳤지. 그러자 객석에서 웅성대는 소리가 커졌어. 하루미는 몇 번이나 사과하라고 말했어. 그날 공연이 끝나고 밴으로 가려는데, 한 남자가 소리를 지르며 우리에게 다가왔어. 경호원들이 그의 앞을 가로막았지만 하루미는 도리어 남자 앞으로 불쑥 다가섰지. 그러고는 이렇게 말했어.

"리사에게 정식으로 사과하세요. 무릎 꿇는 것까진 바라지 않습니다."

남자는 어이없어하며, "리사는 조선인이잖아! 조선학교 다니는 빨갱이들과 같은 족속!"이라 외쳤지. 나는 그 순간 남자의 행색을 살폈어. 왜 그랬을까. 나는 이미 생각하고 있었던 거야. 여기는 오사카 덴덴타운, 부랑자들이 모여 있는 곳이라고. 마치 남자가 부랑자라면 그의 혐오 발언을 용서해줄 수 있다는 양, 나는 그가 그런 족속이기를 바라고 있었지. 집도 없이 떠돌다가 메가미의 무료 공연을 보러 와서는, 내가 혼혈이라는 사실을 어디서 알아내 나를 모욕하는 사람일 뿐이라고. 그런 불쌍한 사람이 분명하다고.

하루미는 자기가 연예인이라는 사실도 잊어버린 듯 소리질렀어. "거지같은 자식! 제대로 사과하란 말이야!" 남자는 결국 내게 사과하지 않았고, 모욕적인 언사만 몇 마디 더 내뱉고 사라졌지. 하루미가 너무 크게 화를 내는 바람에, 나는 하루미도 혼혈인가, 잠깐 생각해보기도 했어. 하루미의 정의감을 이해하기엔 나는 너무 옹졸하고 나약한 인간일 뿐이었던 거야. 하루미는 도쿄로 돌아가는 밴 안에서 눈물을 글썽였어. 하지만 결코 울지는 않았지. 눈가에 맺힌 물기를 꽉 쥔 주먹으로 닦아냈을 뿐이야. 그리고 이렇게 말했지.

"저들에게 누가 그런 말을 가르쳐준 걸까?"

나는 대답했어. "내가 혼혈인 건 사실이니까. 조선학교와는 관계없지만." 하루미는 냉정한 얼굴로 나를 쳐다보며 말했지.

"그자의 발언은 리사와 상관없는 이야기야. 그 누구와도 상관없는 말일 뿐이지."

그리고 습기 찬 창문을 옷소매로 슥슥 닦아냈어. 눈물을 닦아내듯. 그 모습도 내게 깊은 인상을 남겼어. 하루미가 그런 일을 당한다면, 나는 맞서 싸워줄 수 있을까? 마음속으로 질문을 던져보았지만 대답을 하지 못했지. 나는 곧 생각하기를 그만둬버렸어.

나의 의지와는 관계없이 그런 상황은 얼마 안 돼 벌어지고 말았지. 이 이야기를 하기 위해서는 우선 아저씨들 이야기부터 해야 돼. 그 아저씨들은 오타쿠나 부랑자와는 한결 다른 사람들이었어. 우리가 언제부터 아저씨들과 함께하게 됐는지는 잘 기억나지 않았는데, 얼마 전 소스라치듯 떠올랐어. JR동일본노조. 얼마 전 내 사촌 지연이(기억나지?) 나에게 기습하듯 질문을 던졌기 때문이야. "언니, 동노조에서 온 편지는 뭐야?" 그 아이는 소설을 쓰는 작가인데 내 이야기를 쓰고 싶다고 옛날부터 말해왔거든. 사실 나는 그 질문을 듣고 매우 당황했어. 지연이 우리집에 놀러와 머물면서 내가 아르바이트를 하는 동안 내 물건을 뒤져봤으리라는 생각이 들었기 때문이었어. 아무리 사촌지간이라도 남의 물건에 손을 대는 건 나쁜 짓이잖아? 그렇지만 나는 태연한 얼굴로 대꾸했지. 아저씨, 야스코 상에 대해. 왜 그때 야스코 상이 생각났는지 모르겠어. 야스코 상은 나와 인사 한번 나눈 적 없었는데. 단지 하루미를 도와준 분인데…… 그런데 다른 아저씨들 이름은 잘 기억나지 않아. 기억하고 싶지 않은지도 몰라.

메가미를 노조의 아이돌로 만든 소속사 팀장님은 그분들을 특별한 분들이라고 말했어. 가정과 조국을 위해 싸우는 분들이라고. 그러므로 그분들이 집회를 열 때마다 가서 공연하면 덕성스러운 아이돌로 인정받을 수 있다고 했어. 실제로 처음 가본 JR노조의 집회는 많이 과장해서 도쿄돔 합동 공연만큼 성대했던 것 같아. 집회를 이끌어가는 노조 집행부가 무대에서 우리를 "동노조와 함께하는 메가미"라고 소개했지.

나는, 그리고 우리 메가미는, 그분들이 무엇을 위해 누구와 싸우는지 정확히 몰랐어. 나 같은 경우, 단결 투쟁이란 모두에게 필요한 덕목이라고 생각했을 뿐이야. 노조 아저씨들이라고 해서 특별히 친절하지도 않았고 당연히 메가미를 특별히 좋아해주지도 않았어. '노조 아이돌'이라는 표현은 메가미의 소속사와 노조 집행부만이 쓰는 말이었지. 아저씨들은 우리 공연을 볼 때면 점잖게 박수를 칠 뿐이었어.

사촌 지연이 동노조에서 온 편지가 뭐냐고 물었을 때 당황했던 데에는 사실 다른 까닭도 있었어. 그 아이는 자기가 발견한 그 편지에 굉장한 의미를 부여하는 것 같았지만 내용일랑 짐작할 수도 없었겠지. 지연은 마치 그 편지가 팬레터라도 되는 양 생각하는 것 같았어. 어쩌면 아저씨들 중에 심각한 오타쿠가 있을지도 모른다고 상상했던 걸까. 하지만 편지는 그런 내용이 아니었어. 메가미의 리사 앞으로 온 편지는 맞지만 메가미에 관한 것도 리사에 관한 것도 아니었다는 말이야.

그건 하루미를 돕고 싶다는 편지였어. 당시 하루미가 소속사와 싸우고 있다는 기사를 내주겠다는 매체는 거의 없었어. 여기저기 연락을 해봤지만, 메가미 시절 친했던 기자들도 전부 그런 아이들이 있었느냐고 되묻기라도 하듯 우리를 홀대했지. 나는 그리고 우리는 아무것도 아니었고 아무것도 아니구나, 그때처럼 실감했던 때는 없었던 것 같아. 겨우 지방의 작은 매체에서 하루미의 소식을 실어주겠다는 연락을 해왔어. 하루미는 최선을 다해서 인터뷰했어. 자기가 처한 상황을 정확하게 전달하려고 노력했지. 기사가 인터넷에 올라왔을 때 다소나마 댓글이 달렸는데, 전부 이런 내용뿐이었어.

'메가미의 하루미, 결국 몰락하다.'

'헝클어진 머리에 안경 쓴 모습, 동정표를 얻기 위함인가. 보기 불편하다.'

나는 하루미에게 인터넷 댓글을 보지 말라고 했지만, 하루미는 그걸 다 읽고 말았지. 그때도 하루미는 울지 않았어. 하루미는 이미 알고 있었으니까. 울어봤자 남는 건 울음을 그쳐야 한다는 사실밖에 없다는 걸.

야스코 상이 그 기사를 읽고 편지를 보내왔던 거야. 메가미의 리더 리사에게, 라고 시작되는 편지에는 하루미가 괜찮다면 노조에서 모금을 하고 싶다는 내용이 들어 있었어. 하루미 상 역시 노동자인데, 자본의 논리에 의해 사기 계약의 피해자가 된 것을 남 일로 두고 볼 수가 없다고. 아, 그때 생각했어. 아저씨들은 단결 투쟁하는 사람들이구나. 아저씨들과 연대한다면 답을 찾을 수 있을까.

2004년 봄이었어…… 동노조가 봄마다 하는 집회가 있는데, 그 무대에 올랐을 때였어. 우린 그때 새로운 타이틀곡을 홍보하고 있었어. 내가 유독 좋아한 메가미의 곡이기도 했지. 〈나는 지금 빛나고 있어요〉란 곡이었어. 당시엔 시티팝 열풍이 일었고 우린 소속사로부터 1988년의 모리타카 치사토를 재현하는 곡을 받았지. 우린 그녀처럼 파워숄더 블라우스에 짧은 미니스커트를 입고 무대에 섰어. 모리타카 치사토는 무대에서 치마를 일부러 들썩여 팬티를 보여주곤 했지만 우리 무대에서 그런 계획은 없었어. 단지 치마가 너무 짧았을 뿐이지. 우리 중 누군가가 넘어지는 불상사가 일어날 줄도 몰랐고.

곡에는 모리타카 치사토에게 헌정하는 가사도 들어 있었어. "내가 아줌마가 되어도...... 지금처럼 나를 사랑해줄 건가요, 지금 빛나는 나를 사랑하듯." 그 대목을 하루미가 불렀지. 하루미는 "지금 빛나는 나"까지 부르다가 발을 삐끗해서 넘어졌어. 치마가 홀렁 뒤집어졌고 음악은 계속 흐르는데 하루미는 좀처럼 일어나지 못했어. 발을 삐끗하게 만들었던 구두굽이 너무 높아서 다시 발목을 세우지 못했던 거야. 내가 하루미의 구두를 벗겨주려 하는데 무대에 웬 놈이 난입했어. 그는 하루미에게 전속력으로 달려와서 그녀의 온몸을 더듬었어. 무대 위에서, 수많은 관중이 보는 가운데에서. 곧바로 아저씨들이 뛰어올라와 그놈을 진압했어. 나는 그놈도 노조 아저씨들 중 하나이리라고는 조금도 생각하지 않았어. 그 와중에도 얼른 행색을 살폈는데, 그래, 어떤 아저씨처럼 동노조 조끼를 입지도 않았고, 다른 아저씨처럼 이마에 띠를 두르고 있지도 않았어. 그래, 아니었어.

아니라고 믿고 있어, 지금도. 메가미가 하나였던 것처럼 아저씨들도 하나였어. 하루미를 돕기 위해 모금하겠다고 나서는 자들과 관중이 보는 앞에서 하루미를 추행하는 자가 어떻게 하나일 수가 있겠어. 거기가 덴덴타운도 아닌데, 왜 그런 자가 노조 집회에 있었는지, 2004년 그날 이후로 그 질문은 계속 나를 괴롭혔지만 잊으려고 노력했어. 더불어 나는 하루미가 내게 그래줬던 것과 달리 하루미를 테러한 자에게 맞서 싸우지 못했다는 사실도.

하루미는 예상한 대로 아저씨들의 돈을 받지 않겠다고 했지. 메가미는 그들에게 준 것이 없다는 이유였어. 아키하바라의 오타쿠들을 대하는 것과 아저씨들을 대하는 것이 확실히 달랐지, 하루미는. 그래, 아저씨들은 우릴 원하지 않았고 우린 그들에게 기쁨을 준 적 없었으니까.

나에게는 과거 무대 영상을 돌려보는 악취미 따윈 없어. 팬레터를 들춰보는 짓도 하질 않아. 하지만 가끔은 모리타카 치사토의 뮤직비디오와 무대를 유튜브에서 감상해. 웨이트리스 복장을 한 그녀가 "참을 수 없어!" 외치는 장면을 보고, "실력 따위 없어도 돼, 나는 외모가 되니까"라고 당당하게 말하는 장면을 보고, "내가 아줌마가 되어도" 하며 웃음 짓는 장면을 봐. 그럴 때마다 어김없이 하루미가 넘어지던 순간을 떠올리지만 이제는 습관처럼 생각하고 말아버릴 뿐이야. 수지야, 아름다운 과거보단 불길한 미래가 훨씬 가깝게 느껴져. 아이돌을 졸업하고 그림책 디자이너가 되기를 바랐던 나도, 끝내 연예인으로 남기를 바랐던 하루미도, '현모양처'가 되기를 꿈꿨던 마나도 전부 실패하고 말았어. 마나마저도 결혼한 지 얼마 안 돼 사실상 실패하고 말았지.

사촌 지연과 퇴근길에 지하철을 탔을 때 그 아이는 열차에서 꾸역꾸역 밀려나오는 사람들을 보며 "밥벌레 같다"고 했어. 순대에서 나오는 밥벌레들 같다고. 그건 자기가 생각해낸 말이 아니라 한국의 유명한 시인이 쓴 시의 한 구절이라고 했지. 나는 잠시 의미를 곱씹어보다가 어릴 적 어른들에게 그런 뉘앙스의 말을 들은 적이 있다는 걸 기억해냈어. 맞아, 나도 그런 게 싫어서 엄청난 월세를 감당하며 일터 근처에 살고 있어. 여긴 웬만한 시내 중심가는 걸어서 갈 수 있는데다 봄이면 벚꽃이 만개하는 고즈넉한 동네야. 물론 하나미花見. 꽃놀이 시즌에는 엄청난 인파가 몰려들어 집밖으로 한 걸음도 나가기 싫어지지만. 언제 직장을 옮길지 모르는 신세지만 이렇게 살고 있어, 모두가 그러하듯이.

수지야, 우리가 만나기는 아무래도 어렵겠지. 우리는 서로의 트위터와 인스타그램 계정을 팔로하고 있지만 가끔 공감 버튼을 눌러주는 것 말고는 소통하지 않아. 나는 이제 한국어를 더 열심히 공부하는 일을 거의 포기했고(한국에 갈 일이 더는 없으니까⋯⋯), 하루하루를 버티며 살아가고 있어. 버티는 자가 살아남는 거라고, 어린 시절 선생님들은 하나같이 말했지. 하루미에게도 포기하지 말기를 당부했는데 솔직히 다시 돌아갈 수 있다면 어른들 말 따위 듣지 않을 거야. 〈소철지옥〉이라는 앨범 따위 내지도 않을 거고. 솔직히 소철지옥에 대한 역사를 배울 때 와닿지도 않았어.

얼마 전부터 하루미가 인스타그램을 시작했는데(그녀로서는 엄청난 용기가 필요한 일이었지) 이틀 만에 비공개 계정으로 돌려야 했어. '준코'라는 예명을 쓴 것도 아닌데 웬 사내놈이 하루미의 AV 숏을 올리고 하루미 계정을 태그한 거야. 코멘트에는 '나의 아이돌 준코'라는 말이 있었어. 하루미는 곧바로 그 태그를 삭제해버렸어. 누군가 그녀를, 또 나를 '나의 아이돌 메가미'로 부른다면 예전처럼 행복해질 수 있을까? 생각해보았지만 역시 아닐 것 같아. 이제 아이돌이라는 단어는 누구에게나 무엇에게나 갖다붙일 수 있는 너무 흔해빠진 말이 되어버렸어. 나도 하루미도 이제는 아이돌이 되는 것을 원하지 않아.

내 어머니의 고향에 살고 있는 수지야, 나는 여전히 서울에는 별다른 흥미가 없구나.

하루미,
봄

세상에 나처럼 노동 안 하는 사람 또 있을까?

살면서 이렇게까지 일을 안 해본 해는 처음이다. 당장 생산성은 없었어도 결과적으로 만 일곱 살이 되던 해부터 직업인으로 살아온 셈인데. 일을 하지 않고 보내는 시간이 내 삶에 존재하리라고는 생각해본 적 없었다. 나, 이제는 아르바이트도 못해…… 그러나 리사는 내게 말해주었다. 지금은 팬데믹이라고. 너 혼자만 일을 못하고 있는 게 아니야. 꽃놀이 시즌에도 나카메구로에 사람이 없어서 리사가 아르바이트하는 가게는 문을 닫았다. 그건 우리가 게을러서가 아니야. 리사는 또 말해주었다. 이제 우리도 드디어 자폐하게 되었구나.

그러나 나는 조금 궁금하고 묻고 싶다. 팬데믹은 세계적으로 전염병이 대유행하는 상태라는데, 그러므로 우리는 각자의 공간에 자폐하게 되었다는데, 혹시 잊었어? 꿈성운 다정함별과 13성좌, 우리의 ☆과 또 ★ 민십자가와 익투스와 라우렌 장식이 있는 반짝반짝한 묵주 반지와 성모상과 성모자상과 아직 우리 엄마가 부잣집 소녀였던 시절, 파리의 노트르담대성당에서 사온 성물들. 우리가 모두 사랑했던 살구색 레이스 미사보. 십자가와 성수 그리고 우리의 백마술. 리사와 하루미와 마나가 아니라, 리아와 글라라와 프란체스카 로마나였던 우리. 그건 우리의 흑역사였다. 한창 잘하고 있던 시절의 우리에게도, 소속사 선생님은 꾸짖듯 말했지. 농담이라고는 했지만. 너희들은 철부지였다고. '너희는 스스로를 마녀라고 생각했겠지만, 아니, 괴물이었어.'

나는 요즘 다시 저널을 꾸미기 시작했다. 산리오 쇼핑몰에서 리틀 트윈 스타즈를 주문했다. 실 스티커와 인쇄 스티커와 마스킹 테이프와 메모지와 색종이까지. 시골집에 있는 엄마의 공예 테이블에서 레이스 천과 콩크 진주와 단추 따위를 잔뜩 집어왔다. 그것을 한 페이지에 가득 욱여넣어 붙인다. 반짝이는 유니콘 스티커와 버찌 무늬가 촘촘한 마스킹 테이프를 페이지에 가로질러 붙이고 수채 색연필로 그림을 그린다. 나무와 다람쥐, 개구리, 튤립 같은 것들을. 그때 우리가 주고받았던 비밀 일기를 꾸미듯이. 선생님이 보면 뭐라고 할까. 한심하구나, 하루미. 다시 팬시 소녀로 돌아가려는 거냐?

 오래간만에 파르페 테라스 밀키웨이에 가봤다. 우리가 중학생이었을 때, 선샤인의 후조시 언니들을 깔보면서 머물렀던 우리만의 성지. 리사가 말한 팬데믹은 선샤인 도리도 피해가지 못했고, 카페 문은 굳게 닫혀 있었다. 반짝이는 것들은 오래가지 못한다. 그러나 모든 게 이렇게 갑자기 중단되어버릴 줄은 예상하지 못했다. 나는 노동하지 않고, 가치가 없는 사람이 되어버렸다.

*

 준코는 휴먼라이즈의 활동가였다. 하루미는 그녀를 처음 만났을 때부터, 송구스러움에 몸 둘 바를 몰랐다. '준코'는 오랫동안 자신의 예명이었다. 자기가 직접 지은 이름이었다. 하루미가 자기 이름을 직접 지은 게 처음 있는 일은 아니었다. 수업일수의 태반을 결석하던 중학생 시절, 글라라라는 이름이 없었다면 학급에서 그나마 버텨내는 일이 가능했을까. 글라라는 성당에 다니는 엄마의 세례명이었다. 그 이름을 히라가나 소녀변체로 쓸 때의 희열을 하루미는 기억했다.

 '준코'에는 아무런 기원도 없었다. 하루미에게 자신이 출연한 AV를 돌려볼 용기는 없어서, 그 이름이 어떻게 크레디트에 올라갔는지 확인하지 못했다. 어떻게 준코라는 이름을 떠올렸는지, 자기 손으로 처음 이름을 쓰던 때의 느낌이 어땠는지 기억하지 못했다. 내가 나를 준코라고 처음 부르던 순간이 언제였는지. 그런 걸 생각하는 일은 괴로웠다. 그들이 숱하게 내뱉던 말도 함께 떠올랐기 때문이다. 계약서에 서명한 건 너 자신이라고. 우리가 아니라, 네가 너 자신을 AV로 만들었던 거라고. 센과 치히로처럼 두 개의 이름을 가졌으나 누군가에게 강요당한 이름도 아니고 물려받은 이름도 아니었다. 활동가 준코를 만났을 때, 하루미는 그녀에게 미안했다. 내 이름은 준코예요, 카메라 앞에서 하루미는 얼마나 거듭거듭 자기소개를 했던가. 영상으로 확인한 적은 없으나 하루미의 기억 속에는 선명하게 남아 있다.

내 이름은 준코예요. 휴먼라이츠의 준코도 그렇게 말했다. 멋쩍음도 부연도 없었다. 그녀를 만나면서 하루미는 차츰 준코에 대한 자의식을 버렸다. 유리코나 나오 같은 평범한 일본 여성의 이름. 그런 이름들 중의 하나라고 생각하기 시작했다. 준코는 하루미를 준코로 대하는 게 아니라 하루미로 대하고 있다, 그랬기에 그토록 자연스럽게 '내 이름은 준코'라고 말할 수 있었으리라고, 하루미는 생각했다. 오래전 아이돌이었던 하루미도 아니고, AV 배우 준코도 아닌, 자연인 하루미로. 그러나 그 모든 직업적 정체성은 부인할 수 없는 하루미 그 자체이기도 했다. 준코는 메가미 시절의 하루미에 대해서도 망설임 없이 말했다. 하루미는 그게 좋았다.

　준코는 자신이 본래 답답한 걸 잘 못 견뎌서 마스크를 쓰지 않는다고 했다. 날마다 만원 지하철을 이용하면서 마스크를 끼지 않는다고 선배들에게 구박도 받았다고 했다. 그런 준코가 하루미를 만날 땐 마스크를 꼈다. 아주 오래전부터 외출할 때면 모자를 눌러쓰고 마스크를 착용하는 하루미를 배려한 것이었다. 준코는 그런 사실을 생색내지 않았다. 그녀가 본디 마스크를 쓰지 않는다는 건 다른 활동가에게 들었다. 준코와 만났던 때는 감염병이 유행하기도 훨씬 전이었다. 마스크를 착용하고 외출할 필요가 없었다. 적어도 준코에게는. 그러나 하루미 혼자 검은 마스크를 쓰고 있지 않도록, 준코는 함께했다. 하루미에게는 어릴 적의 리사가 떠오르는 모습이었다. 앞머리에 풍선껌이 붙어 우스꽝스러운 모양으로 머리카락을 잘라낸 뒤 집게 핀으로 아무리 앞머리를 올려 고정하려고 해도 잘되지 않아 울음을 터뜨렸을 때, 그런 하루미를 지켜보던 리사는 가위를 가져와 제 앞머리를 들쭉날쭉하게 잘랐다. 둘은 똑같이 웃긴 모양새가 되었고, 그길로 함께 시내에 나가 스티커 사진을 찍었다. 흉측한 머리 꼴로 함박웃음을 짓는 소녀들 얼굴 위에 자신들의 수호성을 조악하게 그려놓은 그 사진은 이제 잃어버리고 없다.

하루미가 생각하기에 준코와의 관계는 자신이 학창시절 한 번도 경험해보지 못한 짝꿍과 같은 것으로 느껴졌다. 짝언니와 짝동생처럼. 하루미가 이제 마지막이라 생각하고 소송을 준비하던 작년, 준코가 하루미의 담당 활동가로 배정되었다. 그녀는 자주 전화해 안부를 물었고 먹을거리를 들고 하루미의 자취방에 찾아왔다. 이제는 예전과 다를 거라고, 손해배상금 지급 문제를 놓고 싸우고 있는 전직 AV 배우들을 위한 공동행동도 SNS에서 꾸려지고 있다는 걸 알려주었다.

준코는 이런 이야기들을 전하면서도 SNS 계정을 만들라고 권하지는 않았다. 하루미에게 언제가 되었든 인터넷을 해보라고 권하는 사람은 단 한 명도 없었다. 하루미가 인터넷 여론에 휘둘렸던 적은 과거 소송을 시작하고 첫 인터뷰가 나간 후 기사에 달린 댓글들을 정독했을 때가 처음이자 마지막이었다. PC통신 시절부터 하루미는 대중에게 노출된 자신을 그토록 엄정하게 평가하는 사람들의 의견을 직접 접해본 적이 없었다. 언제나 그런 것들은 메이커 선생님들이 알려주는 것만으로 충분했으니까. 그러나 리사는 자기에게 쏟아지는 악플까지 매번 꼼꼼하게 읽었고, 하루미는 항상 그런 리사를 걱정했다. 굳이 울고 싶은 일을 만들지는 마. 늘 그렇게 충고했는데, 이제 하루미는 그런 충고가 부질없다는 것도 알고 있었다.

준코는 이제는 다를 거라고 말했다. 이제 세상이 바뀌고 있어요. 전처럼 외롭지는 않을 거예요. 처음에 하루미는 그 말을 흘려들었다. 그건 마치 이제 천황이 바뀌었으니 새 세상이 열릴 거라는 말과 비슷하게 들렸다. 천황이 세상을 바꿔준 적 있었나. 그러나 준코는 꾸준히 하루미에게 이런저런 소식을 전해주었다. 세계적인 '미투' 당사자들 중 한 명이 일본 여성이라는 것도. 이제 세계에서도 일본 여성을 더는 순진하고 가냘픈 가와이이들이라고 생각하지만은 않을 거라고. 그리고 하루미는 지금 그 변화의 흐름 한가운데 서 있는 거라고.

그러나 하루미는 그런 말들에 고개를 끄덕거리기엔 이제 너무 지쳐 있었다. 백래시라는 말도 준코에게서 배운 것이었다. 사회도 사람들도 바뀌어가고 있다는 걸 나는 체감하지 못하는데, 어째서 백래시라는 게 시작된 걸까. 그건 너무 이른 것 아닌가. 하루미는 생각했다. 준코의 말을 듣고 트위터 타임라인을 훑어보았을 때 하필이면 하루미의 눈에 가장 처음 들어온 의견은 이것이었다.

―정말이지 '반일反日'적인 존재들이다. 일본의 상징이 AV인가? 나라 망신일 뿐.

하루미는 더이상 읽고 싶지 않았다. 그런 생각은 자신도 해본 적 있었다. 이 나라 AV 산업이 본질적으로 착취에 기반해 있다는 걸 알리고 있다고, 활동가들이 자신에게 이야기해줄 때마다, 수많은 AV 여성의 명예까지도 훼손하고 있는 거 아닌가 생각하기도 했다. 외국에 나가도 스타 대접을 받는 유명한 AV들까지, 온전히 자신의 선택으로 그 일을 하고 또 즐기는 그녀들의 삶까지 모욕하는 거 아닌가. 그런 말을 준코에게 하지는 않았다. 하루미는 내면을 사로잡는 그 질문들을 누군가와 나누고 싶지 않았다. 오래전 가수를 할 때도 비슷한 말을 들었다. 메가미는 꾸준히 '성인 남성의 관음증을 해결해주는 미성숙 소녀의 상징'이라는 욕을 먹었다. J-POP의 퇴보를 보여주는 혹은 일본의 페도필리아를 드러내는 집단이 바로 메가미라고. '너희들 존재가 바로 다른 실력 있는 걸그룹을 욕보이는 것'이라는 말은 인터넷 바깥에서도 들을 수 있었다.

하루미와 리사와 마나가 일곱 살 때부터 연습생이었고, 그녀들의 십대가 전부 훈련으로 점철되었다는 사실을 모르는 사람은 없었다. 하루미는 언젠가 깨달았다. 우리가 오랫동안 연습했다는 사실이 중요한 게 아니구나. 사실 우리는 오랫동안, '잘 못하는 애들'을 연습했는지도 몰라. 우리는 결국 잘 못했기 때문에, 정확히는 잘 못하는 역할을 해야 했기 때문에.

그건 AV 촬영장에서도 마찬가지였다.

*

4월은 학기가 시작되는 달이었다. 그해 4월에도 잠깐 감염병이 유행했다. 루스 삭스만큼이나 마스크는 여학생들의 필수품이었다. 마스크를 하지 않으면 입 찢어진 여자 취급을 받았다. 리사와 마나와 하루미는 레이스가 달리고 분홍 장미꽃이 수놓인 면 마스크를 하고 학교에 갔다. 중학교 3학년이 된 해 그녀들은 한 반이 되었다. 처음 있는 일이었다.

그녀들이 각자의 학급에서 언제나 겪었듯, 급우들의 호의는 잠시뿐이었다. 아역 배우 세 명이 모두 한 반에 배정되자, 학기초에는 전교생이 몰려들어 그녀들을 구경했다. 그런 관심은 잠깐으로 끝났다. 곧 그녀들은 결석을 일삼는 불량 학생이자 학급의 가족적인 분위기를 해치는 반동적인 존재로 분류되었다. 누구도 그런 말을 입 밖에 꺼내지는 않았지만 그녀들은 항상 느낄 수 있었다. 가끔은 공부보다 더 중요한 것처럼 여겨졌던 학급 환경 미화, 체육대회, 수학여행에 참여할 수 없다는 게 얼마나 큰일인지. 벚꽃색 종이와 레이스 커튼으로 아기자기하게 꾸며진 교실에 들어갈 때마다 급우들이 합심해 이룩한 쾌적한 공간에 무임승차하고 있다는 생각을 지울 수 없었다. 아무것도 한 게 없는데 그냥 앉아 있는 국외자의 기분이었다. 제대로 율동 연습을 하지 않고 방송 카메라 앞에 서는 것처럼. 마치 예쁜 신발주머니와 도시락 가방을 소지하지 못한 기분. 하루미를 지원하려고 온 가족을 떼놓고 도쿄에 따라온 엄마는 가사도우미 일을 하느라 날마다 바빴다. 촬영 현장에는 겨우 따라올 수 있었지만 학교생활까지 챙겨주지는 못했다. 소학교 1학년 어느 날 하루미는 신발주머니를 가져가지 못했다. 다른 아이들은 전부 엄마가 직접 만들어준 신발주머니를 들고 있는데 하루미는 맨손으로 자기 구두를 들고 서 있었다. 신발주머니 하나도 전부 엄마가 직접 만들어준 것이어야 한다는, 기성품이어서는 안 된다는 학교의 공식적인 규정이 있었다. 어릴 적 하루미에게 그런 것들을 제대로 챙겨주지 못한 설움이 남아서인지 엄마는 이제 와 시골집에 공예 테이블을 만들고 미싱을 들여 온갖 아기자기한 것을 만드느라 천조각들을 끼고 산다.

  아니다, 엄마는 나 때문에 그렇게 된 것이 아니다. 하루미는 다시 저널을 꾸미기 시작하면서 생각을 고쳐먹었다. 엄마는 그저 그걸 하고 싶은 것뿐이라고. 하루미는 엄마의 공예 테이블 서랍에 결벽처럼 정리되어 있는 소품과 장신구들을 보면서, 소녀들의 책상 서랍에 가득 들어 있던 문구들을 떠올렸다. 그 스티커들, 색색의 펜들, 세계의 모든 귀여움을 압축해서 보여주고 말겠다는 듯 앙증맞기 이를 데 없던 팬시용품들. 그런 것들을 활용해 저널의 한두 페이지를 빽빽이 채우는 일, 서로 상관없는 것들을 손바닥만한 페이지에 모두 넣고야 마는 이상 블라주. 이제는 볼펜 하나 살 돈도 아껴야 하는데, 생각하며 빛이 잘 들지 않는 방에서 저널을 꾸미는 자신을 보노라면 하루미는 시커메진 작업복을 입고 도로 보수공사를 하던 인부들의 손에 들린 헬로키티 도시락 통처럼 기이하게 느껴졌다. 리사, 마나와 함께 책가방에 리틀 트윈 스타즈 키링을 맞춰 달던 중학생 때와 지금은 달랐다. 장인처럼 책가방을 꾸미던 소녀들 중엔 중학교를 졸업하고 다시는 헬로키티나 디즈니 프린세스를 돌아보지 않는 아이들도 있으리라.

하지만 그땐 그러지 않으면 안 될 것 같았다.

아무런 스티커도 키링도 없는 책가방을 메고, 검은 핀과 고무줄만으로 머리카락을 고정한 소녀는 이상한 아이였다. 해골이나 유령 같은 호러 이미지의 무엇이라도 달고 다니는 편이 나았다. 1998년엔 차라리 그게 주류였다. UFO와 아폴로계획과 외계인의 음모와 초능력과 노스트라다무스, 그리고 로스웰과 아담스키와 아틀란티스와 파티마의 성모가 소녀들의 마음을 휘어잡았을 때였으니까. 어른들은 모이기만 하면 옴진리교와 세계의 종말에 대해 이야기했고, 학급의 아이들은 환생과 유령과 신과 천사와 요정과 용과 신선과 모노노케와 고쿠리상에 대해 떠들었다.

어느 날 학급에서 가장 인기 있던 아이가 책가방에 홀로그램박으로 된 악령 스티커를 붙여왔고, 아이들은 조금씩 호러 이미지로 자신을 꾸미기 시작했다. 무섭고 예쁜 것. 기괴하면서도 귀여운 것. 세기말의 정취와 더불어 유행했던 '기모카와きも

可愛'는 하루미와 리사와 마나, 학급에서 '미키마우스 삼인방'이라 불리던 국외자들이 비로소 내부로 초대된 계기이기도 했다. 그녀들은 징그럽고 무섭지만 예쁘고 깜찍한 것들에 깊이 빠져들었다. 하루미는 용돈으로 근근이 팬시용품을 사는 아이들을 위해 촬영이 있는 날마다 대량으로 물건을 구입해와서 저렴하게 팔았다. 또래들보다야 비상금이 넉넉했던 미키마우스 삼인방은 금세 주류가 될 수 있었다. 마음을 터놓는 친구는 만들기 어려웠지만 더는 무임승차한다는 기분을 느끼지 않아도 되었다. 적어도 하루미는 그렇게 생각했다.

그해는 하루미가 자취를 시작한 첫해이기도 했다. 엄마가 더는 도쿄에 함께 머무를 수 없어서였다. 시부모와 다른 식솔들을 보살피기 위해 시골로 내려가야 했다. 4월 개학을 이틀 앞두고 엄마는 본가로 내려갔고, 하루미는 소속사 근처에 있는 작은 연립주택에서 자취를 시작했다. 하루미는 자기가 금간 쌀독 안에 든 생쥐 같다고 생각했다. 소속사 직원들과 선생님들이 하루미를 잘 보살펴주겠노라고 엄마에게 약속했지만 이제 혼자가 되었다는 생각을 지울 수 없었다. 신주쿠의 뒷골목에는 작은 연립이 얼마나 많은지, 작은 창 밖으로는 콘크리트뿐 하늘도 나무도 보이지 않았다. 하루미에게는 거울과 카메라뿐인 닫힌 공간이 창밖의 풍경보다 익숙했지만 완벽한 혼자가 되는 건 괴로운 일이었다. 1998년, 하루미의 봄은 그렇게 시작되었다.

하루미는 리사와 마나에게 점점 의지했다. 그리고 그들 셋이 이루는 익숙하고 폐쇄적인 경계를 넘어 학급이라는 더 큰 커뮤니티에 속하고 싶었다. 조퇴와 결석을 하고 연습실에서 춤과 노래 연습을 해야 했고, 수업시간 바깥의 중요한 학급 활동에 거의 참여하지도 못했지만 그들 셋도 내부인이라는 걸 알려주고 싶었다. 그해 리사는 솔로 앨범을 냈고 음반 실적이 좋지 못해 우울해하고 있었다. 리사는 번아웃된 것처럼 서서히 연습을 게을리하고 드라마 출연 제의도 들어오는 족족 거부했다. 그런 리사와 하루미는 남는 시간마다 이케부쿠로 선샤인에 들러 만화책을 구경하고 카페 파르페 테라스 밀키웨이에 가서 점성술 잡지를 몇 시간이고 봤다. 학기말이 되자 학급에서는 가톨릭 방식으로 이름 짓는 게 유행하기 시작했다.

*

준코, 나예요. 당신은 내게 인터넷 사용을 권하지 않았는데, 얼마 전 멋대로 인스타그램 계정을 만들어버렸어요. SNS를 하지 말라고 한 사람은 아무도 없었으니까. 오히려 이제는 하루미가 하루미의 이름으로 목소리를 내는 일이 중요하지 않을까 생각하기도 했고. 우리 부모님은 아직 인터넷조차 하지 않아요. 오빠는 내 일을 끝까지 비밀에 부쳐주겠다고 굳게 약속했고. 세상 사람들이 다 안다 하더라도, 부모님에게 하루미가 준코였다는 사실이 알려지는 건 내겐 아직 너무 두려운 일이에요. 막상 계정을 만들자 모든 것이 시시하게 느껴졌지만요. 이걸 만드는 데 왜 그렇게 큰 용기가 필요했을까.

전직 AV 배우들을 위한 공동 행동 해시태그 총공이 이뤄지고 있다는 이야기를 들었어요. 누구도 나에게 권유하거나 동참을 강요하지 않았지만, 나도 해시태그를 공유해야겠다는 생각이 들었어요. 후생노동성과 프로덕션과 제작사에게 각각 책임을 묻는 내용과 도쿄재판소와 사법부의 올바른 판단을 요하는 내용, AV라 말하지 않고 포르노라 말하기, 성폭력이라 말하기⋯⋯ 해시태그의 내용은 날마다 달라졌지만, 여러 내용이 뒤섞이는 중에도 가장 중요한 '총 십억 엔 위약금 지불 청구 소송 무효'라는 문구는 굳게 박혀 있었죠. 미성년자 시절에 프로덕션과 탤런트 계약을 하고 성인이 되자마자 AV 출연을 강요당한 한 친구가 트위터를 하는 걸 보고 용기를 끌어모았어요. 나는 '우리' 중 가장 나이가 많은 언니니까. 오래전 동갑내기 친구인 리사와 마나와 나 사이에서도 생일이 가장 빨랐던 리사가 리더가 되었던 것처럼요. 나보다 훨씬 어린 친구들이 트위터에서 똑똑하게 자기 의견을 개진하는 걸 보면서, 인터넷에서 손을 놓은 지 오래인 내가 잘할 수 있을까 걱정되었지만, 그래도 해야 한다고 생각했어요.

준코는 나보다 열 살이 어리죠. 누군가와 우정을 나누는 데 연령이 크게 중요하지 않다는 걸 준코를 만나고서야 알았어요. 나는 아주 어린 시절부터 나보다 훨씬 나이가 많은 선생님들이나 선배들과 어울렸는데, 그들과 동등한 관계라고는 한 번도 느껴본 적 없었거든요. 카메라 상을 비롯한 스태프들이 십대 초반인 우리에게 함께 쇼핑을 하러 가자거나 커피를 마시러 가자고 해도 그들이 아저씨들이라는 생각을 지울 수는 없었어요. '우린 이제 친구야'라고 말하며 손을 잡거나 엉덩이를 만지면 거부할 수 없다는 걸 너무 잘 알았죠. 그건 친밀한 상대에게 느끼는 감정은 아니었어요. 나는 아주 일찍부터 어른들의 세계에 속해 있었지만, 가끔 나를 진정으로 사랑해주는 사람도 있었지만, 존중받지는 못했어요.

준코를 처음 만났을 땐 부끄러웠어요. 저 사람은 나를 돌봐주러 왔구나. 나는 열 살이나 어린 사람에게 돌봄을 받아야 하는 종류의 사람이 되었구나. 무엇보다 내가 내 사정을, 겪어온 일들을 다 말하지 않아도 준코가 이미 알고 있겠구나 하는 생각이 나를 주눅들게 하기도 했어요. 그래요, 가끔은 그런 생각을 했어요. 준코도 내가 출연한 영상을 보지 않았을까. 구글에 나의 예명과 AV를 키워드로 치면 곧장 뜨는 사진도 벌거벗은 모습인데. 나는 차마 볼 수 없었던 영상들을 누군가는 보고 내게 알은척을 한다는 게 나에겐 견딜 수 없는 일이었어요. 내가 어떤 표정을 짓고 어떤 소리를 냈는지, 어떤 움직임을 해 보였는지 나는 알 수 없는데 오히려 그걸 수없이 돌려봤을 수도 있는 상대에게 제압당하는 기분이었어요.

준코에게 한 말이 있고 하지 못한 말이 있죠. 우리가 가장 많이 나눈 이야기는 내가 처음 탤런트 계약서를 쓰던 날의 일들. 훗날 그들이 '채무불이행'이라고 표현했던, 내가 미처 알 수 없었던 업무 내용, AV 출연을 상상조차 하지 못한 채 계약서에 서명했던 일. 당장에 노래를 할 수 없다는 것도 알고 있었고, 어쨌거나 수영복 촬영 같은 걸 해야 한다는 것도 알았지만 서명을 했던 까닭에 대해서. 계약서를 한 장씩 들춰보는 내게 그들이 '넌 어차피 봐도 모르잖아'라고 하며 빨리 서명할 것을 종용하기도 했지만, 나를 정말로 설득했던 말은 '책임감 있는 인생을 살아야지'라는 것이었다고는 이야기하지 않았죠.

기억도 안 나는 어린 시절부터 몸담았던 소속사에서 영원히 끝나지 않을 것 같던 계약을 종료한다고 통보했을 때, 다시는 메가미라는 이름으로 무대에 설 수 없다는 걸 알았을 때 나는 도망치고 싶었어요. 한 번도 상상해보지 못한 삶으로. 결혼으로. 나를 삼 년 동안 쫓아다닌 남자는 고교 시절 부모를 한꺼번에 여읜 착한 남자였어요. 그늘진 구석이라곤 없는 유순한 사람 같아서 그와 결혼해서 도시락을 챙겨주고 프랑스자수를 하면서 살면 어떨까 생각했어요. 이런 이야기를 멤버들에게 했을 때, 리사와 마나 둘 다 나를 꾸짖었어요. 리사는 그따위 한심한 생각이 어딨냐고 했고, 오래 사귄 남자친구와 결혼을 앞두고 있었던 마나는 자신을 비웃는 거냐고 했었죠. 어떻게 사귀지도 않는 남자랑 결혼할 생각을 해? 그게 팔려가는 거랑 뭐가 달라? 리사는 말했는데, 나는 조금 의아했어요. 우리 모두 지금껏 누군가 '사주었던' 게 아니었나. 이제 누군가 나를 구입해주기라도 한다면 기꺼이 내놓겠다, 그런 생각마저 했던 것 같아요. 나를 채찍질했던 리사의 한마디. 네 인생은 너 스스로 책임져야지. 그 말에 정신이 번쩍 들었어요. 훗날 리사는, 내가 계속 노래를 하기 바랐을 뿐이지 내 선택을 한심하게 여겼던 건 아니라고 했지만요. 나에겐 그렇게 들렸어요.

나를 버려뒀던 그때처럼 무책임하게 네 인생을 버려둘 작정이야?

리사에게 그런 말을 듣는다는 건 너무 끔찍한 일이었어요. 나에게는 그날 이후로, 아직까지도, 어두컴컴한 방에서 웅크리고 있던 리사의 모습이 종종 악몽처럼 떠올라요. 리사는 그 이야기를 한 번도 꺼내지 않았지만, 나 역시 화제로 삼을 수 없었지만요. 책임져야지, 책임감을 갖고 살아야지, 그 말이 나를 계약서에 서명하게 했어요.

훗날 나와 같은 이유로 싸움에 나선 친구가 많아졌을 때, 그

중 가장 어렸던 한 친구의 인터뷰를 신문에서 읽은 적이 있어요. 고등학생일 적에 캐스팅되었던 친구였어요. 그 친구는 나와 비슷한 말을 하고 있었어요. 동의할 수 없는 일을, 동의한 적 없던 일을 계속 강요당할 때도 내 머릿속을 맴돌던 건 책임져야 한다는 생각이었다. 나는 장녀니까, 언니고 누나니까, 그리고 이제는 성인이니까.

준코. 그 이름을 떠올렸던 순간이 잘 기억나지 않아요. 아마도 깊은 고민 없이 생각나는 대로 붙인 이름일 거예요. 우리 할머니들 이름 같은 이름, 하루미의 이름을 걸고 할 수 없는 일을 대행할 사람, 나의 분신이 가질 이름. 내가 처음 준코가 된 날, 촬영장에서 나는 옷을 벗기도 전에 호된 꾸중을 들었어요. '이봐, 하루미, 너 고작 스물한 살이잖아. 왜 이렇게 능숙해?' 나는 아주 어릴 적부터 카메라 앞에 섰으니 카메라를 바라보는 일이 어색하지야 않았겠죠. 그들이 하는 말은 내가 남자를 보는 눈빛이 능숙하다는 거였어요. 내 앞에는 처음 보는 남자가 있었고, 그 남자의 차례가 끝나길 기다리는 다른 남자가, 그리고 또다른 남자가 트렁크 팬티만 입은 채 대기하고 있었죠. 그들을 바라보는 눈빛을 어떻게 관리하고 조정하라는 말인지 당시에는 알아들을 수 없었어요. 촬영이 거듭되면서 조금은 알게 되었지만요. 어떻게든 잘 못하는 여자가 되어야 한다, 지금 연거푸 여러 남자와 섹스해야 하지만 어쨌든 처음 있는 일인 것처럼, 서툰 것처럼…… 언젠가의 메가미처럼, 여동생이 되어야 하는 것처럼, 공부도 그럭저럭 하는 숙맥 여고생인 것처럼……

나는 결국 인스타그램에 아무것도 올리지 못했어요. 내 본명 하루미로 만든 계정인데 누군가 그것이 '준코'의 계정임을 알아차렸기 때문이에요. 내 사진을 올릴 수 있는 권한은 나에게만 있는 게 아니었죠. 아주 오랫동안 그랬죠. 그렇더라도 너무나 당황스러웠어요. 하루미 이름으로 된 계정을 태그한 낯선 사람의 게시물 속 '나의 아이돌 준코'라는 코멘트를 보고서요. 거기 있는 준코는 하루미가 아니었어요. 기억나지도 않는 어느 날 촬영장에서 또다시 '채무불이행'을 들먹이는 제작자가 시키는 대로 벌거벗은 몸에 혁대를 칭칭 두르고 있는 모습. 박제된 한순간. 나는 평생을 아이돌이라는 이름을 얻기 위해 노력했는데. 내게 그 이름을 줄 수 있는 자들은 쓸데없이 너무 많은 권력을 갖고 있었는데.

준코에게 미안해요. 당신의 부모님이 소중한 아기에게 지어주었을 귀한 이름 준코에게 미안해요.

*

아기 예수를 안고 있는 성모마리아는 아름답고, 그녀에게 안겨 있는 아기 예수는 귀엽다. 아름답고 귀여운 것이 한데 모여 있는 성모자상은 그래서 더할 나위 없이 완벽하다. 당시 아이들의 생각이었다. 하루미는 급우들이 무엇을 좋아하는지 빨리 알아챘다. 리사나 마나보다 먼저. 여름방학이 삼 주 앞으로 다가오자 학급에선 온갖 가톨릭 성물 팬시용품이 유행했고 아이들은 서로에게 세례명을 지어주었다. 정작 가톨릭교회 신자인 아이는 두엇뿐이었지만. 아이들은 가톨릭 성인 성녀 축일표를 구해와 탄생석을 찾는 것처럼 자기 생일에 맞는 이름을 찾아냈다. 어떤 아이는 쉬는 시간마다 살구색 미사보를 뒤집어썼고 묵주 반지나 십자가 목걸이로 장식을 했다. 교회에 다니지도 않으면서 사제복을 입은 주례를 모셔와 교회식 예식을 올리는 게 그즈음 젊은이들 사이에서 유행하기도 했다.

종교적 의미와 관계없이 기독교 상징을 가진 물건들은 언제나 인기를 끌었지만 하루미의 학급은 유별난 데가 있었다. 키링과 스티커 장식은 기본이었고 다이어리에는 펄이 번쩍번쩍한 십자가가 나붙었다. 하루미는 오랫동안 성당에 다닌 엄마가 이걸 본다면, '너희는 고쿠리 상을 부르고 타로점을 보면서 성모님의 형상을 달고 다니니?' 하고 한마디할 것 같다고 생각했다. 그게 아름답기만 하다면 악령이나 성모나 숭배되었고 하누카 메노라여도 상관없었으리라.

아이들의 페티시즘은 서로를 세례명으로 부르는 데까지 나아갔다. 아유미나 치즈코가 아니라 엘리사벳이나 아녜스로. 그 사건이 없었다면, 하루미는 굳이 동참하지 않았을 것이다. 리사와 마나도 하루미를 따라 급우들 사이의 덧없는 유행에 끼어들지 않았을 것이다. 그룹에서는 리사가 리더였지만 교실에서는 하루미가 리더였으니까. 하루미는 그리하여 모든 게 자기 탓이라고 오랫동안 생각했다. 뿔뿔이 흩어진 지금까지도.

하루미는 카메라 상이나 스태프들, 소속사 선생님들과의 교류가 또래들에게 얼마나 이상하게 보일지 알고 있다고 생각했지만 다는 몰랐다. 그들과 위계적이고 불편한 관계를 맺고 있다는 사실은 오히려 다소나마 우월감을 느끼게 하는 일이기도 했다. 또래 중학생들은 한 번도 경험해보지 못한 사회생활을 하고 있었고 겉으로 드러내지는 않았지만 하루미는 조숙한 자신을 내심 자랑스러워했다. 단지 자신을 사랑해주고 귀여워해주고 있다고만 생각했던 아저씨들이 점점 거북스러워질 때도 그 사실을 생각하며 버텼다. 다른 여자애들도 언젠가는 겪어야 할 일이야. 나는 좀더 빨리 겪고 있을 뿐이야. 그건 옷깃만 스쳐도 '하루미, 거긴 안 돼, 민감한 부위란 말이야' 하면서, 꼭 한 번을 그냥 넘어가는 일이 없이 음침하게 희롱하던 방송국 아저씨들을 나름대로 견디는 하루미만의 방법이었다. 그리고 그런 이야기를 리사와 마나가 아닌 다른 누군가에게 해서는 안 된다는 것도 잘 알고 있었다. 학급에 조달할 스티커를 한 보따리 사면서, 아키하바라에 들러 미소녀 피규어와 도쿄 여고 교복 컬렉션 따위를 사서 프로듀서 아저씨에게 가져다주기도 한다는 걸. 그런 소녀 아이템들이 값싸고 보잘것없는 물건이라 할지라도 나나 리사나 마나가 내밀면 아저씨들은 언제나 반색한다는 걸. 다른 사람들이 아니라 우리기 때문에, 나나 리사나 마나의 고사리손으로 내미는 물건이기 때문에 그들이 그토록 열광한다는 걸. 그리고 내가 그 사실을 알고 있다는 걸. 이용하기도 한다는 걸. 그런 걸 다른 사람들이 알아서는 안 된다고 생각했다.

그래서 하루미는 리사가 미웠고 그녀가 안타까웠다. 중학생이 되었는데도 그런 걸 발설하면 안 된다는 걸 몰라서 미웠고, 그런 걸 너무나 당연한 일상으로 받아들여서 안타까웠다. 왜 진작 그런 이야기는 우리끼리만 해야 한다는 걸 알려주지 않았나. 카메라 상에게 고백을 받았다는 이야기, 성인인 동료 신인 가수와 데이트했다는 이야기. 리사, 그런 이야기는 엄마에게도 하면 안 되는 거야. 그건 우리끼리의 비밀이야. 하루미는 날마다 그렇게 말하며 리사를 탓했다.

여름방학을 며칠 앞둔 날 학급에서는 펄이 번쩍거리는 십자가와 성모자상만큼이나 흉흉한 소문이 돌았다. 미키마우스 삼인방은 원조교제를 한다더라. 간사이에서 원조교제를 하는 소녀들의 성 착취 동영상이 퍼지고 있다는 이야기가 나돈 직후였다. 미키마우스 삼인방은 이미 소학교 때부터 그런 영상을 찍었고, 아저씨들을 만나주는 대가로 방송에 출연한다더라. 하루미는 아이들이 떠드는 말을 들었다. 십대 어린이 배우들이 누드 사진을 찍기도 하던 시절이었다. 아직 아동보호법이 제대로 정착되기 전이었고, '로리타물'이라는 게 버젓이 가판대에 있었으며, 동남아시아에서 아동을 상대로 성 매수를 한 에디터들이 잡지에 후기를 써서 팔기도 하던 시절이었다. 아저씨들과 일상적으로 접촉하는 연예인 소녀들이 매도당하기란 너무나 쉬웠다.

급우들은 그녀들을 바이러스 취급하기 시작했다. 사실상 앨범을 팔거나 드라마에 출연해서 받는 돈은 얼마 안 되지 않으냐며, 너희는 아저씨들한테 챙긴 돈으로 넉넉하게 생활하는 게 아니냐고 묻기도 했다. 급우들보다 용돈이 많은 건 사실이었고 번화가에 나갈 기회도 많아 물건 보따리를 사다 나른 것이 화근이었다. 급우들은 특히 리사를 공격했다. 리사는 봄에 미키마우스 삼인방 중 유일하게 한국으로 가는 수학여행에 합류했었다. 그 여행에서 리사는 아저씨랑 데이트한 이야기를 처음 꺼냈고, 그 말을 들은 아이가 앞장서서 리사를 원조교제녀라고 비난했다. 하루이틀 지나자 공공연히 '리사 바이러스'라는 말까지 만들어져 아이들은 리사의 곁을 스치기도 꺼렸다. 과학실로 이동하며 리사의 팔꿈치에 스치기만 해도 악 소리를 내던

무리를 하루미는 오랫동안 기억했다. 리사 바이러스가 하루미 바이러스나 마나 바이러스로 확대되기 전에 뭔가 조치를 취해야겠다고 생각했다. 곧 여름방학이니 빨리 덮기만 한다면 방학에 들어간 아이들은 새로운 취미에 몰두할 것이었다.

*

우리 나라에는 일억 명이 넘는 인구가 있어. 네 얼굴을 알아볼 사람은 DVD 숍의 오타쿠들뿐이야. 하루미, 너는 이제 무대의 아이돌이 아니라 그들의 아이돌이야. 쇼 비즈니스라는 건 어차피 대상을 바꿔가며 무수한 약속과 기대에 맞춰주는 일일 뿐, 이건 매춘이 아니라 그것을 연기하는 퍼포먼스야. 모자이크로 전부 가린 영상은 음란물도 아니고 형법에 저촉될 일도 없어.

하루미는 '나의 아이돌 준코'라는 코멘트를 달아 자신을 태그한 사람의 게시물에서, '컨셉녀 준코'라는 말을 읽었다. 컨셉녀. 무슨 의미일까, 하루미는 잠시 생각했다. 내가 오랫동안 원치 않는 AV를 찍었다고 싸우는 일, 그걸 또하나의 퍼포먼스라고 사람들은 생각하는 걸까. 하루미는 이건 전부 연기일 뿐이라고, 실제의 행위를 가장하는 것일 뿐이라고 여기려 노력했었다. 오래전 걸그룹 활동을 할 때, 선생님들의 말대로 '소녀보다 더한 소녀' '여고생보다 더한 여고생'이 되려 노력했던 것처럼. 수수한 세일러복에 반스타킹 차림으로 무대에 올랐던 메가미와 달리 탈색하고 헝클어진 머리에 찢어진 청바지를 입고 베이스 기타를 멘 걸그룹도 있었지만 그녀들 역시 어떤 종류의 소녀를 연기하는 것뿐이라고 선생님들은 말했었다. 이런 소녀 저런 소녀 다 즐기고 싶은 거라고, 사람들은.

하루미는 넷플릭스에 들어갔다가 깜짝 놀랐다. 구로키 가오루의 일생을 다룬 드라마가 방영된다고 했다. 구로키 가오루는 80년대의 AV였다. 자신의 프로필을 드러내며 자기 영상을 홍보하러 다닌 사람. 넷플릭스 드라마는 'AV의 선구자'라고 그녀를 홍보하고 있었다. 하루미는 그녀와는 다르게 지워져야 하는 존재였다. 트위터의 누군가들이 떠들듯 하루미는 반동적인 존재였다. AV 여배우들은 일억 인구를 떠받치는 샐러리맨과도 같다고 어떤 사람들은 말했다. 몰락한 연예인이 멍청하게 속아넘어가 억지로 촬영했다는 이야기를 듣고 싶어하지 않았다. 그게 자기 서사라는 걸 하루미가 오랫동안 받아들이기 어려웠듯.

그해 여름방학이 끝날 때쯤 다행히도 리사는 서서히 회복되었다. 아이돌의 자살 소동이라니, 이 나라 언론이 얼마나 좋아할 만한 일이냐고 소속사 선생님들은 호통을 쳤다. 리사는 자살하려던 게 아니라고 하루미는 말하지 못했다. 선생님들은 솔로 앨범이 좋은 평가를 받지 못한 것 때문에 리사가 실의에 빠졌다고 생각했다. 학교에서 무슨 일이 있었는지는 소속사의 그 누구도 알지 못했다. 수면제를 과다 복용한 리사가 병원에 실려갔었고 방학 내내 집에만 누워 있었다는 사실이 기사화되는 걸 막기 위해 많은 사람이 노력했다고 했다. 너희 철부지 어린이들 때문에 어른들만 고생이지. 미키마우스 삼인방은 졸지에 철부지 어린이가 되었다. 이미 프로의 세계에 있으므로 카메라 앞에서 기죽어선 안 되는 조숙한 탤런트에서.

　너희들이 원조교제녀가 아니라는 걸 증명해봐. 함부로 나쁜 소문을 내서는 안 돼, 라고 단호히 말하는 하루미에게 돌아온 대답이었다. 그렇다면 너희 미키마우스들도 우리랑 같다는 걸 증명해봐. 우린 너희를 때리지도 않았고 따돌리지도 않았어. 사실을 확인하고 싶을 뿐이야.

　반짝이는 스티커로도 귀여운 인형들로도 급우들과의 거리는 좀처럼 좁아지지 않았다. 하루미는 어떻게 하면 다른 아이들과 조금이라도 비슷해질 수 있을까 생각했다. 하루미가 자취하는 작은 연립주택 다다미 침실에서 리사가 약을 먹고 쓰러질 때까지, 하루미는 날마다 리사를 채근했다. 뭐라도 해봐, 증명해 보이라고. 여름방학이 되기 전까지만 우리의 진심을 증명하면 방학을 지내는 동안 모두 다 잊어버릴 거야. 앵두가 그려진 리사의 파우치에 수면제가 잔뜩 들어 있다는 것도 모른 채 하루미는 리사를 내버려두고 광고 촬영장에 갔다. 빛이 들지 않는 방에서 리사가 괴로워하는 것도 모르고.

아무것도 증명하지 않았지만 방학이 끝나자 모두 원조교제녀 사건은 잊어버렸다. 급우들은 1학기 때처럼 가톨릭 소녀 놀이에 심취했고 그로테스크한 팬시용품을 사 모았다. 곧 중학교를 졸업하고 고교생이 될 소녀들은 '이제 더는 키가 자라는 일은 기대할 수 없어' 되뇌며 우울해하기도 했고, '이젠 첫 키스를 해야 하는데'라며 조바심내기도 했다. 하루미는 급우들이 서로를 부르는 방식을 따르기로 했다. 조용히 이번 학기를 마치고 졸업할 수 있도록. 미키마우스 삼인방이 그들과 다르지 않고, 그래서 눈에 띄는 존재가 아니라고 생각할 수 있도록. 리아와 글라라와 프란체스카 로마나는 그렇게 만들어졌다. 시골집 엄마의 교우 수첩에 있는 세례명들을 본뜬 것이었다. 리사가 아니라 리아, 하루미가 아니라 글라라, 마나가 아니라 프란체스카 로마나, 그리고 급우들도 그녀들을 그렇게 불렀다.

*

하루미는 그때보다 조금 더 큰 연립주택, 성인이 되면서부터 지내온 2LDK에 봄 내내 틀어박혀 있었다. 1998년 봄에 잠

간 유행한 감염병보다 훨씬 심각한 감염병 때문에 사람들은 외출을 잘하지 않았다. 리사는 비싼 월세를 내고 사는 덕에 창을 통해서라도 벚꽃을 본다지만 하루미의 창밖에는 아무것도 보이지 않았다. 맞은편 건물밖에는. 건물과 건물이 너무 가까워 늘상 커튼을 쳐야 했기 때문에 그 맞은편 건물 벽을 구경할 일조차 없었다. 하루미는 인스타그램에 접속했다. お花見. 비공개로 돌려둔 계정으로 '꽃놀이' 태그를 검색했다. 학기가 시작되는 4월이었다. 잠깐 피고 질 벚꽃이 알 수 없는 사람들의 게시물 안에 만개해 있었다.

누군가 어디에서
나를 기다리면 좋겠다

아주 오랜만에 하루미 소식을 들었다. 그녀가 아닌 다른 누군가, 제삼자로부터. 시간은 빠르게 흘러갔다. 마지막으로 그녀와 연락했을 때는 팬데믹 시기였다. 그땐 우리 모두 지독하게 우울했다. 나는 목 좋은 카페로 유명했던 일터에서 하루아침에 해고되었다. 아르바이트를 전전하면서 그렇게 좋은 일터를 만나본 적이 없었는데. 사람들은 대체로 내가 전직 아이돌이라는 것을 알아보았고 누구나 그랬듯 호기심을 보이다가 금세 박대하기 일쑤였다. 리사는 돌아갈 곳이 있으니까 좋겠다, 란 말에 담긴 은근하고 지독한 멸시. 나도 꽤 오랫동안 내가 돌아갈 곳이 있을지도 모른다고 믿었다.

메구로 강변에서 가장 장사가 잘되기로 유명했던 카페 세누의 사장 부부는 끝내 내게 알은척하지 않았다. 그들은 아이돌 리사를 떠올리게 하는 어떤 말도 하지 않았고 나이 마흔이 되어가는데 결혼도 하지 않고 아르바이트만 전전하느냐는 무례한 말 역시 하지 않았다. 무엇보다 그들은 내게 사적인 연락을 전혀 하지 않았다. 세누에서의 첫번째 봄에 나는 벚꽃이 만발한 강변을 창을 통해 바라보면서 앞으로도 몇 번이고 이 풍경을 봤으면 좋겠다고 생각했다. 그때 사장 부부를 보며 귀인을 만났다고 여겼다. 고될 만큼 바쁘지도 않았고 손이 놀아 무안할 만큼 한가하지도 않았다. 너무 이른 시각에 출근하지도 않았고 너무 늦은 시각에 퇴근하지도 않았다. 세누에서 일하며 비로소 일상이 자리를 잡아간다고 느꼈다. 퇴근 후엔 가끔 수영을 했다. 어떤 파고도 없이 잔잔한 생활을 이어나갈 수도 있겠구나. 물론 내 착각이었다.

나는 세누에서 벚꽃을 딱 한 번만 볼 수 있었다. 이듬해 봄이 다가오던 무렵, 강변에 늘어선 벚나무 가지들에 꽃망울이 이제 막 맺히려던 그때 나는 출근 준비를 하다가 한 통의 문자메시지를 받았다. '더이상 출근하지 않으셔도 됩니다. 감염병 때문에 무기한 휴업합니다.' 나는 핸드폰을 들고 망연히 앉아만 있었다. 사장 부부의 온화한 미소와 점잖은 태도, 그들과 사이좋게 점심을 나누어 먹던 순간들이 한꺼번에 떠올랐다. 언제나 적당히 거리를 유지하던 그들은 단 한 통의 문자메시지로 해고를 알렸다. 그들과 비교할 수 없이 막돼먹은 업장에서도 '오늘부터' 나오지 말란 식으로 해고하진 않았다. 출근 준비를 하던 참이었던 나는 문자메시지를 한참 들여다보다가 마저 외출 준비를 했다. 갈수록 새로운 물건에 대한 호기심보다는 이미 가진 물건에 대한 애착이 심해져 나는 날마다 똑같은 에코백을 들었다. 시바견이 잔뜩 그려진 녹색 가방이었다. 도시락을 가방에 넣고 나를 해고한 카페 세누 방향으로 걸었다. 저멀리 강변 끝 소실점을 바라보며 천천히 세누를 지나쳐갔다. 휴업이란 말은 어디에도 없었다. 앞치마를 입고 분주히 서빙하는 누군가가 창 너머로 보였다. 저 사람이 나 대신인가. 팬데믹이라 사회가 꽁꽁 얼어붙었지만 아직 세누에는 손님이 있었다. 벚꽃이 채 피지도 않았는데. 꽃놀이 시즌이 되면 강변에 사람이 쏟아졌고 그들은 곧 세누에 와서 아름다운 경치를 배경으로 사진을 찍었다. 명실상부 나카메구로 일대에서 벚꽃이 가장 아름답게 보이는 카페였다.

그러나 팬데믹으로 사회 전체가 동결되면서 사람들의 소비 심리가 위축되고 업장들의 시름이 깊어진다는 사실을 나 역시 모르는 바는 아니었으므로 사장 부부에게 내가 알지 못하는 사정이 있으리란 생각도 들었다. 살아오며 나는 너무 많은 사람과 싸웠다. 면전에서 고함쳤고 쌍욕을 했고 소송을 걸겠노라 윽박지르며 전화를 냅다 끊었다. 이제 제법 컸나보네, 란 말을 들었던 십대 시절부터. 하지만 그 언젠가부터 나는 더럽고 시끄러운 것들이 진력나게 싫다고 생각했다. 고개 숙여 사과하는 데 비용이 드는 것도 아닌데 조용하게 넘어갈 수만 있다면 얼마든지 숙이고 말겠다고 다짐했다. 그러나 가끔은 소리치며 싸우던 과거의 내 모습과 부당해도 고개를 숙이는 내 모습 중에 종국에는 무엇이 나를 더욱 아프게 할지 자신할 순 없겠다는 생각이 들기도 했다. 세누의 사장 부부는 친절하고 선량했다. 그 누구보다 황당한 방식으로 결별을 선언하긴 했지만.

나는 걸을 수 있는 한 최대한 오래 걸었고, 아직은 쌀쌀한 바람을 맞으며 벤치에 앉아 도시락을 먹었다. 어느새 습관이 되어서 눈감고도 도시락을 만들 수 있었다. 매일 전날 밤 말아 둔 달걀말이, 소금을 넣어 볶은 오크라, 어묵과 소시지와 함께 쌀밥을 눌러 넣은 후 깨소금을 뿌려 통에 담으면 되었다. 그렇게 별것도 아닌 도시락도 일하다보면 먹을 생각에 설렜다. 벤치에 앉아 차갑게 식은 도시락을 먹자니 문득 비위가 상했다. 새빨간 소시지―아카윈나―같은 가공육이 갑자기 쓰레기같이 느껴졌다. 신물이 올라왔지만 꾹 참고 끝까지 먹었다.

그 무렵 하루미와 연락을 나누며 나는 내가 일하던 유명한 카페마저 문을 닫았다고 이야기해주었다. 하루미가 메구로 강변까지 나들이하러 나올 일이 없다는 걸 잘 알고 있기에 일자리를 잃은 걸 그런 식으로 둘러댄 것이었다. 한동안 그녀나 나, 혹은 그 누구여도 집에만 처박혀 있다는 게 부끄러울 일 없는 시절이 조용히 흘러갔다.

*

내가 하루미보다는 처지가 낫다고 생각할 때가 있었다. 그런 생각을 하다가 비열한 나 자신의 모습에 화가 치밀어오르기도 했다. 함께했던 어린 시절을 돌이켜보면 온통 회한만 남았으므로. 인생이 이렇게 길다는 걸 그때 이미 알았더라면 좀 달랐을까. 그러나 과거를 돌아보며 만약이라는 말을 붙이는 것은 의미가 없었다. 시간은 결코 순환하지 않으니까. 모아둔 돈을 까먹으면서 나는 다다미 바닥 무늬를 헤아리는 시간을 보냈다. 아주 어릴 적처럼 손톱이 노래질 때까지 귤을 까먹고 낮밤이 뒤바뀌어 문득 잠에서 깨면 도무지 몇시인지 가늠조차 할 수 없는 날들이 지나갔다.

어느덧 넷플릭스에는 수없이 많은 드라마 시리즈가 업데이트되었다. 팬데믹 영향으로 전 세계 OTT 서비스가 급격하게 발전하고 있다는 기사를 읽었다. AV의 전설이라던 구로키 가오루를 다룬답시고 전 세계에 다시금 일본 여성의 발가벗은 육체를 전시하는 영상물이나 남편이니 성기니 하는 따위의 단어가 나오는 제목의 드라마를 마수걸이로 올렸던 이 나라 넷플릭스에도 다종다양한 시리즈가 들어왔다. 해외 드라마와 다큐멘터리도 많았다. 동일본 대지진을 다루는 다큐멘터리는 내가 클릭하지도 않았는데 대뜸 프리뷰 화면을 띄웠다. 나는 끔찍한 기억을 불러일으키는 것들을 기피했다. 그 다큐멘터리만큼 끔찍하지는 않았지만 한국 드라마 프리뷰가 나올 때도 얼른 스크롤을 내렸다. 갈수록 한국어가 서툴러진다는 걸 나도 잘 알고 있었다. 엄마와는 반년에 한 번 통화할까 말까였고 한국어를 쓸 일은 좀처럼 없었다. 그런 내게 TV에서 들려오는 한국어는 불편했다. 내가 잃고 빼앗긴 모든 것, 그런 것들 중의 하나 같다는 생각도 들었다.

그리하여 집에 처박혀 지내는 시간 동안 나는 아침 드라마를 몰아 봤다. NHK 연속 TV소설이라고 불리는 시리즈였다. 내가 무념무상으로 TV를 본다는 사실이 문득 새삼스럽게 느껴지기도 했는데, 보다 젊을 때의 나는 당대 인기 아이돌이나 탤런트가 마이크를 잡고 생긋거리면서 자기를 홍보하는 게 못내 불쾌했기 때문이었다. 우습기 짝이 없었고 때론 욕지기가 치밀었다. 너희들 모두 결국 나처럼 될 거야. 실패하고, 또 실패하고, 끝난 줄 알았는데 또 실패하겠지. 무대, 인기, 환호받는 일 전부 금방 지나간단다. 그러다 결국 TV를 보지 않게 됐고 연예계 관련 기사들도 보지 않았다. 내 눈에는 어차피 다

쓰레기들일 뿐이었다.

아침 드라마에도 역시 젊은층에서 인기를 끄는 기대주들이 주역으로 등장했다. 그들의 얼굴은 전부 낯설고 또한 내게 어떤 정념도 불러일으키지 않아서 마음이 편안했다. 카페 세누의 홀을 분주히 오가며 창밖의 풍경이 이리저리 모습을 바꾸는 것을 지켜보면서 사계절 내내 서빙하고, 청소하고, 설거지하는 평온한 일상이 한동안 이어졌을 때처럼. 어떤 연예인을 봐도 아무렇지 않다는 것, 연예계가 나와는 아무런 상관이 없다는 걸 끝내 인정하게 되었다는 것. 그것이 내게 주는 아주 고즈넉하고 묵적한 기분이 좋았다.

아침 드라마는 근래 십 년간 방영된 모든 시리즈가 업데이트되어 있었고 나는 아무렇게나 걸리는 대로 시청했다. 주로 태평양전쟁 와중이나 그 직후가 배경이었다. 전쟁의 상처. 어른들이 자주 하는 말이었다. 학교 선생들도 그랬지만 엄마의 본가인 한국의 어른들도 그랬다. 그들이 말하는 전쟁은 일어난 시기는 다소 비슷했으나 서로 완전히 다른 뜻이었다. 사촌 지연이 쓴 소설에서 읽은 적이 있었다. "1950년에 일어난 한국전쟁은 그전까지 우리를 점령했던 일본에겐 호재였다. 나는 그 사실을 여전히 도처에서 다시 발견하고 모종의 서러움을 느낀다. 그들 딴엔 상처라고 말하는 것들이 한없이 우스워 보이는 것이다. 애니메이션 〈추억은 방울방울〉을 보며 1960년대에 가족이 둘러앉아 바나나와 파인애플을 먹는 장면에서 나는 실소를 터뜨린다. 그 바나나와 파인애플이 식탁에 오르기까지 무슨 일이 있었나. 내가 어릴 적이었던 1990년대에도 둘러앉아 바나나와 파인애플을 먹는 한국 사람들은 흔치 않았다."

내겐 지연이 쓴 이 대목이 언뜻 이해되지 않았다. 그러나 외할아버지를 비롯한 어른들이 전부 '전쟁'을 이야기할 때마다 그것이 일본 학교 선생들이 말하는 전쟁과 다르다는 것은 알았다. 아침 드라마에서는 지겹게 전쟁 이야기를 했다. 멀쩡했던 일본이―지연의 말처럼 종국엔 어떤 사람들을 짓밟은 결과 바나나와 파인애플을 독차지했다고 해도―깡통 차는 거지들과 팔다리 잃은 상이군인으로 득실거리는 생지옥이 된 모습을 계속 보여줬다. 마치 이렇게 말하는 것처럼. 이런 고생도 모르고 자란 젊은것들아! 우리는 전쟁의 참상을 경험한 어른들이므로 죽을 때까지 공손히 받들어 모셔라!

그런 아침 드라마에서도 오키나와 전투가 나온 적은 한 번도 없었고 도쿄, 오사카 공습만 주구장창 나왔다. 오키나와 출신 프로듀서 선생님이 예전에 그런 말을 한 적이 있었다. 우린 (일본 사람이 아니라) 오키나와 사람이야. 나도 어릴 때 오키나와에서 온 연예인 지망생들을 보며 똑같이 생각했다. 나 자신이 한국계인 주제에.

사실 태평양전쟁 이야기만 줄곧 나왔다면 그 긴 드라마들을 계속 감상하긴 어려웠을 것이다. 그러나 전쟁 구간을 잘 견디고 나면 폐허를 극복하고 일가를 이뤄낸 인간의 성공담이 감동적으로 그려졌다. 최근 아침 드라마의 주인공은 대체로 여성이었고 그들은 전후 성장한 중견 기업의 수장들이었다. 그들이 소녀 시절 전쟁을 겪고 어떻게 사회인으로 발돋움하는지, 한 인간의 삶 전체를 한 번에 볼 수 있다는 게 마음에 들었다. 누군가는 바느질 하나로 국내 굴지의 의류 회사를 일구고 누군가는 찢어지게 가난한 환경에서 도예가로 성장하고 또 누군가는 시댁의 모진 구박을 받으며 부엌일을 하다가 전쟁이 끝난 후 이름난 요리 연구가가 된다. 가만 보면 그들에게는 전쟁이 오히려 기회 같았다.

세누를 그만두고 집에 있는 동안, 내내 드라마만 봤던 건 아니었다.

한국에서 유명 출판사와 계약해 꾸준히 작품을 낸다는 지연을 부러워하진 않았지만, 내게도 소설을 쓰고 싶은 마음이 있었다. 지연처럼 문법과 역사를 공부하고 문장가들의 글을 베끼며 연습하는 그런 소설 말고, 그저 재미있는 이야기를 지어내고 싶은 마음이었다. 오랜 꿈이었다. 소속사에서 나온 직후 디자인 전문학교에 입학했을 때 나는 본래의 목적과 다르게 그림보다는 스토리 수업을 더욱 열심히 수강했다. 플롯, 시점, 행위자 모델 같은 난생처음 듣는 단어와 개념들이 가슴에 물

결처럼 일렁이는 것 같았다. 교수는 이야기 만들기는 재미있는 일이라고 역설했다. 오랜 시간이 흐른 후 정식으로 나를 취재하겠다고 찾아온 지연에게 나는 소설쓰기가 재미있냐고 물었다. 지연은 그 말에 대답하지 못했다. 나는 유심히 지연의 표정을 살폈다. 정말로 막말이라도 들은 것처럼 얼떨떨한 표정. 지연은 말하자면 '순문학 정통파'였다. 고등학교부터 대학원까지 예술 전문 학교에 다니며 소설 창작을 전공했고 한국의 문단 선배들을 사사했다. 이른 나이에 추천을 받아 등단했고 한국에서 꽤 이름난 문학상도 받았다. 엄마는 그런 지연의 소식을 넌지시 전하며 이렇게 말한 적도 있었다.

"아주 스트레스받는 모양이야. 비평가들 말 한마디에 웃고 울고 하면서."

엄마의 말에는 걱정이나 안타까움 같은 감정은 조금도 실려 있지 않았다. 자기 딸인 나는 이미 연예인에 실패했으니 꿈을 이뤄가는 지연에 대해 좋은 말을 할 리가 없었다. 그러나 언제나 내 마음 같은 건 배려하지 않는 엄마에게 묻고 싶었다. 난 안 그랬어? 나도 평자들 말 한마디에 웃고 울고 하면서 살았어. 묻고 싶지만 묻지 않은 말은 그것 말고도 셀 수 없다.

쉽게 평가를 내리는 사람들 말에 웃고 울기는 했지만 어린 시절 내가 만난 수많은 어른의 덕담도 마음에 새기며 살았다. 어떤 프로듀서 선생님은 내게 말해줬다. 노래하고 춤췄으니

네가 세상에서 못할 일은 없을 거다. 나는 아주 오랫동안 그 말을 믿었다. 스토리 수업의 교수가 자신은 이 나라 순문학이 오염시키지 않으려고 애쓰는 그 '소설'이라는 단어 말고 보다 폭넓은 의미에서 '이야기'란 단어를 사용하겠다고 말할 때, 이야기는 누구든 쓸 수 있지만 반드시 똑바로 공부해서 써야 한다고 말할 때, 지연의 꿈과는 조금 다른 형태로 내게도 다시 기회가 올지 모른다고 생각했다. 지연은 어릴 적에 내가 너무 대단해 보여서 부러워할 수도 없었다고, 언니는 '궁극의 아이돌'이었다고 말해줬다. 그런 지연에게 난 다시 새로운 꿈을 꾸고 있어, 네가 하는 일과 비슷한 그런 일이야…… 같은 말을 할 순 없었다.

결국 나는 이야기를 쓰는 일을 해내지 못했다. 교수의 말이 오히려 발목을 잡았다. 그는 가슴 밑바닥에 있는 서러움을 지껄여버리는 건 임상 기록일 뿐이지 사람들을 설득하는 이야기가 될 수 없다고 그랬다. 무엇보다 쓰는 사람이 재미가 없다면 읽는 사람도 재미가 없다고 말했다. 노트북을 켜는 일조차 엄두가 잘 나지 않았고, 재미있는 소설이나 만화를 읽으면 오히려 이렇게 훌륭한 작품이 이미 많은데 나 따위가 써서 뭣하랴 하는 생각만 들었다.

아침 드라마를 보다 문득 나는 아주 오랜만에 이야기를 쓰고 싶다고 생각했다.

그 연속 TV '소설'이란 말이 결국 나를 쓰는 일로 이끌었는지도 몰랐다. 노트북이 아니어도 좋았다. 나는 스마트폰 메모장을 열었다. 가장 처음 떠올린 것은 결혼한 마나의 이야기였다.

*

'문학 프리마'에 출품했던 내 이야기는 마나가 유튜브를 한다는 사실을 알기 훨씬 전, 몇 년 전 한창 일상이 동결되어 있었을 때 썼다. 만약 마나가 자기 딸을 이용해 돈을 번다는 사실을 알았다면 차마 그녀를 모델로 한 이야기를 쓰지 못했을지도 몰랐다. 자기 일상이 어떻게 재현되는지도 모르고 웃으며 등교하고 강아지를 데리고 놀고 엄마가 만든 요리가 최고라고 외치는 아이가 있다는 걸 알았더라면. 그 아이가 구독자가 십만 명이나 되는 유튜브 채널에 등장한 자기 얼굴을 지워달라고 울며 부탁했다는 이야기를 들었다. 만약 그 영상들이 앨범 속 사진들처럼 손에 잡히는 것들이었다면 엄마의 허락도 받지 않고 전부 다 찢어버렸을 거라며 열 살 아이는 울부짖었다고 했다.

하루미의 소식을 접한 후 착잡한 마음에 나는 오랜만에 마나에게 연락을 했다. 마나와 고민을 주고받긴커녕 일반적인 수준의 푸념도 할 수 없겠지만. 마나는 약간 놀란 듯 그러나 반갑게 연락을 받아주었다. 팬데믹이라는 사태는 소학교 5학년생인 아이를 키우는 주부였던 마나에게도 깊숙한 영향을 미쳤다고 했다.

　그나마 하루미와는 서로의 사정에 관해 뜸할지언정 이런저런 이야기를 터놓을 수 있었지만 소속사를 나가자마자 결혼한 마나와는 갈수록 대화하기가 어려워졌다. 하루미와 나는 이미 마나의 결혼식장에서부터 불편함을 느꼈다. 나는 솔직히 기괴하다고 생각했다. 하루 온종일 웨딩드레스와 기모노와 예복을 바꿔 입으며 하객들에게 억지 미소를 지어 보이는 마나가. 어떤 무대화장보다도 급이 떨어지는 신부 화장을 하고 하얗다못해 파랗게 보이는 얼굴로 입꼬리가 바들바들 떨리도록 웃고 있다니. 하루미와 나는 마나의 결혼식에서만은 귀빈 중 귀빈 대접을 받았다. 이미 소속사와 계약이 만료되었고 앞으로 예전만한 연예계 활동을 할 수 없다는 걸 우리 셋과 부모님들 모두 알고 있었다. 마나는 정말 마지막이라는 기세로 자기가 한때 얼마나 인기 있는 연예인이었는지 강조했다. 하객 테이블에 앉은 하루미와 나는 서로 아무 말도 주고받지 않았다. 나는 이제 남편에게 '입적'하겠다는 발표를 하는 마나가 마이크를 쥐고 자신에게 아이돌 활동이 어떤 의미였는지, 메가미로 살았던 시절이 인생에 어떤 영향을 미쳤는지 말하는 모습이 오래전 데뷔 쇼케이스에서의 그녀와 흡사하다고 느꼈다.

"그러니까 앞으로도 잘 부탁드립니다."

하루미와 나는 차례로 일어나 길고 긴 축사를 했다. 그런 긴 글을 직접 써본 게 처음인 것 같았다. 어린 시절 내내 붙어 있었던 우리의 추억이야 이루 헤아릴 수 없어서 축사를 하는 일이 어렵지는 않았다. 다만 덕담으로 마무리해야 하는 점이 조금 난감하긴 했다. 주례자는 마나의 남편에게 이 대단한 연예인을 얻은 남자이니 감사하며 살라고 했다. 그동안 마나를 흠모해온 이 나라 무수한 남성을 대신하여 세금을 더 낸다는 생각으로 부인을 극진히 부양하라면서. 그런 말에 찬동하며 웃기란 매우 피곤한 일이었다. 당시 우리는 고작 스무 살이었다.

마나는 당시에 결혼 기념으로 하루미와 내게 명품 구두를 한 켤레씩 선물했다. 진갈색 로퍼였다. 수많은 의상과 소품을 맞췄던 우리 셋이 마지막으로 나눠 가진 물건이었다. 오랫동안 소중하게 그것을 간직했다. 아까워 함부로 신을 순 없었지만 아끼다 공연히 낡아버리기만 할까봐 중요한 날이면 꼭 꺼내 신었다. 벌써 이십 년이 다 되어가는 구두였다. 마지막으로 신은 날은 세누의 면접날이었다. 그날 나는 나카메구로역 인근에서 굽을 갈았다.

오랜만에 연락한 마나와 나는 그후로도 의외로 꽤 속깊은 대화를 몇 번 나누었다. 그런 탓에 결국 관계가 아주 끝장나버리고 말았지만. 우리는 그저 멀리서 서로의 가는 길을 조용하게 응원해주면 그만인 사람들이었다. 어린 시절에 자매같이 붙어다녔고 그 어떤 친척보다도 가깝게 지냈다고 해서 다시 그런 관계가 될 리는 없었다. 우린 이미 오래전에 옛날의 우리와 결별하고야 말았다는 것을 마나와 나는 둘 다 모르고 있었다. 모른다고 생각한 것보다 훨씬 더 모르고 있었다.

게다가 아주 오랫동안 하루미 이야기는 마나 앞에서 금기였다. 마나가 하루미 이야기를 하지 말라고 한 건 아니었지만 두려웠다. 날이 갈수록 예전보다 더 보수적인 어른이 되어가는 마나에게 하루미의 사정에 관해 조금이라도 말했다가 모욕을 듣게 되면 어쩌나, 나는 걱정했다. 내가 디자인 학교를 졸업할 때도 전자상가에서 지하 아이돌을 할 때도 마나는 혀를 찼다. 단순히 결혼하고 아이를 낳는 일만으로 사람이 그렇게 변할 수 있는 걸까. 점점 더 안전하고 평온한 일상만을 바라고 또 바라는 지금에 이르러서도 마나의 그 보수적인 성정을 잘 이해할 순 없었다. 그런 마나가 아이의 얼굴까지 노출시키며 일상 브이로그를 찍는다고 했을 때 나는 너무 놀라고 말았다.

마나는 내게 자신의 유튜브 채널을 구독해달라고 권유했다. 한 번도 유튜브를 이용해본 적이 없다고 했더니 광고 없이 영상을 볼 수 있는 유료 회원권을 공유하기까지 했다. 딱히 자주 연락하고 만나는 사이도 아닌데 이런 걸 받아도 될지 고민했다. 마나는 주저하지 말고 받으라고 단호하게 말했다. 마나의 채널에 들어가보니 구독자가 벌써 십만 명이나 되었다. 채널 소개란에 큰 글씨로 '학동 키우는 도쿄 주부의 일상'이라고 적혀 있고 하단에는 훨씬 작은 글씨로 '아이돌 메가미의 래퍼를 기억하시나요?'라고 적혀 있었다. 마나가 올린 영상의 댓글을 훑어보며 나는 '메가미'라는 단어를 찾았다. 드물게 메가미를 언급하는 댓글이 있었다. 언니, 정말 마나 상이군요! 언니, 너무 오랜만이에요! 나는 리사나 하루미를 언급하는 댓글도 있을까 싶어서 더 훑어보지 않고 그만 유튜브 앱을 닫아버렸다.

마나의 아이를 돌 무렵에 잠깐 봤었다. 시내 백화점 식품 코너에서 우연히 마주친 날이었다. 휴게 공간에 유아차를 세워놓고 옆에 쪼그려앉은 마나는 내게는 단 한 번도 눈길을 주지 않았다. 그야 아주 어린아이를 키우고 있으니까 어쩔 수 없는 일이었다. 나도 유아차에 앉은 아이만 물끄러미 바라봤다. 예쁘지? 남편을 닮았어. 나는 뭐 그런 것도 같다고 대답했다. 마나의 남편은 우리보다 열 살이 많았고 이미 머리가 벗어지는 중이었다. 남편을 닮았다니 안타깝구나, 생각했다.

영상에 등장하는 열 살의 아이에게서 마나 남편의 모습이라곤 조금도 찾아볼 수 없었다. 아이는 마나의 어린 시절, 내가 기억하는 마나의 소학생 시절과 아주 똑같았다. 처음 만났던 날 마나가 그랬던 것처럼 아이는 연분홍색 란도셀을 메고 있었다. 구불구불한 긴 파마머리와 쌍꺼풀이 깊은 큰 눈이 마나의 옛 모습을 자연히 떠올리게 했다. 마나 아이의 이름을 예전에 들었던 것 같은데 기억나지 않았다. 기억 못하는 티를 내지 않으려고 애쓰며 마나의 말을 주의깊게 들었다. 유리. 그래, 유리였다. 영상에서는 뜬금없이 유리를 시즈카 짱이라고 불렀는데, 아마 〈도라에몽〉의 등장인물 이름을 가져온 모양이었다. 도시락이나 가방에 달린 명찰은 꼬박꼬박 모자이크 처리를 해뒀다. 아이 얼굴이 전부 드러나는데 이름을 감추고 별명으로만 부른다는 게 조금 우스워 보이긴 했다. 그보다 훨씬 더 우스운 사실은 유리의 얼굴만 보이고 마나 부부의 얼굴은 좀처럼 드러나지 않는다는 것이었다.

유리의 얼굴은 채널을 구독하는 사람이라면 누구나 길에서 마주치자마자 단번에 알아볼 수 있을 만큼 영상에 자주 등장했다. 공지를 쓸 때도 마나는 매번 유리의 얼굴을 상단에 업로드했다. 댓글에는 '시즈카 짱 오늘도 최고'라는 말들이 즐비했다. 옛날에 마나의 머리카락을 무람없이 쓰다듬던 아저씨들이 생각나 나는 문득 눈을 질끈 감았다.

도쿄 주부의 일상이란, 영상 속 마나의 표현에 의하면 그저 지루하고 단조롭게 흘러가는 것이었다. 새벽 다섯시에 일어나서 아이와 남편 도시락을 싸고 아이가 등교하면 근처 카페에 가서 영상 작업을 하고 집에 돌아와 살림하고 다시 가족을 위한 밥상을 차린다. 가장 조회 수가 높은 영상은 아이 도시락을 만드는 영상이었다. 나도 제법 도시락을 만들어봤기에 마나의 도시락 영상을 유심히 봤다. 감염병 사태로 한입거리 음식만 허용하는지라 메뉴 선정이 더 까다로워졌다고 투정하곤 했지만 가만 보니 찬은 거기서 거기였다. 내가 늘 출근 전날 밤에 만들어두곤 했던 달걀말이, 오크라 볶음, 즉석 어묵과 아카윈나 따위. 한입거리로 작게 잘라낸 찬에 후리카케를 뿌려 둥글게 만 주먹밥이 전부였다. 이런 건 나도 눈감고도 만들 수 있었다. 언젠가는 네가 엄마의 정성을 알겠지? 새벽부터 닭튀김이라니 이 고생을 언젠가 네가 알아줄 날이 올지 모르겠다, 한없이 가벼운 입말이 영상에 둥둥 떠다녔다. 마나는 줄곧 그런 자막을 달았지만 전부 다 인스턴트 음식이라는 건 장을 몇 번 본 사람들 눈에는 뻔히 보일 터였다. 마트에서 파는 손질된 닭봉에 닭튀김용 조미분을 발라 튀기기만 하면 될 터, 왜 그렇게 속 보이는 생색을 내는지 알 수 없는 노릇이라고 생각했다.

  마나가 이런 하찮은 콘텐츠로 유튜브를 시작한 까닭이 바로 팬데믹 때문이라고 했다. 마나의 남편은 곧장 재택근무를 시작했고 본래 도시락을 한 번만 만들면 되던 일이 어마어마하게 늘어났다. 삼시 세끼 남편 밥만 차리다 인생을 마감할 것 같았고 남편과 하루 온종일 붙어 있는 것도 고역이었다. 마나는 그래서 유리가 등교한 한낮에 카페를 전전했다. 때론 차를 몰고 외곽까지 다녀오기도 했다. 그럴 때 찍어둔 영상들과 무엇보다 새벽마다 일어나서 부지런히 도시락을 만들던 모습을 기록한 영상들, 아기 때부터 어딜 가나 예쁘단 말을 들었던 유리의 육아 일기 영상이 노트북에 넘치도록 가득했다. 일상 브이로그를 만들기는 생각보다 어렵지 않았다. 유튜브 영상을 뚝딱 만들어낼 수 있는 메이킹 프로그램도 많았다.

마나는 영상을 편집하며 오래전 연예인 생활을 할 때 화면에 비친 자기 모습을 모니터링하던 기억을 떠올렸다고 했다. 유리의 얼굴을 올리자 사람들은 페코 짱과 닮았다며 하나둘 댓글을 달기 시작했다. 왕방울같이 큰 눈이 시즈카 짱을 닮기도 했다는 말에 마나는 눈물이 왈칵 치밀었다. 메가미의 마나는 모두의 기억에서 잊혀도 좋았다. 마나는 유리가 바로 자기 자신이라고 생각했다. 다름 아닌 아이돌 시절 자기 별명이 페코 짱이자 시즈카 짱이었다. 메가미 시절에도 마나의 팬들은 페코 짱이 모델인 후지야 밀키 캔디를 가장 많이 선물로 주었다.

정작 유리는 자기가 왜 시즈카 짱이나 페코 짱으로 불리는지 몰랐고 엄마가 유튜브를 시작한 지 사 년이 훌쩍 넘은 지금, 마스크를 벗은 학교 친구들이 자기를 보고 키득거리는 까닭도 알지 못했다.

*

 그러니까 한편으론 전부 다 유튜브 탓이라고도 생각했다. 언제나 이런 식이었다. 생각지도 못했던 새로운 뭔가가 나타나면 결국 함정이었다. 누구나 자기 이야기를 쓸 수 있다(다만 철저하게 공부해서). 누구나 자기 일상을 영상 콘텐츠로 만들어 대중에게 공개할 수 있다(다만 철저하게 자신을 관리해서). 예전에는 생각지도 못한 일이었다. 팬데믹으로 아무런 아르바이트도 구하지 못하고 다다미방에 엎드려 있는 나날 동안 나는 아이돌이었던 마나가 주부로 전향하는 결혼식 장면을 소설로 썼다. 제목은 '그러니까 앞으로도'였다. 마이크를 손에 쥐고 잘 부탁드린다고 말하는 마나의 모습에서 아주 오래전 카메라의 위치를 정확하게 찾아내 시선을 맞추며 자기소개를 하던 그녀의 모습이 떠올랐다고 썼다. 나는 내 소설의 가격을 삼백 엔으로 책정했다.

 팬데믹 사태가 점점 잦아들며 대규모 행사가 하나둘 다시 열릴 무렵 아마추어 소설가들이 직접 부스를 차려 작품을 판매하는 '문학 프리마'도 재개했다. 마스크를 단단히 썼고, 소설을 팔고 있는 내가 과거의 연예인이라고 생각할 만한 사람은 없었다. 나는 직접 디자인해 풀로 붙여 제본한 책 표지를 한참 매만졌다. 단편소설 한 편 분량으로 책을 만드니 한없이 작고도 가벼웠다. 나도 언젠가는 지연처럼 실로 묶어 제본한 묵직한 책을 가져볼 수 있을까. 지연은 내게 자기 책을 두 권 선물했다. 언뜻 들춰봤지만 첫 페이지부터 내가 좀처럼 이해할 수 없는 한국어 단어들이 즐비해서 끝까지 읽기를 포기하고 책장 구석에 꽂아두었다.

내가 이야기 쓰기에 도전했다는 사실을 지연이 알게 된다면 어떤 반응을 보일까. 아이돌 가수, 탤런트가 되는 일보다 작가가 되는 일이 더 쉬워 보이느냐고 화를 내진 않을까. 왜 누구나 가수가 될 수 있다고 말하지 않으면서 누구나 작가가 될 수 있다고 말하느냐고 역정을 내진 않을까. 사실 디자인 학교에서 수업을 들을 때 나도 자주 했던 생각이었다.

삼 일간 치러진 행사에서 나는 하루에 여덟 시간씩 부스를 지켰다. 대용량 보틀에 담아온 커피를 홀짝이고 틈틈이 과일과 작은 샌드위치를 주워먹으면서. 내 작품은 삼 일 동안 다섯 권이 팔렸다. 다섯 명이나 내 작품을 선택했다는 사실이 놀라운 한편 스물네 시간을 노동해서 천오백 엔을 벌었다는 사실이 씁쓸했다. 라멘과 주먹밥 한 상 가격으로 없어질 수도 있는 금액이었다. 이후로도 오랫동안 나는 봉투에 넣어둔 그 지폐들을 생각날 때마다 꺼내 만져봤다. 부스에 앉아서 지나가는 사람들을 바라보던 그때를 떠올리면서. 누군가 잠깐 내 부스 쪽으로 고개를 돌리는 찰나마다 얼마나 긴장했던지. '저기 가볼까?'라고 말하는 누군가의 입 모양을 주시하던 순간에는 중학생 시절 등굣길 골목에서 보던 다코야키 트럭을 떠올리며 트럭 속 그는 지나는 사람들의 발걸음을 얼마나 많은 순간 살폈을지 생각했다. 만든 날 팔지 못했던 다코야키는 전부 다 어떻게 되었을까. 내게도 팔리지 않은 제본 사십여 권이 남았다.

마나는 유리가 울면서 영상을 지워달라고 떼를 쓴다며 내게 못내 속상한 투로 이야기했다. 나는 마나가 충격을 받았으리라고 생각했다. 하지만 마나의 반응은 조금 의외였다.

"못된 것. 어차피 갈수록 못생겨져서 어쩌나 고민이었어."

그런 말 자체는 내게 그다지 놀랍지 않았다. 내 엄마도 하루미의 엄마도 마나의 엄마도 모두 비슷하게 말한 적이 있었다. 옛날에 우린 그런 말을 어느 엄마나 하고 사는 줄 알았다. 그러나 유리는 우리와 다르게 연예인이 되겠다고 한 적도 없고 심지어 자기가 화면에 담기는지조차 잘 몰랐을 터였다. 나는 뭐라 대답해야 할지 몰라 창밖만 빤히 봤다. 다시 봄이 다가오고 있었다. 팬데믹 대응 조치는 해가 갈수록 조금씩 완화되어 어느덧 마스크 착용도 선택 사항으로 바뀐 지 몇 달이나 지났다.

"그런데 너, 아주 이상한 영상을 봤더라."

"그걸 네가 어떻게 알아?"

"계정을 공유했잖아."

"그렇다고 네가 내 시청 기록까지 검열할 수 있는 거였어?"

"검열이라니 뉘앙스가 불편하다."

나는 마나가 어떤 영상을 말하는지 단숨에 알아들었다.

"하루미가 메가미였다는 사실을 이제 그만 다 잊어줬으면 좋겠어."

마나는 딸과의 갈등으로 예민해져서 그런지 평소보다 더 거리낌없이 하고 싶은 말을 하는 것 같았다. 그런 마나의 태도에 나도 덩달아 예민해졌다. 게다가 하루미에 관한 이야기였다.

"마나 상, 그렇다면 사람들이 뭐 우리는 기억해줄 것 같아?"

"과연 엉뚱한 대답이네. 기억되어도 잊혀도 상관없어. 그렇지만 내가 메가미라는 걸 기억하는 사람이 많다는 사실은 내 영상 댓글을 보면 알 수 있어."

"그건 네가 채널 소개에 적어둬서 그런 거 아닐까?"

"리사 님, 무슨 말을 하고 싶은 거야?"

마나는 한껏 비꼬는 투로 나를 '리사 님'이라고 불렀다.

"너는 한 번도 그런 고민을 해보지는 않은 거야? 네 딸 유리가 자기가 영상에 출연한다는 사실을 알면 불편할 수도 있다는 거."

"다른 사람도 아니고 부모인데, 엄마인데, 그게 뭐 어때서?"

"유리는 네 소유가 아니야."

"그만두자. 자식을 낳아 길러보지 않은 인간과는 말이 통하지 않는다."

"그리고 하루미 언급을 그따위로 하지 마. 메가미의 하루미란 사람도 더이상 네가 상관할 사람이 아니야."

"아니, 우리 멤버가 AV를 한 걸로도 모자라서 이젠 페미니스트 선언을 하고 게다가 뒤로는 다시 AV를 찍는데 이걸 어떻게 무심하게 넘어가?"

"뒤로 AV를 찍지 않았어, 마나 상."

"네가 최근에 본 영상이 그거잖아. 네가 종종 봤다는 것도 알아. 그 남자 배우, 한국 남자들이 구독한다는 그 유튜버가 후기를 올렸잖아. 하루미, MILF로 돌아오다, 거기 댓글이 뭐라고 달렸는지는 못 봤어? 번역이 자동으로 되던데. '늙고 뚱뚱해진 하루미를 먹고 오신 겁니까?' 난 하루미가 그런 짓을 할 때마다 수치스러워."

"저기, 마나 상, 가짜야. 그 인간은 화제가 될 만한 사람들을 아무렇게나 언급해."

"그렇다면 하루미가 고소했겠지."

나도 그런 생각을 해보지 않은 건 아니었다. 내게 그것은 실로 오랜만에 들려온 하루미의 소식이었고 그의 채널에서 하루미를 처음 본 날 종일 머릿속을 떠나지 않았다. 하루미가 다시 AV를 찍는다고? 그 지난한 싸움을 이어갔는데?

그러나 그 영상에서 지껄이는 말이나 분위기를 가만 보면 가짜라는 걸 누구나 알 수 있었다. 왜 이러한 왜곡 선동이 허용되는지, 법으로 제한할 수는 없는지 궁금하기도 했지만 하루미가 인지하고 있다면 대처를 하리란 생각이 들었다. 나는 잘못된 정보를 퍼뜨리는 유튜브 영상을 연달아 보고서 새로운 사실 하나를 깨달았다. 디자인 학교 스토리 수업에서 내가 배운 가장 중요한 것은 맥락을 읽어내는 능력이었다. 쓰레기 같은 채널을 운영해서 돈을 버는 남자 배우는 단 한 번도 자기 입으로 '하루미가 AV를 찍었다'고 말하지 않았다. 그도 아마 알고는 있을 것이다. 아무리 일본국 사정을 모르는 한국 남성들이 구독자라고 할지언정, 이 나라에서 얼마나 많은 사람이 AV 행위가 성매매가 아니라는 걸 증명하려고 노력하는지는. '먹고 온다' 따위의 표현을 쓰면 안 된다는 걸. 돈을 받고 성행위를 하는 것이 아니라 그저 성행위를 연기하는 일이라고. 그건 그 남자 배우도 어딘가에서 목청 높여 지껄인 말이었다. '만약 작품에서 따귀를 맞는 신이 실제로 촬영되었다고 해도 그것을 폭력으로 처벌하지 않는 것처럼 우리 연기자들도 마찬가지예요.' 다름 아닌 그가 지껄인 말이었다.

"마나 상, 하루미 이야기는 그만하자. 복잡한 문제야."

"하루미만 힘들어?"

마나는 갑자기 격앙된 말투로 언성을 높였다.

"이 세상에서 하루미만 힘들고 하루미만 외로워? 나도 마찬가지야."

"나는 그렇게 말한 적 없어."

"내게도 브이로그는 중요한 일이었어. 딸아이가 이렇게 나올 줄은 몰랐다고."

나는 더이상 그녀와 대화하고 싶지 않았다.

"저기, 이제 그만둬. 그다지 의미 있어 보이지도 않아. 네가 만든 도시락, 누구나 만들 수 있다는 거 알잖아. 대단한 엄마의 정성이라고 생각할 사람이 누가 있어, 철부지들 말고는."

마나는 한동안 침묵하다 말했다.

"남의 인생에 관해 함부로 떠드는구나. 그럼 새벽마다 방망이로 고기 두드려서 돈가스 만들고 누룩소금 요리하고 그렇게 해야겠니? 너는 학동 키우면서 남편 종일 먹이 주면서 그게 가능할 것 같아? 가공육이나 후리카케 쓰는 건 어쩔 수 없는 거야! 도시락을 싸지 않으면 엄마 취급도 받지 못하는데 어쩌라고!"

그 말을 마지막으로 전화가 냅다 끊어졌다.

나는 아주 오래전부터 그렇게 생각했는지도 모른다. 우리는 이미 헤어졌고 다시 완전체가 되는 일은 결코 있을 수 없다고. 마지막 팬레터가 언제 기어코 끊어질지, 인터넷에서 우리를 언급하는 일이 언제 영영 없어질지 모르지만 종국에는 그렇게 되고, 우리 셋은 무대에서뿐만 아니라 일상에서도 완전히 멀어져버리고 누군가 죽기 전까지는 아예 소식을 모르고 살게 될지도 모른다고. 그러나 정말 끝장나는 그 순간이 닥치기 전에는 누구도 그게 언제일지 알 수 없다. 마나의 전화가 끊어진 그때 나는 여기서 끝이구나 생각했다. 우리 어린 시절도, 메가미라는 환상도, 우리가 우리여야 한다는 어떤 헛된 다짐조차도.

그러나 여전히 나는 다시금 우리를 기다리는 사람이 있을지 모른다고도 생각했다.

우리 셋이 아니라, 우리 둘, 하루미와 나, 그게 아니라면 나 혼자라고 해도.

아직 끝나지 않은 여름

독일 노르트라인베스트팔렌주 보훔에서 유학하는 후배는 내게 "언니는 에어컨 있어요?"라고 물었다. 7월 어느 한낮에 연결된 영상통화에서였다. 그런 당연한 질문을 하는 게 어처구니가 없다는 내색을 하지 않으려고 나는 나름대로 애를 썼다. 연구실에 있다는 그녀는 연신 손부채를 부쳤다.
　"난 에어컨 없이는 못 살아." 그렇게 대답하고는 아주 오래전 유럽에 꼭 한번 가보고 싶다고 그녀와 대화했던 일을 떠올렸다. 날마다 프랑스 영화를 감상하던 시절이었다. 작은 노트북 화면에 펼쳐지는 파리나 낭트, 프로방스의 정경은 선잠에 든 날이면 꿈속에서 아른거렸다. 나중에 나는 그것이 프랑스의 진짜 모습이 아니라 나의 환상일 뿐이었다는 걸 깨달았다.

남녀 혼숙 도미토리에서 쪽잠을 자고 바게트 하나를 세끼에 나눠 먹는 가난한 여행이어도 좋으니 서유럽에 한 번만 가보고 싶다고 생각했던 시절. 이젠 누구도 유럽을 신세계라고 생각하지 않는다. 옛친구들도 지금 친구들도.

나의 옛친구들과 지금 친구들은 사뭇 달랐다. 옛친구들이 나이를 먹고 변했으리라고 생각해본 적도 있었고 지금 친구들도 과거에는 옛친구들 같았을지 모른다고 생각해본 적도 있었다. 그러나 아무리 사람이 변한다 한들 그렇게 달라질 수는 없으리라고 결론 내렸다. 두 집단의 친구들은 서로 아예 성분이 다른지도 몰랐다. 나로 말할 것 같으면 옛친구들이라는 대륙과 지금 친구들이라는 대륙 사이에 어정쩡하게 발을 걸치고 있는 상황이었다.

어쩌면 그것도 내 착각인지 몰랐다.

나는 나라는 사람의 성분이나 소속을 여태 제대로 모르고 있는지도 몰랐다. 누군가는 내게 아직도 유학하는 후배가 있다고 하면 놀랐다. 미국도 아니고 유럽에서? 전공이 뭐였죠? 아직 박사도 못 받았다고요? 그런 말을 들으면 가끔 반감이 들었다. 대학이나 공부와는 오래전에 결별한 사람들이 지금도 고통스럽게 공부하는 나의 옛친구에 대해서 함부로 이야기하고 있다는 생각이 들어 화가 나기도 했다. 그러나 한편으로는 이제 나조차도 옛친구들을 멀리하고 싶은 마음이 들 때가 있었다. 수없이 들어도 좀처럼 외워지지 않는 노르트라인베스트팔렌주 보훔이라는 지명. 베를린도 프랑크푸르트도 아닌. 가끔 영상통화 화면 너머로 보이는 열악한 환경의 연구실. 옛날 옛적과 하나도 달라지지 않은 후배의 그 수수한 옷차림. 그런 것들을 떠올리면 순식간에 그녀와 함께 신림동 모텔촌에 있는 허름한 공부방에서 러시아 혁명사를 읽던 날이 생각났고, 한정식을 사준다는 꾐에 빠져 잘 알지도 못하는 남자를 따라 한적한 동네까지 갔던 날도 생각났다. 그런 날들을 아직도 살고 싶지는 않았다.

삼 년 전 베트남 여행에서 돌아오던 날, 처음 감염병 관련 뉴스를 봤다. 전국을 떠들썩하게 했던 지난 몇 차례의 감염병 사태가 떠올랐다. 내가 수능시험을 보던 해에도 그랬다. '어쩌면 수능이 미뤄질지도 모른대. 우린 왜 이렇게 불쌍해?' 따위의 말들을 나누며 야단법석을 떨었던 때가 생각나서 잠시 낯부끄러웠다. 나는 남편에게 말했다.

"또 한동안 사람들이 이 이야기만 하겠네. 뉴스 보기 싫어. 그 난리가 더 지쳐."

몇 주 후 남편은 KF94 마스크를 한 박스 사들고 귀가했다. '그 난리'가 얼마나 더 이어질지 나는 좀처럼 예상하지 못했다. 처음 본 KF94 마스크는 그야말로 방독면 같았다. 남편은 내가 진짜 방독면을 못 봐서 그런다며 코웃음을 쳤다. 지금 생각하면 우습지만 처음 그것을 착용할 때는 숨을 크게 들이마셨다. 마치 물에 들어갈 때처럼.

이렇게 오래도록 감염병 사태가 지속될지 몰랐던 시절이었고, 우리가 결국 이 동네로 이사를 올지 몰랐을 때이기도 했다. 남편은 결혼을 준비하던 때부터 계속 '강남 살자'고 노래를 불렀다. 강남 방계에서 학창시절을 보낸 나는 남편의 소망이 터무니없다고 생각했다. 나는 그 인근에 살았을 때 그다지 행복했던 적이 없었다고, 없는 집이 강남 살면 그게 가장 불행한 거라고 그에게 말했다. 그는 내게 반문했다.

"우리가 왜, 없는 집이야?"

그 질문에 말문이 막혔다. 그냥 나는 오랫동안 없는 집 자식이고 우리집은 없는 집인 게 너무나 당연했는데. 남편에게는 자기 소유의 아파트가 두 채나 있었다. 아직 부동산 대란이 일어나기 훨씬 전이었으니 그걸 정리하면 강남 아파트쯤은 살 수 있겠다는 생각이 들었다. 그 생각이 들자마자 놀랍게도 강남에 사는 삶이 머릿속에 다시금 그려지기 시작했다. 인근에라도 살아보지 않은 사람은 절대 모르는 것들. 다른 동네에는 입점되지 않는 브랜드와 식재료가 넘쳐나는 백화점과 마트. 강남에 산다는 이유만으로 효용감이 생기는 수많은 순간. 그러나 그런 생각도 잠깐이었고 결국 부담을 느낀 우리는 비교적 평범한 동네에서 신혼생활을 시작했다.

감염병 초기만 해도 사람들은 곧 종식되리라고 생각했으나 몇 달이 지나자 뉴 노멀이라는 말이 나왔고 언젠가는 끝나리라는 기대를 조금씩 버리기 시작했다. 보훔에서 유학하는 후배가 내게 메일을 보냈다. 방학 때 한국에 들어가서 할일이 있었는데 상황이 여의치 않아 큰일이라고. 유학생들 커뮤니티에서 날마다 곡소리가 난다고 했다. 유럽뿐 아니라 미국에서 유학하는 친구들도 십 년을 바라보고 준비한 일정이 전부 무너지고 있다고. 후배는 메일 말미에 이렇게 썼다.

—언니, 저 죽지 않을게요. 한국은 그래도 좋은 마스크가 있으니 다행입니다.

그때 후배는 에어컨보다 마스크를 더 부러워하는 것 같았다.

*

감염병 사 년 차에 접어든 지금도 여전히 마스크를 쓰고 다니지만 방역 조치가 해제되거나 느슨해진 곳이 대부분이었다. 나로서는 우선 수영장에 다닐 수 있어서 다행이었다. 감염병 시대로 접어들기 전 마지막으로 다녀온 베트남 다낭에서는 신나게 수영을 했었다. 그 여행에서 나는 처음으로 튜브나 킥판 등 부력을 보조하는 물건 없이 물에 뜨는 법을 익혔다. 물속에서 눈을 뜨고 나니 다시는 겁에 질려 감지 않았고, 호흡하는 법을 익히니 물속에 머리를 집어넣는 일이 더는 무섭지 않았다. 물에 뜨고 나니 그전으로 돌아갈 일은 없었다. 그런 게 좋았다. 더디지만 나아간다는 것. 퇴보하지 않는다는 것.

수영을 배워나가는 것은 어쩌면 외국어를 익히는 일이나 운전과도 비슷할지 모르겠다고 생각했다. 둘 중 고르자면 운전 쪽에 가까웠다. 대학 시절 나도 서너 개의 외국어를 공부했으나 오래 손을 놓았더니 이제는 다 가물가물했다. 영어도 프랑스어도 일본어도 마찬가지였다. 제법 눈에 익은 로마자에 비하면 일본어는 처음 시작할 때도 너무나 낯설어 히라가나와 가타카나를 외우는 것부터 애를 먹었다. 중급 이상의 한자를 외우는 일도 고역이었다. 한때는 하루에 여덟 시간을 꼬박 들여 공부한 적도 있었는데 시간이 흐른 후 일본제 패키지에 쓰인 가타카나조차 단번에 읽지 못했을 때 한숨이 나왔다.

반면 운전은 공부와 다르게 그저 생활일 뿐이어서 시간이 흐르자 자연스레 기능과 교통법규에 익숙해졌고 상황에 맞는 대처 능력이 생겼다. 다낭에서 더는 물속에서 허우적대지 않고 가만히 유영하는 나를 발견하고 놀랐다. 영법을 배우기 전이라 헤엄칠 줄은 몰랐지만 물에 몸을 맡긴 채 둥둥 떠다니며 생각했다. 물속이 이렇게 편안하다니, 물이 이렇게 부드럽다니. 한국에 돌아가면 꼭 수영 강습을 받겠노라고 다짐했다.

감염병이 국내뿐만 아니라 온 세상을 뒤집어놓으리라고는

상상도 하지 못했을 때, 나는 부랴부랴 센터에 등록을 했다. 그곳에서 한 달 동안 수영 강습을 받았다. 기초반에는 수영장에 처음 와본 사람과 수영을 제법 해본 사람이 뒤섞여 있었다. 수영복을 입기 전에 샤워를 해야 하는 줄도 몰랐던 어떤 젊은 여자는 첫날 자유형을 익혔다. 나는 한 달이 다 되어가도록 발차기조차 제대로 하지 못했다. 배운 지 하루 만에 물에 머리를 넣고 몸을 띄우고 발차기를 하고 팔을 젓고 꺾으며 나아가는 사람들과 나는 달랐다. 물에 뜨는 데까지도 너무 오래 걸렸다는 사실을 상기하며 오래 걸리더라도 절대 퇴보하지 않는 게 수영이라는 사실을 되뇌었다. 얼마나 걸리든 끝까지 갈 생각이었다. 나중에 접영까지 마스터하고 생활스포츠지도사 자격증을 따게 되는 거 아니냐며 남편에게 농담하기도 했다. 그러나 한 달 후 재등록을 하러 갔을 때 데스크에서는 센터에 확진자가 나와서 방역 지침에 따라 수영장 개방을 무기한 연기한다고 했다.

끝까지 갈 생각이야, 라고 나는 친구에게 말했었다. 끝은 어딘데? 접영? 모자를 다 같이 맞춰 쓴다는 상급반? 마스터반? 대회 출전? 끝이 어딘지는 나도 잘 몰랐다. 흔히 말하는 영법 첫 단계, 자유형 이십오 미터를 익힐 수 있을지도 자신은 없었다. 감염병 사태로 돌연 모든 수영장이 문을 닫았을 때 나는 잠시 절망했다. 천천히 오래 가보려고 했는데, 감염병 사태를 이유로 간만에 결심한 배움을 멈춰야 한다니 어이가 없었다. 그러나 팬데믹으로 세상이 뒤집히고 있다는데 수영을 고집할 수는 없었다. 가족들과의 만남도 금지하는 마당에 온 동네 사람들이 뒤섞여 옷을 갈아입고 샤워를 하고 서로 침을 섞는 운동을 할 수는 없었다. 당시에 나는 하필이면 내가 선택한 운동이 수영이라는 사실을 조금 비관했지만 곧 현실을 받아들였다.

그러나 수영장에 못 가는 동안에도 머릿속에는 수영장의 이미지가 끝없이 펼쳐졌다. 마치 대학 시절 프랑스나 독일, 스위스의 정경을 머릿속에 그려봤던 것처럼. 단체 강습반에서 호각소리에 맞춰 체조를 하던 풍경도, 타일 바닥에 일렁이던 빛과 철썩대던 물소리도 아련하게 떠올랐다. 막연히 머릿속을 맴도는 이미지를 좇다가 유튜브와 블로그, 인스타그램 등지에서 사람들이 수영하는 모습을 조금씩 찾아봤다. 수영하는 일상을 그린 만화책도 몇 권 구입했다. 나는 파란 물 속에서 유선형으로 몸을 뻗은 여자가 웨이브를 하며 나아가는 영상을 좋아했다. 그런 영법을 배우려면 얼마나 걸릴지 가늠도 할 수 없었지만. 운전을 처음 배웠을 때 강사는 핸들 잡은 손을 파르르 떠는 내게 말했다.

"기억하세요. 세상에 운전을 못하는 사람은 없어요."

예전에 읽은 소설에도 그런 대사가 있었다. 세상 바보 천치들이 다 운전을 하고 다니는데 당신이 못할 이유가 없다고. 핸들을 오른쪽으로 꺾고 후진하면 바퀴가 어느 방향으로 돌게 되는지도 이해하지 못하는 상태였지만 나는 그 말을 명심했다. 당시에 만나는 사람들에게 오른쪽 깜빡이와 왼쪽 깜빡이가 구분이 되지 않는다고 말했을 때 그들이 황당하다는 듯 쳐다본 이유를 나중에서야 알았다. 수영도 가능하리라. 세상에 수영을 못하는 사람은 없으리라. 시간이 걸려도 가능해지리라고 나는 믿었다.

센터가 문을 닫은 기간에는 가끔 호텔 수영장에 갔다. 머릿속에서 그려본 파란 물과 바닥에서 일렁이는 빛을 마음껏 즐기며 멋대로 헤엄을 쳤다. 배꼽을 등에 바짝 붙이고 상체 힘은 빼고 발끝에 힘을 주라고 배웠던 것 같은데 몸은 갈지자로 비뚤비뚤 나아갔다. 야외 수영장에서는 수모를 벗고 수영할 수 있었다. 동네 센터였다면 상상도 할 수 없는 일이었다. 수모를 쓰지 않고 긴 머리를 풀어헤친 채 헤엄치는데 왠지 해방감이 들었다. 나는 물미역처럼 푹 젖어 늘어진 머리를 대충 추스르고 수영복을 입은 채 전신 거울을 바라보고 사진을 찍었다. 그날 찍은 사진을 나중에 어떤 방식으로 회상하게 될지 조금도 알지 못한 채. 그때 걸친 목걸이와 팔찌가 훗날 어떻게 보일지 전혀 모르는 채로. 그리고 감염병 사태가 2차 대유행에서 3차 대유행으로 이동하던 무렵 우리는 강남으로 이사를 했다.

*

　이사한 동네 아파트 단지에는 어린아이가 많았다. 주로 은퇴한 노인들이 모여 살던 이전 동네와는 달랐다. 내가 어렸던 1990년대로 시간여행을 하는 것 같다는 생각이 들다가도 그때처럼 혼자 다니는 아이들은 하나도 없다는 사실을 문득문득 깨달았다. 내가 감히 아이를 키울 생각을 했다니, 저렇게 손이 많이 가는 일인데. 직장을 그만둘 때, 태업을 했다고 나를 비난하는 사람들에게 나는 결혼한 지 반년 만에 유산을 했다는 사실을 털어놓았다. 모두가 바쁜 시기에 병원에 며칠 입원했던 일을 누구도 끝내 용납하지 못했기 때문이었다. 그러나 유산이라는 단어 앞에서 숙연한 듯 입을 다물어버리는 사람들을 보자 내가 겪은 불행에 그저 회의가 들었다. 저런 인간들에게 이해받고 싶은 건 아니라고 생각했다. 강남에 이사하자 그 무렵의 일들이 머릿속을 가득 채웠다. 그때를 떠올리면 머릿속은 그저 검푸른 먹색이 되었다. 누군가 내 머릿속을 헤집어 먹을 들이부은 것 같았다. 직장을 그만두고 몇 년이나 지난 지금은 그때 있었던 일에 대해 그 무엇도 할 수 있는 게 없다. 괴롭히고 방관하고 모멸감을 준 인간들에 대해서도, 그 인간들이 감추고 있던 더럽기 짝이 없는 본색을 내가 알고 있다는 점에 대해서도. 입을 열면 그들을 사회적으로 충분히 매장할 수도 있었다. 그러나 내가 직장을 그만두며 다짐했던 건 다만 미친 인간이 되지 말자는 것뿐이었다. 복수와 뒷조사가 무기가 되는 걸 본 적이 없었다. 내가 유산을 했었다는 사실을 두고 그들은 또 뭐라고 비아냥댈까, 생각하며 나는 그 말을 한 걸 후회했다. 그리고 몇 년간 불쑥 직장에서의 일이 떠오를 때마다 그저 잊어버리자고 다짐했다. 모멸감에 사로잡혀 앞으로 나아가지 않았다면 내 인생은 진작 끝나버렸으리라고 힘주어 생각했다.

김차장은 돈을 왜 벌어? 이젠 남편이 벌어다주는 돈으로 살지. 세상이 불공평하더라, 김차장처럼 치고 올라가는 사람이 있는 반면 아무리 뺑이를 쳐도 안 되는 사람이 있고. 아직도 그런 말들이 불쑥 생각날 때가 있었다. 사람 면전에다가 할 수 있는 말들이었나. 그건 마치 내가 살아 있는 줄 모르는 사람들, 내 주검 앞에 서 있다고 믿는 사람들이 하는 말 같았다. '차라리 죽어버렸으면 좋겠어.' 그런 뉴스를 본 적이 있었다. 코마 상태로 몇 년을 누워 있던 자신의 곁에서 가족들이 떠들던 말을 흐릿한 의식 너머에서 들었다고 말하는 사람. 차라리 죽어버렸으면 좋겠다고. 그는 오랜 악몽을 꾸었다고 말했다. 나는 직장 사람들이 마치 내가 죽었다고 착각하고 함부로 망자에 대해 떠드는 사람들과 같다고 생각했다.

퇴사하던 날 경력증명서를 발급받는 내게 그들은 이직이라도 하려는 거냐고 물었다. 그래, 그 정도 능력이면 어디든 가겠지. 그러나 나는 이직할 생각이 없었다. 어떤 조직에도 몸담고 싶지 않았다. 그게 그들이 말하는 기혼 여성의 같잖은 여유라고 해도. 남편이 월에 억을 벌어온다고 해도 내 통장에 돈 백만원 꼬박꼬박 찍히는 게 더 중요하다고 믿어왔건만. 평생 월급 받던 사람이 더는 고정적인 수입이 없어지면 어떻게 망가지는지 어린 시절 수도 없이 봤지만 어쩔 수 없었다.

머릿속을 가득 채운 먹을 조금 걷어내주는 것도 수영이었다. 나는 파란 물 속에 몸을 내던져 그 더럽고 시커먼 기억을 지워낸다고 생각했다. 물속에서 숨을 쉬는 일은 여간 어려운 게 아니었으나 숨을 참는 동안은 잡념이 들지 않았다. 영법을 익혀 제대로 수영하는 것도 아닌데 열심히 헤엄치다보면 얼굴이 화끈거리고 수모 안에 땀이 찼다. 달리기를 하는 것처럼.

3차 대유행이라는 말이 연일 언론에 도배되었으나 곳곳의 동네 수영장이 하나둘 개방되기 시작했다. 강남으로 이사한 지 얼마 안 됐을 때 나는 소위 '원정 수영'을 다녔다. 개방된 수영장을 검색해서 이곳저곳으로 정처 없이 자유 수영을 다녔다. 수영인들 사이에서 유명하다는 인천의 수영장에도 다녀왔고, 파주나 하남의 수영장에도 갔다.

그날도 멀리까지 가서 수영하고 돌아와 엘리베이터를 탔는데, 내 또래로 보이는 젊은 엄마가 인사를 했다. 엘리베이터에서 인사를 받는 일은 처음이었다. 그녀는 두 돌이 지난 듯 보이는 어린 여자아이의 손을 잡고 있었다. 아이가 어찌나 깜찍한지 나는 마음속으로 탄성을 질렀다. 아이는 눈 밑에 반짝이는 스티커를 붙이고 있었다. 약국에서나 보던 유아용 마스크를 낀 채였다. 마스크에는 고양이와 토끼가 빼곡하게 그려져 있었다. 아이를 가만히 바라보고 있자 아이 엄마가 서슴없이 내게 말했다.

"저희 집에 잠깐 놀러오실래요?"

나는 이참에 같은 아파트 사람과 알고 지내는 것도 나쁘지 않을 것 같아서 아이 엄마를 따라 집안으로 들어갔다. 아이 이름은 제니였고 아이 엄마는 자기를 제니 맘으로 불러달라고 했다. 육아하는 여자들이 자기 이름을 지우고 산다는 이야기를 오래전부터 풍문으로 들었으나 직접 겪어보니 신기할 따름이었다. 나는 아이가 없는데, 뭐라고 자기소개를 해야 하나 도리어 막막한 기분을 느꼈다. 제니 맘은 서글서글하게 웃으며 "제니 친구가 있었으면 좋았을 텐데"라고 능쳤다.

"어차피 친구는 많아요. 이 동에만 제니 친구가 다섯 명이 넘으니까요."

이전에 살던 아파트에는 단지 내에 구립 어린이집이 있었다. 한번은 어린이집 근처를 지나다 '우리 가족 텃밭'이라는 푯말이 붙은 작은 텃밭을 봤는데, 집집마다 키우는 식물의 종류도 달랐고 성장도 제각각이라 그뒤로 텃밭을 지날 때면 고개를 숙여 구경하곤 했다. 대파며 깻잎이 오종종하게 심어져 있고 어린이집에 다니는 유아들의 이름이 어엿하게 붙은 모습을. 제니 친구가 다섯 명이 넘는다는 말에 나는 문득 이 단지에도 어린이집이 있었나, 의아해졌다. 어린이집을 본 적은 없었다. 제니 맘은 커피를 내려주며 아이들이 전부 다 같은 유치원에 다닌다고 했다.

"애들 픽업하려다보니 우리는 자주 만날 수밖에 없고. 또 왔다갔다하기에도 애매한 시간이라 결국 근처 커피숍에 모여 있을 수밖에 없죠."

사정을 들어보니 아이들은 모두 한남동에 있는 영어 유치원에 다니고 있었다. 한강만 건너면 금방이었으나 아이들이 유치원에 머무는 시간이 고작 서너 시간이라 엄마들은 유치원 근방에서 시간을 보내다 아이들을 픽업해 온다고 했다. 한강을 건너 등원을 한다, 이런 이야기를 듣고는 오래전 한강을 건너 등교를 하다 사고를 당했다던 무학여고 언니들을 떠올리는 자신에게 조금 머쓱해졌다. 내게는 잘 이해가 되지 않는 문화였다. 강남에도 영어 유치원이 많을 텐데 아파트 한 동에서 대여섯 명이나 한남동에 있는 유치원을 같이 다니는 건 무슨 문화일까.

제니 맘은 마치 그 엄마들이 모두 한자리에 모여 있기라도 하듯 그들의 신상을 나열하며 소개를 했다. 그날 제니 집에 머무르던 잠깐 동안 나는 내가 한 번도 본 적 없는 여자들의 프로필을 들었다. 어떤 엄마는 '공구'를 하는데 자기들 중에 돈을 가장 잘 번다고 했다. 또다른 엄마는 영어 유치원 교사 출신이어서 꽤 많은 정보를 준다고 했다. 제니 맘 자신은 원래 국어를 가르치다가 지금은 쉰다고 했다. 넌지시 내게도 무슨 일을 하느냐고 물어오기에 나 역시 휴직중이라고 대답했다. 거짓말이었다. 그건 엄연히 직장에 소속된 사람이 할 수 있는 말이었으니까. 같은 동에 사는 여자라는 이유로 이렇게 임의롭게 다가온다는 게 조금 놀라웠지만 곧 나는 그렇게 생각하고 말았다. 결국 나도 잠재적인 엄마라고 생각하는구나. 또한 이사를 나가지 않으리라고 믿고 있다는 걸 알았다. 이 아파트는 그런 곳이었다. 한번 들어오면 결코 나가지 않는 곳. 월세를 살더라도 끝내 붙어 있어야 하는 집. 이런 집을 월세 줄 만한 주인들이라면 교외에 집 짓고 사는 재력 있는 노인들뿐이라는 것 정도는 나도 대강 알았다.

"애 가지면 일 다시 하기도 힘들 텐데. 나도 학교 선생은 아니라서 다시 일하기 어려울 것 같아요. 어휴, 국어, 지긋지긋해. 제니는 절대 문과 안 보내요."

제니는 정신없이 거실 바닥을 어지럽히며 블록을 쌓고 있었다. 어린아이가 블록을 높이 쌓아올리는 모습은 언제 봐도 놀라왔다. 제니는 새우깡만한 손가락으로 조심조심 공들여 탑을 쌓고 있었다. 아이 볼에 코끝을 가져다대고 싶었다. 문과라니. 문과니 이과니 이제 나누지도 않아요, 제니 엄마. 나는 마음속으로 말했다. 예상대로 제니는 두 돌이 지난 지 얼마 안 됐다고 했다. 제니가 전공을 선택하려면 얼마나 많은 시간이 지나야 할까, 싶다가도 결국 눈 깜빡이는 찰나의 시간이 흐르면 그 나이가 되겠거니 싶었다. 그러나 이어지는 제니 맘의 말은 다소 당황스러웠다.

"애아빠랑 나는 얘를 무조건 전문직 시켜야 한다고 그러거든요. 다섯 개 중에 하나 하면 좋겠는데. 의사, 치과의사, 한의사, 약사, 수의사. 솔직히 한의사는 별로죠. 의사는 어려울 것 같은데 다행히 제니가 동물을 좋아해요. 수의사가 괜찮은 것 같아."

제니는 엄마가 뭐라고 떠들든 말든 눈에 힘을 주며 블록을 바라보고 있었고 나는 제니네 집 거실에 잔뜩 붙은 동물 포스터에서 시선을 떼지 못했다.

*

그날 이후 나는 제니 맘과 더 가까워질 일은 없으리라고 생각했다. 두 돌 지난 아이를 두고 전문직 운운하는 게 상식적으로 이해가 되지 않았다. 그러나 무람없이 집에 초대해서 커피를 내려주던 모습이 어른어른 떠올랐다. 웃을 때 눈이 반달이 되는 매력적인 얼굴이 자꾸만 생각났다.

사실 제니 맘보다 제니가 더 많이 생각났다. 두 돌이 갓 지난 어린아이라 그런지 아직 낯을 가리지 않았다. 종종거리며 걷다가 서슴없이 내게 안겼고 수시로 함빡 웃어 보였다. 아이에게서는 따뜻하고 달콤한 냄새가 풍겼다. 천으로 만든 공을 덩크슛 하듯 머리 위로 던지며 발끝을 들던 모습이 생각났다. 제니는 나에게 아무 말도 하지 않았는데. 나에게 말 한마디 건네지 않은 타인이 이토록 나를 사로잡을 수가 있나. 제니가 내게 공을 던졌을 때 나는 받아서 제니에게 다시 던졌다. 제니는 눈도 꿈쩍하지 않고 날아드는 공을 주시했다.

쉴새없이 블록을 쌓고 공을 던지고 퍼즐을 맞추던 아이. 아이의 부모는 왜 '의사는 어려울 것 같다'고 단정을 짓는 걸까. 언젠가부터 내 머릿속은 제니 생각으로 가득했다. 그날 제니 맘과 전화번호를 주고받긴 했으나 다시 연락할 일은 없으리라고 생각했다. 내 쪽에서 먼저 연락할 만한 용건이 없었다. 제니 맘의 메신저 프로필 사진에 담긴 제니의 모습을 들여다보면서 그날처럼 우연히 엘리베이터에서 마주치게 될 일은 없을까, 나도 모르게 고대했다.

여름은 일찍 시작되었고 마치 영영 끝나지 않을 것처럼 길고도 길었다. 사람들은 여전히 두꺼운 KF94 마스크를 착용했으나 그런 것 따위는 상관없다는 듯 햇살은 뜨거웠다. 출퇴근할 일이 없는 나는 집에서 에어컨만 쐬고 있으면 되었으나 퇴근하고 돌아온 남편은 마스크를 벗자마자 숨을 몰아쉬곤 했다. 인터넷 커뮤니티에는 제습기에 가득찬 물을 재활용할 수 있느냐는 질문이 올라왔고 습도가 높으니 관절 통증이 심해진다는 아우성이 넘쳤다.

그 여름, 인터넷 커뮤니티에서 가장 많이 돌아다닌 키워드는 기후 위기, 제습기, 백신이었다. 3차 대유행 이후 전국에 다양한 종류의 감염병 백신이 보급되었고 마침내 백신 도입 초기처럼 애써 병원을 찾아 헤매지 않아도 순차적으로 전 국민이 백신을 맞을 수 있게 되었다. 백신 도입 초기에 남편은 지도 앱을 켜서 주변에 잔여 백신을 맞을 수 있는 병원이 있는지 수시로 검색하곤 했다. 몇 달 만에 상황이 바뀌어 각 지역 보건소에서 연령대별로 백신을 맞을 수 있는 요일과 시간을 문자로 알려주었다. 팬데믹이 시작된 지 정확히 일 년 반 만이었다.

1차 백신을 맞던 날의 풍경을 나는 오래도록 기억할 수 있을 것 같았다. 보건소 강당에서 일사불란하게 주사를 맞고 대기하고 있다가 전광판에 뜬 귀가 가능자 명단에서 자기 이름을 확인하고 나가던 사람들. 방호복을 입고 돌아다니던 공무원들. 감염병 시대 이후 방호복을 입은 사람들의 모습이 제법 익숙해졌지만, 그전까지의 삶에서 그런 착장이란 디스토피아를 다룬 영화에서나 볼 수 있던 것이었다. 이미 끝나버렸는지도 모른다, 유튜브나 SNS에는 그런 말도 돌았다. 인류의 미래는 여기까지였는지도 모른다고. 아파트 현관에도 백신 접종을 권고하는 안내문이 붙었다. 불과 몇 달 전만 해도 정부가 무능해서 백신을 수입하지 못한다는 뉴스가 종종 나왔는데, 비로소 모두가 백신을 맞게 되는 때가 와서 다행이라고 생각했다.

보훔에서 유학하는 후배와는 가끔 영상통화를 했는데, 한국도 이제 제법 많은 사람이 백신을 접종했다는 소식을 전하자 후배는 작게 한숨을 내쉬며 말했다.

"그럼 이제 곧 안티 백서들이 튀어나오겠네요."

당시로서는 처음 듣는 조어였다. "안아키 같은 거야?" 내가 물었더니 후배는 비슷하다고 말했다. 하지만 자기가 생각할 때는 차라리 '안아키'가 나은 것 같다고 했다. 세상 무엇이 안아키보다 나을 수가 있느냐고 묻자 후배는 말했다.

"어쨌거나 그 엄마들은 최소한의 철학이라도 있는 것 아니에요. 제가 본 안티 백서들은 지구 평평론자 수준이라니까요."

결정권이 없는 어린아이들을 키우며 백신 접종과 병원 치료를 일절 거부한다는 안아키에 대관절 무슨 최소한의 철학이 있는지는 알 수 없었으나 후배는 자기가 본 몇몇 안티 백서에게 호되게 질린 모양이었다. 이어 후배는 안티 백서라는 사람들이 백신 접종 증명서를 구입한다는 뉴스도 봤다고 했다. 독일은 백신 패스 없이 공공장소를 통행하는 일이 대체로 불가능한데, 이에 백신을 대신 맞고 접종 증명서를 유료로 판매하는 사람까지 등장했다고. 나는 한국에서라면 불가능하지 않겠느냐고 물었다. 후배는 바로 대답하지 않고 음, 하며 망설였다.

"언니, 당연히 여기에서도 그런 일은 불법이에요."

순간 나는 조금 당황했지만 티내지 않으려 짐짓 애를 썼다. 후배가 독일에 산 지 십 년이 넘어가고 있었다. 팬데믹 이전 그녀는 귀국할 때마다 유럽 생활이 불편하다고 푸념했다. 한국에서라면 어디서든 쉽게 구입할 수 있는 생활용품조차 없다고 말하곤 했다. 한국인들이 좋아하는 드러그스토어로 유명한 독일인데 그런 말을 들을 때마다 의아했다. 언젠가부터 그녀는 한국이 훨씬 살기 편하다는 말을 자주 했다. 나 역시 그런 뜻으로 백신에 대해 말했을 뿐인데 후배는 달리 받아들인 것 같아서 난감했다.

가끔 팬데믹 이전 마지막으로 다녀온 여행 사진을 들춰보곤 했다. 다낭에서 나는 신나게 놀고 있었다. 한여름 날씨는 아니었으나 여름옷을 입고 다닐 수 있을 정도의 선선한 날씨였다. 밀짚모자를 쓰고 민소매 원피스에 카디건을 걸친 내 사진을 페이스북에 올리며 나는 '이 여름이 다시 돌아올까'라고 캡션을 달았다. 별다른 뜻은 아니었고, 언젠가 다낭에 다시 놀러가고 싶다는 말일 뿐이었다. 그 여행 직후에 팬데믹 시대로 접어들었던 것을 생각하면 새삼스레 의미심장한 말로 느껴졌다.

후배와 백신 이야기를 나누고 나니 문득 단지 내 아이들이 생각났다. 미취학 아동들은 당연히 백신 접종 대상이 아닐 터였다. 귀여운 캐릭터가 잔뜩 그려져 있다고는 해도, 외출할 때마다 마스크를 써야 하는 아이들이 얼마나 답답할까 싶었다. 내가 어릴 적엔 감기에 걸리면 천 마스크를 쓰고 등교했었다. 그런 날이면 엄마가 입술이 튼다며 글리세린을 콧구멍 아래까지 잔뜩 펴 발라주었다. 마스크를 쓴 아이가 있으면 온 동네 아이들이 몰려와 어디가 아프냐고 묻곤 했다. 요즘 아이들은 집안에서도 곧잘 마스크를 쓰고 있다고 했다. 그런 경험은 훗날 무엇으로 남게 되는 걸까, 나는 종종 생각했다.

분리수거를 하는 날 잠깐 쬔 햇볕에 땀방울이 가슴골 사이로 흐르는 걸 느끼는 와중에, 나는 혼자 돌아다니는 제니를 발견했다. 생수병에서 미처 떼어내지 못한 라벨을 정리하는데 원피스 주머니에 손을 찔러넣은 제니가 주차장 근처를 어슬렁대고 있었다. 엄마젖을 막 뗀 길고양이처럼 돌아다니는 제니를 보니 순간 아찔했다. 나는 쓰레기들을 내팽개치고 제니에게 달려갔다.

"제니야, 엄마는?"

제니는 눈을 동그랗게 뜨며 손가락으로 허공을 가리켰다.
"저기."

제니 맘이 저만치서 걸어오고 있었다. 핸드폰을 보느라 잠깐 한눈을 팔았는지 제니 맘은 놀란 얼굴로 부리나케 달려왔다. 나는 제니를 잡고 있던 손을 얼른 떼어 툭툭 털었다. 깨끗하지 못한 손으로 아이를 붙잡은 게 미안했다. 제니 맘도 "미안해요, 미안해요" 하며 연신 고개를 숙였다. 한 손에는 커다란 쇼퍼백이 들려 있었다. "저희 여행 다녀오는 길인데, 애아빠가 지금 차에서 뭘 좀 찾는다고 정신이 없어서요." 그 말을 듣고 제니를 보니 챙이 넓은 밀짚모자를 쓴 모양이 휴양지에라도 다녀온 듯했다. 문득 '여행'이란 말이 너무나도 이상하게 들렸다. 밀짚모자에 민소매 원피스를 입고 샌들을 신은 제니의 모습을 보자 팬데믹 이전에 다낭에서 놀던 내 모습이 떠올랐다.

나중에 제니 맘은 "우리가 얼마나 여행을 많이 다녔는데. 심지어 애가 육 개월일 때도 유럽까지 다녀왔는데. 그땐 여행 자제하느라 힘들었지. 놀러간다고만 하면 또라이 취급하던 때 잖아"라고 말했다. 또한 제니가 감염병에 걸려서 며칠 동안 고생했을 때 함께 자가 격리를 했던 제니 맘은 내게 문자를 보내 조금도 걱정할 필요가 없다고 했다. 자제한다고는 했으나 수시로 여행을 다녀오던 제니 맘이 단 한 번도 백신을 접종하지 않았다는 것을 나는 꽤 오랜 시간이 흐른 후 알게 되었다.

보훔에 있는 후배와 조금 껄끄러운 대화를 나눈 후로는 백신에 관해 다시 이야기를 꺼내기가 어려웠다. 그녀가 독일로 떠난 후 십 년이 넘는 시간 동안 우리는 메신저로 대화를 나누거나 둘 다 깨어 있는 시각일 때 대수롭지 않게 노트북을 열어 영상통화를 하는 것이 습관이 되었다. 독일의 안티 백서에 관해 인터넷으로 검색하다가 '백신을 인류에게 접종시키는 것은 인구를 감축하려는 장기 학살 프로젝트'라고 주장하는 독일인이 있다는 것을 알게 된 나는 후배에게 물어보고 싶어 안달이 났다. 무슨 이야기든 나눌 수 있는 사람이라고 생각했는데, 전화하기가 무척 망설여졌다. 언니, 당연히 여기에서도 그런 일은 불법이에요. 후배의 말이 귓가에 울리는 듯했다. 나는 백신에 관한 생각을 머릿속에서 지우려 애썼다. 오랫동안 친하게 지냈고 무엇이든 공유했던 사람인데 왜 말을 걸기가 이토록 어려운지 알 수 없었다.

그녀가 독일에 유학 간 직후, 그곳에서 적응하기도 바빴을 텐데 내가 직장에서 겪는 일을 시시콜콜 얘기하면 가만히 들어주던 게 생각났다. 점심시간이 돌아올 때마다 식충이 취급을 받는 것 같다고 울었을 때. 이미 많은 사람이 카드를 쓰던 시절이건만 날마다 내게 만원짜리 지폐를 주며 잔돈으로 깨오라고 시키던 선배. '그 자리에서 안 힘든 사람이 어디 있어요? 사람이 일을 하면서 괴롭지 않다는 건 밥만 축낸다는 증거예요.' 토씨 하나 틀리지 않고 기억나는 그런 말들을 후배는 전부 들어주었다. 후배는 내게 진지하게 직장을 그만두라고 충고했는데, 정년이 보장되는 직장을 어디에서 또 구하겠느냐며 듣지 않았다. 후회를 하게 될까봐 걱정이라는 내게 그녀는 말했다. "지금 못 그만두었다는 것을 후회하게 될지도 몰라요."

그녀의 말이 맞았다. 십 년이 지나도 그곳의 사람들은 나를 함부로 대했고 연봉은 아주 조금 올랐을 뿐이었다. 내가 성과를 내면 잠깐이나마 태도가 달라지긴 했으나 실수를 하면 가차없이 모멸감을 줬다. 남들이 부러워하는 직장이었지만 나와 마찬가지로 구성원들은 전부 철밥통이었다. 내가 제풀에 떨어져나가기를 바라는 사람들의 얼굴을 아침마다 마주한 채로 젊은 시절을 다 보냈다고 생각하니 억울했다. 그 이야기를 가장 귀기울여 들어준 사람이 바로 저멀리 보훔에 있는 후배였다.

후배와 연락을 덜 하는 대신 나는 제니 맘과 그녀의 친구들인 이빈 맘, 재희 맘, 영수 맘 등등을 만났다. 아파트 단지 내 도서관은 언제나 열려 있었고 나는 아껴 보던 책들을 그곳에 잔뜩 기증했다. 몇 번은 한남동 유치원 근처 카페에 따라가기도 했다. 하원한 아이들과 가끔 단지 내 도서관에서 만나자는 내 제안을 엄마들은 좋아했다. 아이들이 어울려 노는 모습을 보고 있자니 수영을 할 때처럼 머릿속 먹칠이 지워지는 듯했다. 나는 그들을 새로 만난 친구들이라고 생각했다. 오랜 시간 사귀어온 친구들은 대학이나 그 척박한 직장에서 만난 친구들이었다. 새 친구들은 너덜너덜해져버린 지난날을 떠올리게 하지 않았다.

  이들은 아이들을 어떻게 키울 것인지, 어떻게 하면 아이들을 강남 이너 소사이어티로 무사히 안착시킬 수 있을지 의논하며 시간을 보냈다. 그중 유일하게 강남 근처 출신인 나를 엄마들은 무척이나 대우해줬다. 강남에서 고등학교를 나왔으니 좋은 대학에 갔으리라고 생각하는 모양이었다. 나는 그렇게 생각하는 그들에게 별다른 말을 하지 않았다. 감염병이 좀 잦아들면 해외 어디로 여행을 갈지, 요즘 유행하는 주얼리는 무엇인지가 아이들 교육 다음가는 그들의 관심사였다. 좀처럼 여행을 가기 어려우니 자꾸 명품에 돈을 쓰게 된다고 했다가, 아이가 초등학교에 들어가면 등하원용 자가용과 패밀리 카를 바꿔야 한다고 말했다. 그러다 곧 재테크와 투자로 화제를 옮겨갔다. 나는 그들 사이에 껴서 화려한 일상 브이로그와 인스타그램을 보듯이 주로 가만히 대화를 들었다.

  수영 센터가 재개장하자마자 나는 강습을 등록했다. 아직 물속 호흡에 익숙하지 않아 숨이 턱끝까지 차올랐지만 푸른 물색과 바닥에 일렁일렁하는 빛을 바라보는 일은 여전히 좋았다. 몇 개월을 기초반에서 재수강하며 나는 겨우 자유형을 터득했다. 멈추지 않고 나아가고 싶었다. 물에 뜬 채로 머리를 들지 못할 때는 자꾸만 레인 중간에 멈춰 서야 했다. 하지만 나는 돌아보지 않고 그저 내달리고 싶었다. 반복되는 괴로운 아침 출근길에 인생은 누구에게나 스스로 제어할 수 없는 트레드밀을 달리는 일일 뿐인가, 생각했을 때와는 다르게. 나는 강제로 기계를 종료하고 그곳에서 내려왔다. 이제 그 일은 잊어야 한다고 생각하며 앞으로 나아갔다. 팔을 젓고 발목을 물에 내리꽂으면서.

한동안 옆자리에서 샤워를 하던 백발의 노인이 내게 말했다. "수영복에 그 목걸이와 팔찌는 안 어울려요. 소재를 보아하니 염소 물에도 약할 것 같고." 분명 오지랖을 부리며 핀잔을 주는 내용이었지만 무척 부드러운 말투여서 나는 깜짝 놀랐다. 노인은 상급반보다 높은 연수반이었고, 수모에는 'INSTRUCTOR'라고 커다랗게 적혀 있었다. 거울을 보니 목걸이와 팔찌가 정말 이상하게 도드라져 보였다.

목걸이는 몇 년 전 '대란'이 났던 제품으로, 당시 한국에 잠시 들어올 예정이던 후배에게 프랑크푸르트 매장에서 구매해달라고 부탁했던 물건이었다. 가끔 구매대행 아르바이트를 한다는 걸 알기에 부탁한 건데, 후배는 내게 물건을 건네며 다시는 이런 부탁을 하지 말아달라고 했다. "언니가 이런 목걸이를 좋아한다는 것도 적응이 안 되고요." 나는 수수료를 주겠다고 했었다. 평소에 구매대행을 할 때 얼마나 받느냐고 묻는다는 것을 "네가 평소에 받는 만큼 줄게"라고 했는데, 후배는 조금 언짢아하며 "제가 평소에 받는 돈이 뭔데요"라고 대답했었다. 왜 다른 사람들은 되고 나는 안 되니? 묻고 싶기도 했지만 묻지 않았고, 곧 우리는 아무 일 없었던 듯 다시 예전처럼 대화를 이어나갔다.

예전에 호텔 수영장에서 찍은 사진을 나는 들춰봤다. 수영복 위에 걸친 목걸이와 팔찌는 확실히 이상했다. 이제 다시 여름이 오려면 한참이나 남았고, 나는 겨울 수영장의 매력을 알게 되었다.

제니 맘, 이빈 맘, 재희 맘, 영수 맘 등이 리모델링 인테리어에 관해 열을 올리며 대화를 나누던 날, 나는 그들이 언젠가 보홈의 후배가 말한 안티 백서라는 것을 깨닫게 되었다. 물론 그 누구도 안티 백서라는 단어를 꺼내지 않았다. 제니 맘은 다만 이렇게 말할 뿐이었다.

"그냥 그게 우리 동네 엄마들 스타일이에요."

미래의
윤리

황지우의 근황을 이렇게 오랫동안이나 듣지 못하게 될 줄은 몰랐다. 모두가 아주 오래전부터 황지우를 알았다. 황지우의 개인 SNS 같은 것은 한 번도 본 적 없지만, 그녀의 소식은 알기 싫어도 알 수밖에 없는 종류의 것이었다. 아이들은 가끔 '황지우가 죽었나?' 하고 말했다. 어떤 아이는 포털 실시간 검색어에 황지우의 이름이 뜨는 꿈을 꿨다고 말했다. 그런 사람의 이름이 실시간 검색어에 뜬다면 그녀가 죽었다는 이야기밖에 더 되겠느냐며, 잠에서 깬 채로 포털에 접속했다가 모든 것이 꿈이라는 걸 알아채기까지 다소 시간이 걸렸다고도 했다.
 서아는 황지우와 마지막으로 주고받았던 문자메시지를 떠올렸다. 그간 죄송했습니다, 눈에 띄지 않도록 노력하겠습니다, 조용히 살겠습니다…… 서아는 그녀가 정말로 비겁하다고 생각했다. 이런 과장된 겸양의 태도가 사람들을 더 화나게 할 수도 있다는 걸 모른다는 게 웃겼다. 대략 한 시간 가까이 이어졌던 첫번째 통화에서 느꼈던 바도 그와 비슷했다. 그녀는 자꾸 자기가 늙어서 그런 것 같다고 말하며 비굴하게 웃었다. 서아의 입장에서 그녀는 늙기는커녕, 큰언니뻘에 가깝다고도 할 만한 젊은 사람이었다. 그런데 자꾸 '혹시 우리가 세대가 달라서' 운운하는 모습이 본인의 부족한 인격에서 비롯하는 말실수를 미리 만회하려고 선수를 치는 것 같아 불쾌했다.

 서아만 그렇게 느낀 게 아니었다. 입학하기 전부터 꾸려온 스터디를 온라인으로만 진행하다가, 칠 개월이나 지난 시점에 팀원들과 처음으로 대면 모임을 했을 때 모두가 입을 모아 말했다. 본인이 적폐라고 생각하지 않으려는 그 태도나, 혹여 적폐라는 것이 드러나더라도 빠져나갈 구멍을 계속 만들려고 하는 모양새가 기분이 나쁘다고.

 서아는 락스를 뿌려 화장실 청소를 했다. 열흘간 청소를 안 했더니 화장실이 끔찍하게 더러웠다. 수전은 하루이틀만 방치해도 허옇게 때가 올라오는데, 열흘을 내버려뒀으니 심각했다. 누렇다못해 빨개진 줄눈과 타일 사이사이에 낀 곰팡이가 보였다. 처음에는 변기나 세면대의 구석진 곳에 핀 분홍색 물때를 보며 저게 정말 더러운 것이 맞나, 잠시 의아했다. 마치 형광핑크색 물감을 뿌려놓은 듯 해사한 물때의 색감을 엄마에게 전화로 설명하며, '나는 이런 건 평생 본 적이 없는데'라고 말했다. 엄마는 네가 평생 청소를 안 해봤으니 모르지, 타박하며, 사실 내내 구옥에서만 살아온 자신도 분홍색 물때는 구경해본 적이 없다고 했다. 아마 신축이라 그런 거 아닐까.

엄마의 입에서 나오는 구옥과 신축이라는 단어를 번갈아 들으며 서아는 한숨을 쉬었다. 딸이 대학에 간다고 신축 오피스텔을 전세로 얻어준 엄마의 노고를 모르는 바 아니었고, 대출까지 받아 힘들게 집을 구해줬는데 반년이나 쓰지도 못하고 방치해둔 걸 생각하면 화가 치밀었다. 학교에 갈 일이 없더라도 어떻게든 서울에 살며 뭐든 해야겠다고, 전세를 얻느라 쓴 돈 이상의 가치를 스스로 만들어내겠다고 다짐하며 기차를 타던 날이 생생했다. 집값이 안 아깝게 살 수 있는 방법은 뭐가 있을까, 서아는 오래도록 생각했다.

락스랑 과탄산소다는 같이 사용하면 안 돼, 화장실 청소를 할 때마다 그 말이 떠올랐다. 베이킹소다는 세정력이 거의 없다시피 하니 구비할 필요가 없고 과탄산소다를 이용해라, 편의점에서 파는 희석된 것이라 해도 락스는 언제나 조심해야 한다…… 서아는 화장실 청소를 할 때마다 락스의 세정력에 감탄했고 때론 경악했지만 그 물건을 보기만 해도 동시에 떠오르는 그 조언들 때문에 머릿속이 상념으로 복잡해지는 것을 어쩔 수 없었다. 그건 황지우가 한 말이었다. 그녀와 만나본 적도 없는데, 그녀가 한 말은 너무 많이 생각났다. 우리가 직접 본 적은 없어도 서로 주고받는 영향력은 만남 이상일 수도 있다고, 이게 새로운 시대의 공통 감각이라는 것도 받아들이려 한다고. 마치 자신은 새 시대에 속해 있지 않다는 양, 그러나 고독하게 그것을 받아들이고 자신의 오래된 감각을 갱신하겠다는 양. 황지우를 생각하면 늘 불쾌한 뒷맛이 남았다.

마지막 통화 이후 서아는 진심으로 황지우를 걱정했다. 지친 기색이 역력했던 동영상 속 흐릿한 얼굴을 거듭 떠올린 적도 있었다. 황지우는 어떻게 생각했는지 몰라도 건강을 걱정한다고, 앞으로도 건강하길 바란다는 마음을 담아 했던 말은 진심이었다. 이렇게 오랫동안 근황이 들려오지 않을 줄은 몰랐다. 아이들은 걔 진짜 죽은 거 아니야, 라고 말하며, 이런 식으로 사람들을 걱정시키는 것도 그녀의 부덕이라고 말했다.

서아가 개인 방송을 하기로 마음먹은 까닭도 방치되었던 전셋집을 뒤늦게나마 활용해보고자 했기 때문이었다. 대출까지 끼어 있는데 전셋집을 넘길 수도 없었고, 당시로서는 서울에 갈 마땅한 다른 이유도 찾지 못했다. 두 주간, 한 달간, 이런 식으로 등교는 계속 미뤄졌다. 우리 땐 전부 '학기제'였는데, 이젠 그런 것도 없고…… 부모님이 이런 대화를 나눌 때마다 서아의 마음은 몹시 불편해졌다. 서울에 있는 대학을 간다는 이유만으로 의기양양했던 때가 생각나 겸연쩍기도 했다. 서아가 서울에 있는 대학에 합격했을 때, 서아의 과외 선생은 축하한다고 말하며 이렇게 덧붙였다.

—너는 이제 너희 집에서 가장 고학력자가 되는 거야.

서아는 처음엔 어리둥절했고 곧 화가 치밀었다. 뭘 안다고 저따위 소리를 하는 거지? 서아의 부모가 서아가 합격한 대학보다 못한, 소위 '입결'이 낮은 대학을 나왔다거나 대졸자가 아니라고 미루어 짐작하며 하는 말이 뻔했다. 그 말을 들은 당시에는 얼떨떨해서 대꾸를 못했지만, 오히려 시간이 흐를수록 말의 의미가 선명해지고 기분이 더러워졌다. 따지고 보면 틀린 말도 아니어서 더욱 화가 났다.

과외 선생과 수업을 하던 때는 지금과 같은 감염병 시대가 아니었기에 서아는 그녀와 집에서 만났다. 그녀는 지역에 있는 명문 공과대학의 학생이었다. 이 세상 그 누구도 그녀를 지방대생이라고 부르지 않을 텐데, 말끝마다 자기 학교가 얼마나 명문인지, 얼마나 입결이 높은지 강조하는 바람에 오히려 서아를 의문스럽게 만들었다. 저렇게 좋은 대학에 다니면서도 어쩔 수 없이 지방에 내려와 사는 바람에 사람이 꼬였구나, 서아는 생각했다. 그렇다 해도 '이봐요 선생님, 당신 공부 잘한 거 잘 아니까 매번 본인 대학 올려치기할 필요 없다고요'라는 말을 뱉은 적도 없고, 딱히 그런 생각을 해본 적도 없었다. 그녀가 그만한 대학의 학생이기 때문에 부모가 비싼 돈을 주고 고용한 것이었다.

서아는 일 년 동안 그녀에게 갖다준 돈을 계산했다. 서아의 부모에게 돈을 받아 편하게 생활했으면서, 그녀는 서아의 집에 올 때마다 변변찮은 집안 살림을 훑어보며 이 집 부모는 학력이 낮을 거라고 멋대로 판단한 것이었다. 과외 선생을 건드릴 만한 말도 하지 않았고 오히려 배려하며 조심히 대했는데 그녀는 왜 그렇게 무례했는지.

생각을 하다보면 시간을 거슬러 부모가 그런 별 볼 일 없는 대학의 캠퍼스 커플로 만나서 결혼까지 했다는 데 대해, 두 사람 다 본가는 서울이면서 이 지역까지 내려와 대학을 다녔고 그런 바람에 여태껏 이곳을 벗어나지 못한 데 대해 화가 나기도 했다. 서로를 놀리며 주고받는 지방대 출신이라는 무람없는 멸시가 집구석 세간 곳곳에 배어 있는지도 모르고.

서아가 합격한 대학은 원래 목표했던 대학도 아니었고 당연히 명문대도 아니었다. 고작 그런 대학에 합격했다고 해서 부모를 무시하는 말을 들었다는 데 대해 서아는 오랫동안 깊이 분노했다. 과외 선생의 연락처를 차단했고 그녀를 만나게 된 구직 앱에 익명으로 낮은 별점을 주고 최대한 고상하게 수업 태도를 비난하는 리뷰를 남겼지만 분한 마음은 쉬이 사라지지 않았다.

전셋집을 구하기 위해 차를 타고 서울로 가던 날, 엄마가 운전을 하고 아빠는 조수석에서 졸고 있었다. 아주 어릴 적에는 운전대를 잡은 사람이 대장인 줄 알았는데, 겁 많은 아빠가 여태껏 운전면허도 따지 않고 엄마를 고생시켰다는 사실을 알고 나서부터 엄마 차를 타는 마음이 편치 않았다. 하이패스를 몇 번 통과할 때까지 잠에 빠져 있던 아빠는 대학 근처까지 와서야 눈을 뜨고 '아아, 여기가 학사촌이구나' 지껄였다. 서아는 아빠한테 쏘아붙였다.

―조수석에서 그렇게 자는 건 비매너 아니야?

아빠는 언제나 그랬듯 곰살맞게 웃으며 그런가, 하고 의미 없는 말로 어물쩍 넘어갔다. 성인이 되고 나니 엄마의 마음을 조금 알 것 같았다. 엄마가 있는 힘껏 주먹을 날려도 매번 샌드백처럼 받아주며 허허 웃고 '화내지 마세요 여보' 하는 골든 리트리버같이 착한 아빠 때문에 엄마가 왜 속이 썩었는지. 서아는 엄마처럼 한숨을 쉬고 아빠를 노려보곤 했는데, 그럴 때도 아빠는 별달리 악의가 느껴지지 않는 말투로 '와, 너희 엄마 새내기 때랑 정말 똑같아' 할 뿐이었다.

부동산 카페에서 미리 점찍어둔 집을 보여줬을 때, 아빠는 갸우뚱하며 말했다.

―그런데 서아야, 이렇게 좋은 집이 꼭 필요해? 있잖아, 아

빠가 처음 살았던 방은…… 그 야구공 같은 걸 하나 두면 또르르 굴러가는…… 그러니까 그런 집만 아니면 되지 않아?

서아는 말 같지도 않은 소리를 한다며 화를 냈다. 야구공이 또르르 굴러갔다는 기울어진 집에 대해서는 자라오며 지겹도록 들었다. 엄마는 그 시절에도 그따위 집들만 있던 건 아니었다고, 동기들 중에서도 아빠가 제일로 가난해서 그런 집에 살았던 거라고 말해줬다. 그것도 선배 둘이랑 같이. 아빠는 그림을 그려가며 설명해준 적도 있었다. 싱크대와 변기가 한 공간에 있었다는 둥, 컴퓨터 한 대를 놓을 공간을 마련하기 위해 형들이랑 머리를 맞대고 피타고라스의 정리를 사용해가며 각을 쟀다는 둥. 그런 괴담 같은 말은 듣고 싶지 않은데 아빠는 신이 나서 이야기를 좀처럼 끝내지 않았다. 그러니까 서아야, 방 두 개, 거실 하나, 식탁 둘 수 있는 부엌, 이런 우리집이 얼마나 소중한 거야. 과외 선생이나 남들이 어떻게 보든 그게 부모의 행복이며 자부심이라는 걸 서아도 알긴 알았다. 그런데 그만하게 만족하는 삶을 강요하려고 한다면 단연코 거절하리라고, 서아는 완강하게 다짐했다.

부모가 여러 번이나 신축 원룸은 너무 비싸다고 눈치를 주긴 했지만 결국 서아는 자신이 원하는 집을 얻게 되었다. 막상 집을 보고 나서는 아빠도 얼굴이 밝아졌다. 집이 크진 않은데 바닥이 대리석이니 고급스러워 보인다, 요즈음은 빌라도 이렇게 층고가 높구나, 우리 딸은 얼굴색도 웜톤인데 집안이 난색이라 잘 어울린다, 이렇게 환한 형광등 아래에서 공부하면 더 잘되겠다. 서아는 문득 눈물이 찔끔 나서 소매로 눈가를 벅벅 닦으며 말했다.

―아빠, 엄마, 미안해. 자랑할 것도 하나 없는 딸인데 이만큼 해줘서.

엄마는 눈을 흘기며 그러니까 공부 열심히 해야 된다, 퉁명스럽게 말했고, 서아는 고개를 끄덕였다. 좁은 현관에 세 사람이 서서 이야기를 나눴던 그 장면을 서아는 이후로도 오랫동안 기억했다.

그날 이후, 한 학기가 지나고 방학이 끝나갈 때까지 교정에 발 디딜 일이 없을 줄이라고는 아무도 예상하지 못했다. 개강을 두 주 앞두고 감염병이 창궐해 입학식이 취소되고 입학식에 맞춰 짐을 옮기려고 했던 일정도 미뤄졌다. 동기 커뮤니티와 단톡방에 날마다 심란한 글들이 올라왔다. 우리 정말 학교 안 가요? 개강 안 한대요? 우리 등록금은요?

서아가 꾸린 스터디 팀원들은 대개 서울이 아닌 지방 출신이었는데, 기숙사 수용 인원이 턱없이 낮기로 유명한 학교인 탓에 전부 월세나 전세로 자취방을 구해둔 처지였다. 서아는 그들과 날마다 연락을 주고받았다. 얼굴 한번 본 적 없는 선배들은 어떻게든 조언을 주려고 노력했지만 그들의 말은 그다지

와닿지 않았다.

서아가 중학생일 적 대학 신입생이었던 사촌언니가 방학에 놀러와 며칠 밤을 상기된 얼굴로 들려주던 대학 생활 이야기가 떠올랐다. 몇 시간을 떠들던 언니가 깊은 새벽 갑자기 등지고 돌아누우며 풀죽은 목소리로 엠티에 가서 자는데 어떤 선배가 브래지어 끈을 억지로 풀었다고 말했지만. 서아는 그게 무슨 이야기인지 이해가 가지 않았으나 뭘 더 물어보면 안 될 것 같아서 입을 다물었다. 어둠 속에서 언니의 굽은 등이 아른아른 흔들렸다. 어쨌거나 대학에 갔기 때문에, 적응해서 즐겁게 지내고 있기 때문에 이런저런 일을 다 겪나보다 생각했을 뿐이었다.

학교에서 아무런 대책도 세워주지 않는 건가요? 우리 학생들은 이렇게 가만히 기다려야 합니까? 학교 커뮤니티에 성토가 이어졌다. 서아는 불현듯 옛날에 대학에 입학하자마자 사촌언니가 말했던 '등투'라는 단어를 떠올렸다. 봄은 등투의 계절이었대. 나도 해본 적은 없는데, 선배들이 그랬어. 한 번도 들어본 적 없는 단어였지만 서아는 무슨 뜻인지 금세 알았다. 봄은 등투. 벚꽃의 꽃말은 시험 기간. 그런 말들이 생각나며, 아직 목련이나 벚꽃은 피지 않았지만 개나리와 매화가 만발한 시점까지도 개강은커녕 아무런 연락도 없는 학교에 화가 치밀기 시작했다. 대체 이 학교 교수들은 뭘 하고 있는 거지.

우리 죄다 마스크 쓰고 본부에 쳐들어가야 하는 거 아니냐는 이야기가 나올 무렵, 감염병 기세가 나아지지 않으니 온라인 수업을 시작하겠다는 학과 명의의 공지 문자가 왔다. 황지우가 처음 서아에게 전화를 걸어온 것도 그 무렵이었다. 서아의 휴대폰 화면에는 학교 내선 번호가 아닌 낯선 휴대폰 번호가 떴다.

"그것은 마법에 걸려 전도되고 거꾸로 선 세계이며, 거기에서는 무슈 르 카피탈과 마담 라 테르가 사회적 등장인물(동시에 직접적인 단순한 물적 존재)로서 괴상한 춤을 추고 있다"*
무슈 르 카피탈, 자본 씨, 마담 라 테르, 토지 부인, 마르크스가 『자본』 3권에서 묘사한 이상한 나라입니다.

황지우가 프롬프터를 읽는 듯 부자연스럽게 말한다고 느꼈던 수업시간이었다. 한 시간이나 전화통을 붙들고 떠들 때, '나 너무 의식의 흐름대로 말했나…… 있잖아요, 말이 많은데 자기가 무슨 말 하는지 모르는 사람이 교수가 되는 거래요' 하면서 소탈하게 웃음 짓던 모습과는 다르다고 서아는 느꼈다. 훗날 황지우는 자신은 원래 숫기가 없고 말주변이 지나치게 없기 때문에 혹여나 말실수를 할까봐 그랬다고 했다. 하지만

---

* 카를 마르크스, 『자본 3-2』, 강신준 옮김, 길, 2010.

당시에는 그 말도 지독한 변명처럼 들렸다. 말주변이 없어 두려웠다고 하기에 황지우는 이미 몇 년째 공중파 교양 프로그램에 출연중이었다. 방송국 카메라 앞에 서서 떠들 수 있는 사람이 많아봐야 몇십 명이 시청하는 강의에서 긴장했다는 게 웃겼다. 그렇다면 교수님, 방송에 출연하실 때도 전부 남이 써준 대본을 읽는 건가요? 그런 의문을 가진 학생은 서아 말고도 많았지만, 서아는 끝내 그 말을 황지우에게 하지 않았다.

세상의 많은 셀럽이 그렇듯 황지우도 언젠가부터 사람들의 눈에 띄기 시작했고 대중이 검증하지 않은 능력을 내세우며 전문가 행세를 했다. 서아도 고등학생일 적부터 심심찮게 그녀가 교양 프로그램에 출연해 지껄이는 모습을 봤고 대형 서점 매대를 지나가다 저서를 본 적도 있었다. 독문학을 전공하고 꽤 많은 단독 저서를 집필했으며 촉망받는 학자로 알려져 있다는 건 알았지만, 자신이 진학한 학과의 교수인 줄은 미처 알지 못했다. 그건 서아의 동기들이 소리 높여 한 말이기도 했다. 우리 중에 황지우 보고 진학한 사람 있어요? 난 솔직히 아니에요. 뭐, 황지우가 학과의 명예에 보탬이 된다는 이야기에 동의하는 사람 있어요?

서아는 카페에서 아르바이트를 하고 있었다. 수능이 끝난 직후 시작한 일로, 처음부터 사장에게 한두 달만 하고 그만두겠다고 말했지만 서울에 갈 필요가 사실상 없어지며 어영부영 계속 출근하고 있었다. 황지우에게서 처음 전화를 받았을 때 서아는 김치볶음밥을 만들고 있었다. 카페에서는 식사 메뉴로 김치볶음밥과 토마토달걀볶음을 팔았는데 별다른 기술이 필요한 요리가 아니었다. 사장이 일러준 대로 버터를 잔뜩 두르고 쉬어터진 김치를 볶거나 토마토와 달걀을 대강 볶아 내놓으면 되었다. 카페에 오래 죽치고 있던 사람들이나 한 번씩 시켜 먹는 메뉴였기에 만들 일이 많지도 않았다. 그런데도 팬에 버터를 바를 때면 서아는 어김없이 비참한 기분에 빠졌다. 엄마도, 아빠도, 사촌언니도 모두 누렸던 3월의 대학 생활을 박탈당했다는 생각에서였다.

엄마는 재수는 꿈도 못 꿨기에 억지로 대학에 갔다고 했다. 그런 삼류 지방대에 가게 된 자기 처지가 너무 서러워 며칠을 울었다고 했다. 선배랍시고 거들먹거리는 인간들이 전부 형편없이 낮은 수능 점수를 받은 인간들이라는 생각에 기가 막혔고, 사 년 혹은 오 년 후에 졸업하고 나서도 자신을 평생 따라다닐 지방대 출신이라는 꼬리표에 암담했다고 했다. 그 사 년 혹은 오 년이라는 시간도 결코 견뎌낼 수 없을 것 같았다고. 그런데 사람 일이란 게 어떻게 될지 누구도 모르는 거라지만, 오리엔테이션에서는 존재감조차 없었던 남자와 결혼을 하고 그 지역 공무원이 되어 눌러앉게 될 줄은 정말 꿈에도 몰랐다고 했다.

―그런데 서아야, 결국 그 학교에서 도망 나오지 않고 끝내 계속 다닐 수 있었던 이유가 뭔지 알아? 첫 강의를 들은 날, 그 벅참을 잊지 못해서야. 교수가 대단해서도 강의 내용이 대단해서도 아니었어. 드라마에서나 봤던 대강의실이 눈앞에 펼쳐지는데 이제 내가 대학생이 되었구나, 롤러코스터를 타는 것처럼 정신이 혼미하고 설렜지. 저 멀리서 들려오는 풍물 타악기 소리, 노랫소리, 목청껏 웃는 소리…… 계단 저 끝까지 올라가 책상에 앉던 순간을 영원히 기억하게 되리라고 생각했어.

그런 건 전부 풍문이었다.

황지우는 자신은 학교에 임용된 지 일 년 남짓 된 신임이며, 서아의 지도교수라고 소개했다. 이 시점까지 만나지 못하고 있어 유감스럽다고, 어떻게 지내느냐고, 건강은 괜찮냐고 했다. 학교의 모든 행사가 줄줄이 취소되고 개강조차 미뤄진 작금의 현실이 개탄스럽고 자신도 너무 당황스럽다고 했다. 온라인으로 수업을 하는 건 처음이라, 많이 부족하더라도 양해를 부탁드린다고도 했다. 서아는 세탁을 언제 했는지 가늠이 되지도 않는 더러운 앞치마에 손을 문질러 닦으며 잠시 의문이 들었다. 교수가 학생에게 양해를 부탁드린다니. 이게 이치와 도리에 맞는 일인가. 그제야 황지우가 자신도 이미 알고 있는 사람이라는 데 생각이 미쳤다.

귀가한 서아는 유튜브에서 황지우의 이름을 쳐봤다. 문화

사, 여성사, 일상사 등 갖가지 주제로 '썰'을 푸는 황지우의 얼굴이 다양한 섬네일에 떴다. 이런 방송은 가능한데 강의는 불가능하다는 것이 말도 안 된다는 생각이 들었고, 한편으로는 이 사람이 내 지도교수라는 사실이 신기하기도 했지만 그런 감정은 이내 사라졌다. 서아는 이번 학기에 황지우의 수업을 수강 신청하지 않았다는 것을 곧 깨달았다. 앱을 열어 며칠 동안 들여다보지도 않았던 시간표를 다시 훑어봤다. 시간표에는 황지우의 이름이 없었다. 서아는 자주 연락하는 스터디 팀원들에게 연락을 돌렸다.

―오늘 황지우 교수님 연락받은 분 계실까요?

단톡방 인원 중 절반 이상이 황지우의 전공 수업을 신청했다고 대답했다. 서아는 이런저런 교양 프로그램 명을 대며 여기 출연하는 그분이라는 걸 알고 있느냐고 물었다. 안다는 사람도 있고 모른다는 사람도 있었지만, 모두가 별다른 감흥을 느끼지 못했다고 했다. 누군가는 자기가 오래전부터 존경해온 인문학자가 학과장인 것도 며칠 전에 알았다고, 교수님들을 뵌 적이 없으니 같은 공동체라는 걸 실감하지 못하겠다고 했다. 서아는 엄마에게 황지우라는 사람이 지도교수라며 연락을 해왔다는 사실을 전했다. 엄마는 갸우뚱하며, 아 그 사람? 굉장히 젊은 것 같던데, 라고 말했다. 이러나저러나 빨리 등교를 해서 수업을 들어야 할 텐데, 엄마는 날마다 그러듯 또 한걱정하는 투로 말했다.

　황지우 교수의 강의 자료와 영상이 이상하다는 말이 나오는 데는 시간이 오래 걸리지 않았다. 처음에는 스터디 단톡방에, 다음에는 학과 전체 단톡방에 의견이 올라왔다. 서아는 자신이 수강하는 강의도 아니었기에 처음에는 별달리 관심을 두지 않았다. 강의 시간이 좀 짧은 것 같다, 강의 영상이 제시간에 맞춰 올라오지 않고 꼭 조금씩 늦더라, 이런 이야기들이었다. 그러던 중에 한 선배와 서아의 동기 사이에 잠깐 신경전이 오갔다. 작년 내내 황지우의 수업을 들었다는 선배가 '수업 내용이 아니라 행정적인 문제로 자꾸 비토를 놓는 건 좀 무례한 일인 것 같습니다'라고 했기 때문이었다. 몇몇 학생이 따져 물었다. 당신들은 입학하고 한 번도 학교에 가지 못한 우리의 심정을 이해하지도 못하면서 그런 이야기를 할 수 있느냐. 우리는 황지우 교수를 만나본 적도 없는데, 선배들이 갖고 있는 감정적 유대를 느낄 만한 시간도 없지 않았겠느냐. 그리고 이게 왜 행정에 대한 이야기냐. 강의를 책임지고 있는 사람은 그분이신데.

　서아는 단톡방 알람을 처음으로 껐다. 그리고 핸드폰을 곁눈질하며 퇴근 시간을 기다렸다. 여론 형성이 될 만큼 대화가 충분히 쌓였을 때 차분히 지켜보고 싶었다. 단톡방에서 의견을 내지 않고 그저 가만히 지켜보는 인원은 백 명에 달했다. 서아는 얼른 귀가해서 침대에 앉아, 이왕이면 아이패드로 하나하나 곱씹으며 보고 싶었다. 일이 어떻게 돌아가는 건지. 알람은 꺼두었지만 단톡방의 대화가 계속 진행되고 있다는 걸 시시각각 바뀌는 숫자로 알 수 있었는데, 별안간 숫자가 더이상 올라가지 않고 멈추었을 때 서아는 무척 아쉽다고 생각했다.

젖은 손에 좁쌀 묻히듯 날마다 황지우란 사람에 대해서, 그녀의 강의에 대해서 정보를 모으기 시작한 건 학기가 거의 끝나갈 무렵이었다. 그때까지도 서아는 황지우의 강의 내용에 대해서는 아는 바가 없었다. 스터디 단톡방에 황지우의 강의 PPT 자료가 업로드되었을 때, 누군가가 강의를 듣지 않는 사람에게 이런 자료를 보여줘도 되느냐고 문제를 제기했지만, 뒤이어 '이런 자료 공유는 하다못해 청강조차도 아니다, 우리에겐 권리가 있다'는 말을 통해 무마되었다. 서아는 황지우가 만들었다는 PPT를 보고 너무 깜짝 놀랐다.

이렇게 형편없는 자료를 대학 수업에서 쓸 수가 있나?

PPT를 열어본 모두가 입을 모아 그렇게 말했다.

황지우에게선 한 달에 두어 번 전화가 걸려왔다. 비대면 수업 기간이므로 전화 상담에 더욱 집중한다는 것이었다. 부모가 그랬듯 정상적으로 대학 생활을 했더라면 교수와 마주앉아 어떤 질문을 했을까, 서아에겐 쉬이 그려지지 않았다. 서아는 더구나 황지우의 수업을 수강하는 학생도 아니었기 때문에 대화의 질이 높아지지 않았다. 황지우에게는 학생에 관한 정보가 없을 터였고, 서아도 교수에게 할 만한 깊이 있는 질문이 무엇일지 떠오르지 않았다. 상담 일지를 기록해야 하는 교수 처지에서는 그저 억지로 의무를 다하는 시간이 아닐까. 서아의 입장에서는 안부와 근황을 묻고 이런저런 잡담이나 나누다 변죽만 울리고 끊는 전화가 별달리 도움이 되지 않았기에 그렇게 생각할 수밖에 없었다.

그녀의 수업을 듣는 학생들이 강의에 대한 불만을 부쩍 많이 털어놓던 즈음에는 공손하게 대화를 이어가는 일조차 가식으로 여겨져 불편했다. 학생들의 단톡방이나 커뮤니티에 어떤 의견이 올라오는지 황지우는 알지 못할 게 뻔했다. 원래 어른들은 그 모양이니까. 그래도 이런 여론은 그녀 자신을 위해서도 아는 게 좋지 않을까, 서아는 생각했지만 자신이 그걸 전해 줄 순 없었다. 그럴 만큼 황지우라는 인간에 대한 애정도 없었고 자칫 잘못하면 익명 여론을 전달한 프락치가 될 것 같았다.

그렇다면 도대체 이런 의미 없는 통화를 이어가야 할 까닭이 뭘까, 서아는 종종 생각했다.

황지우의 수업을 수강하는 스터디 팀원은 서아에게 말했다. 아무래도 서아님은 수업을 듣고 있지 않다보니 황지우 교수가 선을 넘는 건 모르나보네요. 수강하는 학생들에게는 좀더 친밀감을 느끼는지 아무 말이나 하시는데. 서아는 그 얘기를 듣고 화들짝 놀라 그게 무슨 말이냐고 물었다.

—얼마 전에 전화하셔서 맥락 없이 그런 이야기를 하시더라고요. 본인 대학원 시절에 교수에게 논문을 표절당한 적이 있었다고. 어느 날 학술지를 보니까 그 교수 개인 명의 논문에 본인의 발표 자료들이 무더기로 복붙되어 있었대요. 저는 뭐라고 반응해드려야 할지 몰라서 도무지…… 되게 웃긴 건 뭔지 알아요? 지금은 본인도 교수면서, 자꾸 교수들은, 어른들은, 뭐 그런 식으로 이야기한다는 거예요. 본인이 아직도 학생인 양.

그 말을 듣고 생각해보니 서아도 그런 뉘앙스를 느꼈던 적이 있었다. 황지우가 은근슬쩍 자신을 기성 권력과 선을 긋는다고 느낄 때. 그러면서도 입버릇처럼 지껄이는 '우리는 다른 세대'라든지, '제가 늙어서 잘 모르나봐요' 같은 말들은 대화를 나누는 상대의 성격을 파악하는 데 어려움을 겪게 했다. 요즈음 고민이 무엇이냐고 실컷 묻고 나서 '제가 심리 상담 전문가는 아니지만'이라고 치고 빠지는 태도도 비겁했다. 점점 서아에게 황지우란 사람은 상황에 맞게 되는대로 말을 지껄이면서도 어떻게든 빠져나갈 궁리만 하는 비겁한 인간으로 느껴졌다. 분명 다정다감하고 친절한 말투이긴 했지만 그렇다고 속내를 제대로 보여주는 것도 아니고 학생들이 어려움에 처했을 때 같은 편에 서주리라는 신뢰도 전혀 가질 수 없었다. 예의바르고 공손해 보이는 게 전부가 아니며, 그런 인간일수록 표리부동한 경우가 더 많다고 서아는 생각했다.

강의 PPT가 공유될 때마다 서아는 놀랐고 차츰 분노했다. 정말 이건 아니지 않나. 자료를 만드는 것도 그녀 직무의 일부라면, 이따위로 하고 월급을 받는다는 건 너무 부조리한 것 아닌가. 초등학생일 적부터 지금까지 수강한 어떤 인터넷 강의 자료에서도 이런 형편없는 꼴은 본 적이 없었다. 하물며 중고등학생일 적 조별 과제를 할 때조차 어떤 학생도 이따위로 자료를 만들어오지 않았다.

서아의 동기들 중에서 다섯 명이 개인 방송을 하고 있었다. 학기 중반쯤이 되었을 때 서아도 개인 방송을 준비하면서 그들과 영상 자료를 제작하는 팁을 나누곤 했다. 멀리 본다면 누구나 수익 창출 같은 것을 꿈꾸겠지만 당장은 다들 맨몸으로 아무 보수도 없이 밤을 새우며 영상을 제작하고 있었다. 동기들 중 가장 처음 방송을 시작한 친구는 첫번째 영상에 '개강은 했는데…… 알바 브이로그'라는 제목을 달았다. 아르바이트를 다녀오고 산책을 하고 가끔 드러그스토어에서 쇼핑을 하거나 반려동물과 놀아주는 일상. 촬영하고 편집하는 모든 작업을 손수 하는 친구들은 당장 구독자의 숫자가 열 명 미만임에도 열정을 다해 제작했다. 자기만의 캐리커처를 그리고 폰트를 구입하고 신중하게 대본을 작성하고 섬네일과 오프닝 화면을 만들었다. 전문가에게 배운 친구는 없었지만 모두 예쁜 영상을 만들려고 최선을 다했다. 그리고 노력만 한다면 크게 어려운 것도 아니었다.

그런데 교수들이 제작하는 수업 영상은 형편없었다. 깨끗한 화질과 음질을 제공하며 아나운서만큼 명확한 발성으로 수업하는 인터넷 강사들과 같을 것이라고 생각하지는 않았다. 과거 한 인터넷 강사가 판서를 할 때 글씨를 가리지 않기 위해 몸을 돌리는 각도를 계산하며 강의한다고 여담으로 했던 말이 생각났다. 요즘 같은 세상에 우중충한 저화질로, 얼굴만 겨우 보이게 수업하면서 음성조차 종종 끊기는 것까지는 이해할 수 있었다. PPT 자료야말로 공들여서 제작했어야 하는 것 아닌가. 디자인도 템플릿도 없고 가독성이라고는 전혀 고려하지 않은 채 아무렇게나 끼적인 낙서장 같은 문서를 보니 기막혔다. 수강하는 친구들의 이야기를 들어보면 하물며 그런 PPT를 띄워놓은 자료 화면과 강의 음성이 따로 논다고 했다. 그거야 다른 교수님들도 대체로 컴퓨터에 서툴기는 한데⋯⋯ 서아는 다른 교수들과 비교해서는 안 된다고도 생각했다. 황지우는 컴퓨터를 잘 못 다룰 만큼 늙은 교수도 아니었고, 공중파 방송에도 출연하는 사람이 아닌가.

황지우라는 사람에 대해서 그 누구도 이야기하지 않고, 자신조차 그런 사람이 실재하긴 했었나 싶을 만큼 오랜 시간이 흐른 후에 서아는 가끔 생각하곤 했다. 만나서 대화조차 해본 적 없고, 대학원처럼 실질적인 관계를 맺고 있는 것도 아닌데, 황지우와 자신을 허상으로 연결했던 지도교수와 제자란 이름에 대해서. 대학 행정상 배정된 지도교수가 아니었다면, 그래서 통화를 의미 없이 이어가지 않았다면 어떻게 되었을까. 그날의 통화만 아니었다면. 그런데 그런 가정은 언제나 의미가 없었다. 황지우는 전화해야 할 의무가 있었고 자신 역시 그 전화에 응해야 했다.

임시 조치였던 온라인 수업이 언제 끝난다는 기약도 없이 이어졌고, 원격으로 중간고사를 치렀고, 부모며 카페의 사장이 언제 서울에 가게 되는 거냐고 더이상 묻지도 않을 무렵까지 등교는 허락되지 않았다. 서아는 어떻게든 서울에 가야겠다고 생각했다. 학교에 갈 일이 없는데 서울에 사는 것도, 그곳에서 새로운 아르바이트를 구하는 것도 좀처럼 엄두가 나지 않았지만, 전셋집을 계속 방치할 수는 없었다. 일상 브이로그용으로 틈틈이 찍어둔 영상을 편집하긴 했지만 아직 송출하지 않은 상태였다. 서아는 자기만의 공간에서 영상을 촬영하거나 실시간 방송을 진행하는 편이 나으리라고 생각했다. 그렇게라도 집을 써야 한다고 생각했다.

황지우는 언제나 서아에게 요즘 읽고 있는 책이 무엇이냐,

재미있게 보는 넷플릭스 시리즈는 없느냐, 대학 와서 배우고 싶었던 공부는 없느냐, 캐물었다. 그날도 그랬다. 서아는 황지우의 전화를 받을 때면 뭐라도 남다른 근황을 전해주어야 하나 고민에 빠졌다. 그런 심정을 솔직히 이야기한 날이었다.

―교수님, 그런데 제 일상은 아르바이트 말고는 별다른 게 없어서요…… 교수님께 고민거리를 지어내서 얘기해드릴 수도 없고 난감하기도 해요……

황지우는 하하 웃으며 대답했다.

―그거참, 난감하기도 하겠네요. 저도 대학 때 학생회를 했는데 일주일에 한 번씩 생활총화를 할 때면 뭐라도 만들어가야 하나 싶었지요.

생활총화라는 단어가 생경했고 호기심이 들기도 했지만 서아는 곧 잊어버렸다. 서아의 머릿속에 문득 번개처럼 지나간 이야깃거리가 있었다. 인터넷 방송.

―아, 교수님. 다른 동기 몇몇도 하고 있는데, 저도 곧 개인 방송을 하게 될 것 같아요.

황지우는 잠시간 아무 말이 없었다. 서아는 핸드폰을 귀에서 뗐다. 갸우뚱하며 교수님? 하고 불러봐도 황지우는 대답하지 않았다. 재차 부르자 황지우는 말을 더듬었다.

―아. 네. 학생, 제가 좀 당황스러워서…… 그러니까 무슨 방송을 한다고요?

'해외 사건 사고'라는 타이틀을 붙여 방송하던 유튜버에게 의혹을 제기하는 사람이 나타났을 때 서아는 당황스러웠다. 그러나 얼마 지나지 않아 황지우를 규탄하는 글이 학교 커뮤니티에 올라왔을 때는 당황하지 않았다. 언제든 일어날 수 있었던 논란이었다. 수많은 학생이 '터질 게 터졌다'고 말했다. 서아 역시 황지우 수업의 부정성을 제기했던 친구들과 의견을 같이했고 자료를 모으기도 했지만, 정작 문제 제기가 들불처럼 번질 때는 설명할 수 없는 불편한 감정에 사로잡혀 모른 척하고 싶어졌다.

해외 사건 사고 유튜버는 서아에게 일종의 롤 모델이었는데, 장면을 전환하는 방식이나 세련된 배경음악 사용 같은 것을 벤치마킹하고 싶다고 생각할 때도 있었다. 때문에 그의 트레이드마크와 같은 실제 사건 푸티지, 미주나 유럽의 사건 현장을 급습하는 자료 화면들이 전부 다른 외국 유튜버의 영상에서 가져온 것이라는 걸 알았을 때 서아는 실망했다. 경찰의 보디 캠에 찍힌 긴박한 현장의 모습 같은 걸 어디에서 구했을까, 생각한 적도 있었지만 그 출처가 다른 유튜브 방송이리라고는 짐작하지 못했다. 사건 자체를 여러 방송이 동일하게 다루는 것이야 어쩔 수 없다고 해도 서아가 배우고 싶었던 편집 기술조차 다른 유튜버의 방식을 베껴왔다는 점은 적잖이 실망스러웠다. 구독자가 이십만 명 가까이나 되는데 영원히 들키지 않을 줄 알았냐, 당신만큼 영어 할 줄 아는 사람은 구독자들 중에도 널렸다, 이런 댓글이 이어졌다. 영상 내용에 대한 댓글은 단 하나도 달리지 않고 그를 비난하는 댓글만 이어지는데도 그는 계속 영상을 업로드했다.

황지우가 다른 교수의 논문을 표절해서 수업 자료를 제작하고 있었다는 사실까지 폭로된 후, 학생들은 황지우의 사직을 촉구하는 입장문을 작성했다. 그 형편없는 PPT의 내용조차 교수 자신이 직접 제작한 게 아니라는 것이 밝혀지자 학생들은 분노했다. 통화에서 용기 내어 그 문제를 지적한 학생에게 황지우는 도리어 황당하다는 듯 대꾸했다고 했다. 표절의 개념이 뭔지를 모르나본데 자신이 한 수 가르쳐주겠다며 적반하장으로 으름장을 놨다고도 했다. 단톡방에서 한 학생이 말했다. 그래요, 엄밀하게는 표절이 아닐 수도 있지. 그런데 교수가…… 이런 건 자존심 문제잖아요. 우리는 강의 내용이 황지우 교수의 저작이라고 생각해왔던 거잖아요.

서아가 생각하기에 그 점은 해외 사건 사고 유튜버에 대한 논란의 핵심과도 비슷했다. 모든 방송에서 비슷한 시각과 내용으로 사건을 다룰 수는 있으나, 문제는 구독자들이 영상의 오리지널리티를 의심하지 않았다는 점에 있었다. 그 점에서 서아도 크게 실망했다.

서아는 그날 통화 이후 황지우의 전화를 한동안 받지 않았다. 그러니까. 그 무슨 방송? 무슨 방송을 한다고요? 재차 묻는 황지우의 말투에 서려 있던 은근한 멸시를 서아는 느꼈고, 뭔가 오해받았다는 억울한 기분은 전화를 끊은 후에 더욱 심해졌다. 단지 기분이겠지. 황지우 교수라는 인간, 원래도 신뢰하지 않았으니까. 그다지 평판이 좋지 않은 사람이었으니까. 벌써부터 강의 평가에 올릴 내용을 몇 페이지나 작성했다는 친구들이 있었다. 학생들 사이에서 자격 미달이라고 늘 잡음이 많던 교수였으니까. 서아는 자신을 방어하기 위해 계속 그렇게 생각했다. 내가 예민한 탓이겠지. 그런데 아무리 생각해 봐도 자기가 개인 방송을 한다고 이야기한 게 그렇게 잘못한 일인지, 그렇게나 뜨악한 반응을 보일 만한 일이었는지 의문이 들었다. 뒤이어 이어지던 황지우의 질문도 서아의 마음을 내내 찝찝하게 만들었다. 방송의 소재가 뭔데요? 책 소개 영상인가요? 황지우는 백번 양보해 짐작한다는 듯 말했다. 동기들 중 몇이나 개인 방송을 하는 마당에, 고작 그렇게밖에 상상할 수 없는 사람이 지도교수라니. 아뇨, 책 소개 영상 같은 거 아닙니다. 그냥 제가 사는 모습을 찍어 올리는 거예요. 서아는 그렇게 대답하지 못했다. 아무리 비대면 수업이 이어지고 있는 예외 상황이라지만 학업에 도움이 되지 않는 그따위 헛짓거리는 왜 하는 거예요? 누구도 입 밖에 꺼내지 않았으나 서아의 머릿속을 때리는 말이었다. 잘될 거라는 보장도 없으면서. 대충 하다 말 거면서. 안 그래요?

 황지우가 사직서를 제출했다는 이야기는 방학이 시작되자 단톡방에 공지로 떴고, 뒤이어 학과장이 단체 메일을 보냈다. 모두가 감염병 시대에 역경을 겪고 있는데 대학의 부주의로 이런저런 곤란한 일까지 겪게 해서 죄송하다는 내용이었다. 최근 우리 학과를 시끄럽게 만든 당사자는 몇월 며칠부로 사직했으니 염려 말라는 말이 말미에 있었다. 당사자라는 말에 왠지 눈길이 가서 서아는 그 표현을 오랫동안 쳐다보았다. 어려운 말도 아니고 인터넷에서 여러 논란이 벌어질 때면 익숙하게 등장한 단어였는데 생경하게 느껴졌다.

 해외 사건 사고 유튜버에게 달린 댓글 하나가 생각이 났다. '자살하라니이건너무심한거아니에요이런말을보면당사자는진짜자살말리겠네.' 서아는 황지우에게 충동적으로 문자메시지를 보냈다. 가타부타 말하지 않고 '교수님, 건강하세요'라고 남겼다. 답장이 오리라고 기대하지도 않았다. 그러나 다소 실망스럽게도 몇 분도 채 되지 않아 답장이 왔다. 그간 죄송했고 눈에 띄지 않겠다고, 조용히 살겠다고…… 그러나, 황지우는 서아가 누군지 기억하지도 못했다. 서아 학생에게 그다지 높은 학점을 드리지는 못했지만, 이번 학기에 제출했던 과제는 좋은 글이라 생각한다고 했다. 서아는 읽다가 버럭 화가 나 핸드폰을 침대에 던졌다.

　오후 한낮의 햇빛이 침대에 쏟아졌다. 빛이 잘 들어서 난색, 따뜻한 색이라는 거구나. 아아, 집은 이렇게 정남향이어야지, 그래야 집이지! 하고 허허 웃던 아빠의 모습이 생각났다. 서울에 짐을 풀었지만 기대했던 대학 생활이 언제 정상화될지는 알 수 없는 노릇이었다. 우리에게는 왜 그런 기회가 주어지지 않았을까. 백만 구독자를 보유한 유튜버를 꿈꾸는 게 허황된 일이라는 건 누가 말해주지 않아도 잘 알았다. 그러나 부모나 언니들이 그랬던 것처럼 대강의실에 앉아 강의를 듣고 너른 잔디밭에서 사시사철 술자리를 갖고 엠티를 가서 진지한 이야기를 나누는 일상은 마땅히 주어져야 했다. 황지우 역시 그렇게 학교를 다녔을 것이다. 친구가 말한 대로 교수와 갈등을 겪었다 하더라도. 우리에겐 빼앗길 좋음이라는 것도 없어. 서아는 생각했고 그 말을 나눌 만한 친구도 제대로 사귀지 못했다는 사실을 깨달았다.

　서아는 논란이 끊이지 않는데도 아무런 해명 없이 계속해서 영상을 올리는 해외 사건 사고 유튜버의 계정에 접속했다. 그를 비난하는 댓글도 여전히 달리고 있었다. 문제가 많은 영상이라면 안 보면 그만이지 않느냐, 고 말하는 사람도 있었지만, 그래도 오늘은 해명이 올라왔을까 싶어 날마다 접속하는 서아 같은 사람이 많은지 조회 수는 여전히 높았다. 미리 편집해둔 영상이 아까워서였을까, 다른 유튜버를 베낀 방식 그대로 그는 계속 업로드를 하는 중이었다. 우리는 이런 걸 표절이라고 부르기로 했어요. 황지우의 PPT와 학술 자료 데이터베이스에 업로드된 논문들을 비교하며 토론할 때, 서아 자신이 했던 말이었다. 황지우 교수는 본인도 표절당한 적이 있다고 했으면서 똑같은 짓을 하네요. 또다른 누군가는 그렇게 말했다.

흐릿한 영상 너머 대본을 읽듯 부자연스럽게 수업하던 황지우의 실루엣을 서아는 오랜 시간이 흐른 후까지 기억했다. 엄마의 가장 강렬한 첫 학기 기억이 가슴 벅차던 대강의실인 것에 비해 자신은 너무 형편없음을 느끼면서. 한때 그런 사람이 있었다는 사실을 떠올릴 때마다 서아는 황지우가 흐릿한 영상에서, 전화통화에서, 문자메시지나 수업 자료에서 했던 말들을 두고두고 곱씹었다. 그중에는 이런 말도 있었다. 윤리는 도덕이랑 달라서, 윤리란 한 개인의 생존 감각이라 생각합니다. 서아는 그 말이 꽤 괜찮다고 생각했다. 그러나 그 말이 황지우가 오롯이 생각해낸 말인지, 전공 서적이나 다른 교수의 논문에서 가져온 말인지는 알 수 없었다.

약혼

도덕을 타고나는 건지, 어지간하면 사소한 규율도 어기지 않는 사람이 간혹 있다. 가래침을 뱉어가며 담배를 피우는 사람들은 아직 다 꺼지지도 않은 담배꽁초를 길에다 던져버리기 일쑤지만 길을 걷다 버려진 담배꽁초를 줍는 사람들은 대개 아예 담배를 피우지도 않을 것이다.

연수는 오랫동안 흡연자로 살았지만 그렇게 믿었다. 흡연자라는 사실 하나만으로 마음 한구석에 강력한 죄책감이 있었다. 때문에 학부모들에게 부당한 비난을 받을 때도 언제나 받아들였다. 그도 그럴 것이 담배를 피운다는 사실 하나만으로도 종종 도덕 없는 사람이 되곤 했다. 누군가는 말했지. 네가 만약 예술가였다면, 연예인이었다면, 적어도 애들 가르치는 사람만 아니었다면 그렇게 비난받을 일은 아니었을 거라고.

연수는 엄마가 미용고등학교에서 애들을 가르치던 때를 생각했다. 엄마가 예술가라고 생각해본 적도 없고, 연예인은 더더욱 아니었지만 그녀는 적어도 인생에서 한 십여 년간은 애들 가르치는 사람이라는 확신을 갖고 살지 않았었나. 그 시절 엄마는 연수 또래의 아이들을 가르치며 살았다. 연수는 엄마가 가르치던 애들과 함께 성장했다.

엄마가 애들 가르치기를 그만두었던 십 년 전, 연수는 취업했다. 그리고 엄마에게 바통을 넘겨받듯 연수도 애들을 가르치기 시작했다. 그리고 그해, 취업하기 두 달 전 연수는 임신했었다. 그때를 떠올리면, 한 달 정도의 시간은 아예 공백기로 여겨진다. 아무 일도 하지 않아서, 커리어에 보탬이 되지 않아서, 돈을 벌지 못해서가 아니다. 정말로 새카만 암흑. 다이어리를 빼놓지 않고 써왔지만 그 한 달은 거짓말처럼 비워져 있다. 그해 처음 가져본 스마트폰 건강 앱에 생리 일정을 꼬박 기록해왔건만 그 일 이후 모든 일정이 꼬여버려 앱도 지웠다. 지금까지도 주변에선 그 앱이 유용하다고 하는데 다시 써본 적 없었다. 그때 연수는 11월까지 꼬박 채워 쓰던 다이어리를 모조리 훼손당한 것처럼 아깝고 분통이 터졌다.

신림동에서, 휴지 갑마다 여자의 벗은 사진과 성매매업소 연결 전화 광고가 붙어 있던 그 좁은 모텔에서 연수는 임신 테스터를 처음으로 사용했다. 술에 취하면 곧장 연수의 턱을 후려치던 남자가 화장실 문밖에서 기다리고 있었다. 연수는 헛웃음을 쳤다. 사랑 없는 섹스뿐이었고 어떤 위로나 도움도 기대되지 않아서, 연수는 화장실에서 나오며 담배에 불을 붙였다.

객실 내에서 담배를 피웠던 풍경이 지금은 생경하게 느껴진다. 지금, 2020년대에는 그것도 금지되는 행위겠지? 혐연권이 유행하는 지금이라면. 그런데 그런 꼬라지의 모텔을 다시 가게 될 일이 있을까. 남자는 담배를 한 모금 들이마시는 연수의 따귀를 때렸다. 꼴에 엄마로서 부적절한 행동을 한다는 말을 하려는 걸까, 설마? 생각했지만 설마, 그게 사실이었다. 남자는 평소에 그랬듯 연수를 부도덕한 여자로 모는 온갖 욕설을 내뱉었다. 낳자고 할 것도 아니면서 나더러 어쩌라고. 연수는 그 남자에게 또 맞을까봐 무서워 그런 대거리를 하지 못했다. 임신 테스터의 두 줄을 확인한 순간부터 남자가 예전에도 이용해본 적 있다는 지방 소도시 산부인과에서 수술을 받기까지 단 한 번도 아이를 낳을 거라고 생각하지 않았지만, 만약 그 아이를 낳았더라면 지금은 몇 살일까, 나는 어떻게 살고 있을까, 라는 생각은 수시로 했다.

그후 다시는 위험한 연애 따위 하지 않았지만, 그냥 습관 같은 생각이었다. 당연히 연수의 인생에 나타난 무수히 많은 아이, 그해 태어난 아이들을 보면서도(숫자 1로 끝나는 그해에 태어난 아이들의 나이는 셈하기 쉬웠다) 그래, 그애를 낳았다면 이 아이들과 동갑이겠구나, 생각했지만 그뿐이었다. 전혀 처량한 생각이 아니었다. 연수는 인생에 처음 등장했던 자기 아이를 잃었던 기억보다, 이제 나는 어떤 여자들과는 영영 달라져버렸다, 나는 또다른 여자들의 어두컴컴한 세계에 들어가버렸다는 생각에 갇혀 내내 추웠던 기억이 더 서글펐다.

그리고 연수는 오랫동안, 자기가 한 번 임신했었고 또한 중절했다는 사실을 애써 잊고 살았다. 그 일을 때때로 떠올렸지만 자기 역사에서는 완전히 지운 셈이었다. 연수가 카페 화장실에서 입덧으로 토하는 모습까지 봤던 친구조차 그 일이 완전히 남의 일인 것처럼 굴었다. 친구는 '우린 낙태해본 경험이 없어서 모르잖아' 따위의 거짓말을 하곤 했는데, 연수도 매번 '그렇지'라고 대답했다. 그 친구에게도 임신과 중절 경험이 있었다. 서른도 안 된 그들은 입덧도 해봤고, 드라마에서 흔히 등장하는 여성이 헛구역질하는 장면이 임신의 징후로 그려지는 게 뻔한 클리셰라는 것도 알았다. 그건 정말이지, 너무 흔한 일이었으니까.

연수에게 그해는 중절수술한 여자들의 경험을 아우팅하는 인터넷 커뮤니티 글과 어떤 경우의 중절수술이든 처벌해야 한다는 율사들의 주장과 중절수술을 일절 거부하겠다는 의료인들의 선언이 난데없이 터져나온 해이기도 했다. 연수는 오랫동안 한국에서는 중절수술이 합법이었다고 착각해왔다. 자기가 어렸을 땐 엄마들이 모여앉아 심심찮게 입에 올리던 일이었으므로. 그런데 임신한 연수가 무심코, '한국에서는 합법이었잖아'라고 말했을 때, 친구는 연수의 무식함에 치가 떨린다는 표정으로 '단 한 번도 합법이었던 적 없었어!' 하고 소리쳤다. 그래, 그랬지. 단지 그것이 법의 이름으로 운운할 수 있는 문제라는 것조차 아무도 인식하지 못했을 뿐. 연수는 원래 이렇게 여자들이 중절수술하는 문제에 대해서 떠들지 않았던 상황을 말하고자 할 때 합법이나 불법 따위의 표현을 쓰지 않겠다고 다짐했다.

미국에서 가장 보수적인 주에서는 중절수술에 제재를 가하는 법이 생겨났다는 근거 없는 소식과 산부인과에 진료를 보러 들어가던 여성이 총에 맞았다는 괴소문과 일부러 여성을 임신시켜서 처벌을 받도록 유도했다는 등의 해외 커뮤니티 아티클, 강간을 허용하는 조건으로 낯선 의사에게 마취도 없이 중절수술을 받는 소녀가 등장하는 동유럽의 어두컴컴한 영화. 연수가 수술을 받기 전 일주일 동안 보고 들은 것들이었다. 그때 그런 분위기가 아니었다면 남자에게 연락하지 않고 알아서 처리할 수 있었을까. 자기가 이용해본 그 지방 소도시의 허름한 산부인과라면 무조건 수술을 해주리라고 생색내듯 장담하던 그 꼴을 안 볼 수도 있었을까.

아니 그런 상황에서 어떻게 모성이 생길 수가 있느냐고. 연수는 생각했다. 월급이 통장을 스치는 속도보다 빠르게 그냥 사라져버리겠다고, 라고도.

*

연수의 지금 남자친구는 연수에게, 자신은 당장 아이를 원하는 게 아니라고, 연수를 가장 행복한 여자로 만들어준 후에 아이를 낳아도 낳는 거라고 말해왔다. 그와의 결혼식을 두 달 앞두고 있었고 신혼집에는 이미 입주한 상태였다. 남자친구는 연수의 나이가 삼십대 중반을 훌쩍 넘었다는 점을 고려하고 있다고 말했다. 연수는 그래, 나는 곧 폐경이야, 라고 말했다.

엄마는 연수가 대학에 입학하던 해에 생리를 멈췄고 호르몬의 엄청난 공격에 시달려야 했다. 그때 엄마 나이는 고작 사십대 초반이었다. 추운 겨울에도 집안의 모든 창문을 열고 속옷 바람으로 땀을 흘리던 엄마의 모습을 기억했다. 엄마가 동생을 낳은 후 얼마나 고생했는지도 연수는 알았다. 폐경 후 상황은 정말 심각했다. 그저 평생을 베개에 귀가 닿자마자 곤히 잠들었다가 눈을 뜨면 단 한 번 뒤척임도 없이 벌떡 일어나던 엄마는, 날마다 잠을 설쳤다. 고등학교를 졸업한 후부터 쉬지 않고 노동해온 엄마는, 하루 세끼 먹고 종일 노동하고 몸을 씻고

자리에 들면 잠드는 생활을 당연하게 여겨왔기에 무척 당황스러워했다. 잠을 못 자니까 온몸에 두드러기가 일어나고 고관절이 쑤신다고 했다(엄마는 고관절이 근지럽다고 표현했는데 그건 쑤신다고 표현하는 것보다 더 불편한 상태라는 것을 잠을 꽤 설쳐본 연수로서는 알 수 있었다). 엄마는 과장을 좀 보태면, 이라고 하면서 출산한 이후처럼 몸이 뒤집어진다고 했다. 대학생이었던 연수는 어느 행사에서 총여학생회의 손 팻말을 본 후, 카드에 팻말에서 본 말을 그대로 써서 작은 손수건과 함께 엄마에게 선물을 했다. '엄마의 완경을 축하합니다.' 그런데 그 문구에 엄마는 진저리를 쳤다.

완경은 무슨 완경, 이따위 증상을 그런 말로 포장하고 싶지도 않다, 나는.

엄마에게 폐경이 매우 이르게 찾아온 편이라는 걸 알긴 했지만 연수에게 이미 사십대 초반은 호르몬의 거센 공격을 받는 시기로 생각되었다. 연수와 동갑인 남자친구는 가끔 우리도 늙었지, 따위의 의미 없는 말을 주워섬기듯 연수가 운운하는 폐경이라는 말을 가볍게 넘겼다. 그러니까 연수의 남자친구는 여자에게 생리가 그렇게 일찍 끊길 수도 있다는 사실을 아예 몰랐다. 남자친구는 늘 연수가 나이가 들어가고 있다는 사실을 자조하듯 과장된 농담을 하고 있다고 생각했다. 연수는 남자친구가 단단히 착각하고 있음을 깨닫고 소스라치게 놀랐다.

야, 우리 엄마는 진짜로 사십이삼 세에 폐경했어.

남자친구는 말도 안 된다는 표정으로 연수를 쳐다봤다.

에이. 육십 세쯤에 끊기는 거 아냐?

내가 아니라고 하는데, 우리 엄마가 그렇다는데, 또 같은 소리를 반복하는 그에게 짜증이 나서 연수는 입을 다물었다. 그가 절친들에게 안부를 전하며 결혼 소식을 알리는 메시지들을 훔쳐본 후 연수는 심란해졌다. 옛 추억과 지금의 소회와 축하와 감사가 오가는 와중에 그는 말미에 늘, '이제 결혼이라는 꿈을 이루었으니 이다음 목표는 아빠가 되는 거야'라고 덧붙였기 때문이었다. 아빠가 되는 게 꿈이야…… 연수는 어안이 벙벙해 머릿속에 맴도는 그 말을 주워섬겼다. 연수는 퇴근해 돌아온 그에게 대뜸 물어보았다.

애들이 좋아?

그는 고개를 절레절레 흔들었다.

아니 아까도 놀이터에서 애들이 괴물처럼 소리질러서 무서웠어.

연수는 한숨을 쉬었다. 그는 아니아니, 하고 다시 말했다.

미안, 자기 앞에서 그런 소리 해서. 애들 귀엽지. 착한 애들도 있잖아.

연수는 다시 물었다.

우리 바로 애 가질까?

그는 흠칫 놀란 표정으로 대답했다.

왜 그래, 지금 애 못 낳아. 우리 돈 없어.

그렇게 대답할 줄 알고 있었다. 애가 예쁘지도 않고 육아가 부담이라는 사실도 잘 아는 사람이 왜 '이다음 목표가 아빠'란 말인가. 연수는 많은 남자가 대책 없이 아빠라는 존재를 꿈꾼다는 사실을 알고는 있었지만 함께 살고 있는 약혼자가 그런 말을 하자 실로 답답해졌다.

연수는 휴직중이었다. 언제쯤 다시 아이들을 정돈된 마음으로 대할 수 있을지 알 수 없었다. 연수가 아이들을 만나지 못하고 있다는 사실은 곧 노동하지 않는다는 뜻이었고 규칙적인 임금을 받지 못한다는 의미이기도 했다. 휴직중인 어린이집 교사라는 연수의 프로필은 시부모의 마음에 썩 들지 않았는지, 그들은 연수에게 다른 자격증을 취득할 생각은 없느냐고 종종 물어왔다. 한번은 그 말을 엄마에게 전했다가 사달이 날 뻔한 적도 있었다. 엄마는 내 딸을 무시하느냐며 노발대발했다가, 곧 우리 집안을 무시하는 거냐고, 예비 사부인에게 전화를 걸겠다고 했다. 그런 엄마의 극성스러움이 결혼을 앞둔 연수에게는 전에 없이 든든하기도 했다. 엄마는 말하곤 했다.

야, 여자가 무시당하는 거, 친정이 못나서야. 친정이 못난 건 뭐냐. 돈이 없는 거? 아니야. 부모 직업 변변찮은 거? 재산

없는 거? 그런 거 다 아니고, 딸을 위해 큰소리 못 쳐주는 거, 그게 못난 친정인 거야. 친정 부모가 서슬 퍼렇게 자기 딸 위하고 있으면 여자 절대 무시 안 당해.

엄마는 너를 그깟 놈한테 주는 것도 아깝다고, 절대 기죽어 살지 말라고 신신당부했다. 연수네와 다르게 남자친구의 부모는 재력가였고, 그도 더할 나위 없이 안정적인 직장에서 일하고 있었지만 엄마는 늘 그를 '그깟 놈'이라고 표현했다. 물론 그의 면전에서는 세상에서 가장 다정한 장모님인 것처럼 굴었지만. 연수는 결혼을 앞두고, 엄마의 그런 면들이, 어릴 때는 늘 연수를 부끄럽게 만들었던 억척스러운 면들이 날로 사랑스러워 보였다. 그리고 결혼해서 무시당하지 않기를 바라는 엄마의 마음이 느껴지면 느껴질수록 이제는 잊을 수도 있다고 생각했고, 어쩌면 아예 잊어버리고 살 수도 있겠다는 생각이 들었다.

내 동생은 엄마의 친아들이고 나는 엄마의 친딸이 아니라는 사실을.

*

연수가 신혼집으로 구한 아파트는 준공한 지 삼 주도 지나지 않은 신축 건물이었다. 신축답게 아파트 커뮤니티 시설을 통해 많은 편의를 제공하는 듯 보였지만 전부 헛것이라는 생각이 금방 들었다. 한 달 후에 청구된 관리비는 터무니없이 비쌌다. 연수는 엘리베이터 벽면의 쓸데없이 화려한 무늬들이나 먼지 타는 일 없이 깔끔하게 관리되는 손 세정제가 전부 공짜가 아니라는 생각을 하면서 쓸쓸해했다.

분양을 받아 들어온 매매자들은 날이 갈수록 아파트에 불만이 심해졌다. 아파트 단톡방에서는 경비업체도 마음에 안 들어서 교체하고 싶고 주차장 앞 회전 폭도 좁고 쓰레기장은 너무 멀고, 하물며 청소비는 한 달에 오만원씩 청구하는데 대체 어딜 청소하는 거냐는 둥 민원이 날마다 올라왔다. 여느 토론이 그렇듯 사람들은 하나둘 선 넘는 소리들을 하며 과열되기 시작했고, 단톡방에 없는 조합장을 조리돌리는 분위기가 형성되었다. 연수는 알림을 꺼놓고 있으면서도 차마 단톡방을 나가지는 못했고(닉네임이 동호수여서 나가면 바로 눈에 띌 것 같기도 했다) 어느새 백 개가 넘게 쌓인 대화들을 보며 경악하다가도 모른 척하지 못하고 하나하나 다 읽어보았다.

집 산 사람들은 다 이렇게 생각하고 사나, 연수는 조금 놀랐다. 입주자로서의 권리를 요구하는 정도가 연수가 생각하는 수준과는 차원이 달랐다. 연수는 자신은 전세라서 일단은 당연히 완전한 자기 집이 아니라고 생각하니까 이렇게 둔감한 건가, 생각해보았다. 연수도 주차장을 이용했지만 회전 폭이

좁다고 시정을 요구할 생각은 전혀 해본 적 없었다. 그냥 할 수 있는 한 최대한 넓게 돌든지 한번 더 후진해서 가면 될 일이었다. 본래 차단 봉이 훨씬 뒤에 있어서 회전 폭이 더 넓었었는데, 소방차 때문에 차단 봉 위치를 조정했다더라. 그런 합리적인 해명 이후에도, 그러면 가끔 쓰레기 수거차가 입구가 아니라 출구로 들어오는 건 누가 설명해줄 수 있느냐, 경비들은 대체 하는 일이 뭐냐, 따위의 성토로 이어졌다.

연수는 입주를 앞두고 처음 아파트 카페에 가입했을 때를 떠올렸다. 임대차 계약서를 찍어 인증했는데도 정회원으로 등업이 되지 않았다. 혹시나 해서 한번 더 올렸더니 누군가 댓글을 달았다. '여기 처음에 분양받으신 분들이 만든 카페라 그분들만 정회원으로 받는 것으로 알아욧.' 연수는 기가 막혔지만 게시물을 삭제했다. 완공도 되지 않았던 시기에 평면도만 보고 계약한지라 모델하우스 사진도 구경하고 싶고 하자 보수에 관한 정보도 얻고 싶었는데 아쉬울 따름이었다. 연수 같은 전월세 세입자들의 등급 업그레이드 요청은 계속되었다. 연수의 집주인이 연수와 구분 짓기 위해 자기 닉네임에 있던 동호수에 글자 하나를 더 추가함으로써 연수도 입주자로 인정받아 뒤늦게 정회원이 되었지만 어이없긴 했다. 도대체 집 가진 사람들의 멘탈리티가 무엇인지 짐작이 되지 않았다.

그들이 자주 올리는 내용 중 하나는 지역구 국회의원에 대한 찬양이었는데, 그를 이렇게 많은 사람이 찬양하는 까닭이 무엇인가 했더니 그의 핵심 공약이 아파트 앞에 지하철역을 신설하는 일이기 때문이라는 것이었다. 연수는 처음에 그 이야기를 듣고 '여기 아파트 사람들 지하철 타?' 하고 물었다가 남자친구의 타박을 받았다. '지하철역 생기면 집값 오른다는 거지, 지하철을 누가 타겠니.' 연수는 단톡방 대화창을 의미 없이 손가락으로 쓸었다. 그러다 한 단어에 멈칫했다.

그래도 우리 조합장님, 이번에 단지 내에 은하수어린이집 설립하는 데 큰 도움 주셨습니다. 조합장님에 대한 공격이 너무 과열되어 한마디하겠습니다. 조합장님, 어린이집 설립에 도움 주셔서 감사합니다.

어린이집. 연수는 단지 내에 어린이집이 생긴다는 사실을 몰랐다. 아파트 단톡방이나 카페에서도 본 적이 없었다. 그런 이야기는 아이를 키우는 집에만 은밀하게 돌았는지도 몰랐다. 관리비에 관한 민원을 필두로 아파트 자치회 구성 안건이 올라오고, 분양 일반 당첨자를 기준으로 연령대별 세대 수를 정리해 올려둔 게시물을 본 적 있었다. 오십대 초반과 삼십대 후반 당첨자가 가장 많았다. 삼십대 후반이라면 대부분 어린아이를 키우는 집들일 터였다. 삼백 단지의 작은 신축 아파트에 사는 세대들의 대다수는 어린이집이나 초등학교에 다니는 아이를 키우고 있었다. 입주한 후 연수도 아이를 많이 보았다.

사흘돌이 함박눈이 내리고 몹시 추운 겨울이라 집밖에 잘 나가지 않았지만, 입이 트인 지 얼마 안 돼 보이는 어린아이들은 연수보다 부지런하게 밖을 돌아다니는 것 같았다. 아이들은 작고 앙증맞은 마스크를 쓰고 있었다.

연수는 감염병이 돌기 전 어린이집을 그만두었기에 아이들에게 마스크를 씌우는 수고를 경험하진 않았다. 가끔 연락하는 옛 동료가, 엄마들이 애가 마스크를 안 써서 어린이집을 못 보내겠다고 한다는 이야기를 전해주었다. 그럴 때도 어린이집 보내면 그만이라고, 우리가 살살 달래서 잘 씌울 수 있다고, 또래 친구들을 보면서 자연히 마스크를 쓰게 되고 한번 습관되면 어디서든 벗지 않는 게 또 애들이라고, 그렇게 엄마들을 달랜다고 했다. 아이들은 모자나 스카프도 죽도록 하기 싫어하는 게 보통인데 요즘 아이들은 마스크 벗으면 병 걸려 죽는 줄 안다고도 했다.

연수는 그만두기 한 달 전 칠 세 반에서 유일하게 자기에게 말을 걸어준 지원을 떠올렸다. 항상 머리를 화려하게 땋고 등원하던 지원은 냉장고를 정리하고 물걸레질을 하는 연수의 앞치마를 당기며, '선생님 왜애, 세균 때문에요?' 물었다. 반말과 존댓말을 섞어 쓰는 말버릇을 가진 조금 조숙한 아이였다. 왠지 그때 연수는 지원과 더 이야기를 나누고 싶었다. 감염병이 창궐하기 전이었지만 엄마한테 자주 들었는지 세균이나 먼지, 바이러스 같은 단어를 종종 사용하는 아이였다. 지원이는 잘 알고 있구나, 청소하지 않으면 우리 건강이 위험한 까닭을…… 그러며 조금은 여유롭게 도란도란 이야기를 나누고 싶었는데, 원장이 나타나 아이를 데려갔다. '아이고 우리 참견 나라 공주님, 이쪽으로 오세요' 하면서. 툭하면 말에 토 달지 말고, 말꼬리도 끊지 말고, 어른들 말에 제발 참견 좀 하지 말라고 혼내던 엄마가 떠올라 연수는 불편해졌다. 지원도 성인이 될 때까지 '참견'을 나쁜 단어라고만 생각할까봐 조금 걱정되었고, 여자아이를 공주라고 부르는 그런 습관도 불쾌했다. 그리고 종내 시시때때로 이런저런 불편함에 사로잡히는 자신은 역시 어린이집 교사로서 자격이 없다는 생각이 들어버리고만 것이었다. 이미 휴직이 결정된 이후였지만.

며칠 후 아파트 단지 곳곳에 현수막이 붙었다. '구립 은하수 어린이집 설립을 축하합니다!' 곧이어 우편함에도 어린이집 신청을 독려하는 구청 여성가족과의 공문이 꽂혔다. 연수는 펼쳐보지도 않고 버렸다. 비워지면 또 채워졌다. 날이 갈수록 어린이집은 남 일 같기만 했다.

*

그토록 참으로 별안간, 연수는 임신을 했다.

신혼집에 입주한 지 삼 주 만이었다. 이론적으로 현대사회에 '피임에 실패한다'는 건 있을 수 없는 일이라 여겨왔다. 그러나 오래전 자기가 어떤 순간에 어떤 실수를 저질러서 임신을 하게 됐는지 기억하는 연수는 이번에도 어느 날의 무슨 착각 때문이었는지 명확하게 알 수 있었다. 연수는 자기가 잊으려 노력했던, 그래서 정말로 잊어버렸던 몸의 기억이 되살아남을 느꼈다. 그해에 그 아이가 태어났다면 지금 몇 살일까 하고 계산을 했던 것처럼 연수는 그때와 지금을 비교했다.

그해 1월과 지금. 공교롭게도 두 번 다 몹시 추운 겨울이었다. 그해 이십대였던 연수는 겨울에도 모직 코트를 입고 다녔고, 그래서였는지 언제나 몸을 움츠렸는데 친구를 만나러 가던 길에 그 매운 추위에도 불구하고 속이 울렁거렸던 기억이 났다. 점찍어두고도 몇 달 동안 가보지 못하던 맛집에 가기로 한 날이었는데, 인터넷으로 보며 침만 삼켰던 음식을 앞에 두고 연수는 단 한 술도 뜨지 못했다. 친구는 계속 음식 사진을 찍으며 아깝게 진짜 안 먹을 거야? 연신 물어봤다. 연수는 그게 임신 때문이라는 걸 그날 저녁에 남자를 만나고 나서야 알았다. 안 만나려고 굳게 마음을 먹어도 연락이 오면 홀린 듯 자꾸 나가서 만나게 되던 남자. 따귀를 때리고 주먹으로 위협하는 게 습관이었던 남자. 그리고 지금은.

아직 부부라고 말하기도, 신혼이라고 말하기도 부끄러웠지만 그와는 이미 사실혼 관계였다. 그들은 전세를 살았지만 그 비용만 해도 연수 입장에선 어마어마했고, 살면서 이렇게 큰 재산을 가져본 적도 없었다. 연수의 부모도 마찬가지였다. 남편이나 연수나 돈 없다는 말을 입에 달고 살지만 아이를 낳으면 어떻게든 키우겠지 싶었다. 아니, 당연히 잘 키워내려 노력할 것이다. 연수는 아이를 키우는 방법을 연구하고 설계하고 적용한 전문가였고 친정집은 도보로 십 분 걸리는 동네에 있었다. 예전과 비교할 수 없는 현실이었다. 이십대의 연수는 당연히 그 축생의 아이를 낳으리라 생각하지도 않았지만 간혹 육아를 상상해본 적은 있었다. 아이를 낳는 순간 곧 쓰레기가 되는 삶이었다.

지금은 그때와 완전히 달랐고 무엇보다 결혼식을 앞두고 있었다. 지금 아이를 가졌다는 소식을 전하면, 헛구역질부터 시작되는 드라마의 클리셰가 눈앞에 은은하게 펼쳐질 것이다. 기뻐하는 남편. 격려하는 양가 부모. 선물을 들고 찾아오는 친구들.

하지만 한편으로는 이런 장면들도 상상할 수 있었다.

언젠가 아빠가 되는 게 꿈이었다지만, 이렇게 빨리 될 줄은 몰랐다며 당황하는 그의 얼굴. 다시 자꾸만 늘어가는 몸무게. 갑작스러운 체중 변화 때문에 온몸을 갈퀴로 훑은 것처럼 트는 살. 연수의 몸과 남자친구가 느낄 부담감과 그로 인한 관계의 변화가 머릿속에 빠르게 지나갔다. 연수는 비만 클리닉에서 처방받은 다이어트 약을 오 년째 복용하고 있었다. 당연히 이제부터 그런 것은 취급할 수 없으리라. 임신을 준비하며 몸을 만드는 여자들은 그런 약을 먹지 않았다. 그런 약뿐만 아니라 어떤 약도 먹지 않았다. 연수가 알기론 그랬다.

연수에게 다이어트 약을 더는 먹을 수 없다는 건 너무나 공포였다. 오래전 임신에서는 몸무게가 늘지 않았다. 오히려 줄어들었다. 기억할 만한 변화가 또 있다면 워낙 허약해 계절과 상관없이 한 달에 한 번은 걸리던 몸살감기에 그해부터 걸리지 않았다는 것이었다. 출산을 독려하는 나이든 여자들이 흔히 하는 말대로 '아기 낳으면 생리통도 없어지고 건강해진다'는 미신 같은 것을 연수도 잠깐 믿어본 적 있었다. 아이는 없어지고 내 몸은 건강해진 건가, 하는 감상적인 생각에 빠져 눈시울이 젖은 적도 있었다. 그러나 친구의 친구는 임신 후 호르몬 수치 증가 때문에 뇌에 종양이 생기기도 하지 않았나. 아이를 낳기도 전부터 이상해지는 우리 몸은 아무런 문제도 되지 않는다는 듯 말하면 누가 아이를 낳아주고 싶겠냐? 성토하던 친구의 음성을 연수는 기억했다.

칠 세 반의 똑똑한 지원은 언젠가 연수에게 다가와 속삭였다. '선생님, 아기 낳으러 가는 거예요?' 연수는 휴직 절차를 밟고 있었고 몸무게는 원래보다 이십 킬로 쪄 있었다. 약을 끊으면 공황이 올 정도로 불안에 시달리는데, 먹는다고 효과도 없었다. 처음 그 약을 먹었을 때처럼 드라마틱한 효과가 다시 오지 않으리라는 것을 연수도 알았지만 끊을 수도 없었다. 연수는 지원에게 귓속말했다. '선생님 아기 없어요.' 지원이 당황할 것을 알았지만, 적당히 미소 지으며 머리를 쓰다듬고 넘어가면 될 일이었지만 연수는 굳이 그렇게 대답했다. 지원의 얼굴이 새빨개지고 입술이 파르르 떨리는 걸 보면서도 달래주지 않았다. 연수는 그 순간 자신이 지원을 학대하고 있다고 생각했다. 연수의 신념으로 보자면 당연히 그런 행동도 아이에게는 학대였다. 영유아들 눈에도 뚱뚱해 보이는 살찐 자기 모습이 연수는 불안했다. 지원을 대하면서 연수는 자신이 이미 망가졌다고 생각했다. 더는 아이들을 대할 수 없었다. 그리고 당연히 자기 아이를 낳는 건 있을 수도 없는 일이었다.

*

합정동에 즐비하던 웨딩 메이크업 숍은 이제 거의 없어졌다. 엄마의 숍은 여러 역경을 거치고도 살아남았고, 엄마의 오랜 거래처들은 새로운 손님들을 계속 보내주었다. 소싯적부터 신부 화장을 가장 좋아했다는 엄마였다. 그러나 언젠가부터 흐릿한 눈썹에 맨얼굴로 신랑의 손을 잡고 멋쩍게 들어오는 젊은 여자들은 없었다. 그래도 손님은 많았다. 이제는 일반인들도 특별한 날을 위해 숍에 들러 메이크업을 받는 세상이 되었으니까.

연수는 가끔 엄마의 숍에 방문해, 엄마가 메이크업하는 모습을 봤다. 엄마는 정말 손이 빨랐다. 사람들이 엄마를 좋아하는 까닭은 빠르고 친절해서였다. 자기 돈 내고 화장을 받으면서도 무시당한다 느끼는 사람들이 있었다. 가령 눈을 똑바로 뜨라는 둥 얼굴에 힘을 빼라는 둥 짜증 섞인 목소리로 타박하는 원장들을 피해 온 사람이 많았다. 엄마는 손님이 눈꺼풀을 떨든 말든 조곤조곤한 말투로 필요한 말만 하며 빠르게 메이크업을 해주었다. 나이가 들었지만 차분하고 세련된 엄마의 분위기도 단골들이 끊기지 않는 데 한몫했다. 웜톤이니 뮤트니 하는 말이 없었을 때부터 엄마는 숱한 메이크업 유행의 변화에 상관없이 베이지색 음영 메이크업을 고수해왔다. 육십이 넘은 엄마에게 '원장님과 같은 톤으로 해주세요' 하는 젊은 여자들을 보면 연수는 확실히 엄마의 실력을 인정할 수밖에 없었다.

그런데도 가끔 연수는 엄마를 지켜보며 찜찜했다. 어린 동생이 태권도장 형들이랑 놀다 오겠다며 저멀리 사라질 때 느꼈던 기분. 와아 하고 뛰어가는, 태권도 도복을 입고 노란 띠를 맨 동생 현수의 뒷모습을 보면 저대로 버뮤다 삼각지대에 빠지지 않을까 생각했던 그때처럼 연수는 불안하게 엄마를 바라볼 때가 있었다.

요즘 들어 엄마는 그런 말을 많이 했다. '애, 아까 개도 모델이래. 일이 아주 십 개월 동안 없다가 하나 들어왔나봐. 자기 차로 음식 배달하며 버틴다는 거 있지, 모델 애들 요즘 큰일이야.' 연수는 '개도 모델이래'라고 말할 때. 엄마가 눈을 가늘게 뜨며 비밀을 전하는 듯 딴에는 살며시 꿍얼대는 게 싫었다. 미묘하게 느껴지는 경멸과 무시의 뉘앙스도.

엄마는 카메라 밥 먹는 사람을 가장 싫어했다. 엄마의 말에 따르면 그녀들은 전부 '제대로 된 사랑도 못 받아본 것들'이었다. 그 사람들 덕분에 오랫동안 먹고 살아왔어도 엄마에게 여전히 연예인이란 팔자 사나운 화류계 사람들이었다. 그러면서도 자기만족을 위해 메이크업을 받으러 오는 비연예인들, 이른바 일반인들을 보면 자기도 모르게 무시하는 게 느껴졌다. 특유의 온화한 인상과 나지막하고 부드러운 말투로 그런 감정들을 전부 숨기고 있지만 더 나이들면 그럴 수 있을까. 연수는 손님을 대하는 엄마를 모종의 불안감을 안고 바라볼 수밖에 없었다.

하지만 매번 감탄했다. 연수가 본 숍의 마지막 손님은 서양화가라고 했다. 중요한 전시를 앞두고 프로필 사진을 찍는다고 했다. 엄마는 평소에 작업이 얼마나 힘드시냐며, 오늘만은 활짝 웃고 햇살을 받듯 나른한 기분으로 사진을 찍으시라고 말했다. 조명을 햇살이라고 생각하세요, 엄마는 웃으며 말했다. 그녀의 머리칼을 부드럽게 만지며 선생님, 선생님 하는 엄마는 역시 프로였다. 언젠가 손님이 '원장님, 설마 돈 아끼려고 싸구려 화장품 쓰시는 거 아니죠?' 하고 농담인 척 핀잔을 줄 때도, 엄마는 아이패드를 꺼내 유명 유튜브 채널을 틀어 보여주며 싸구려가 아니라 좋은 제품이라 쓰는 것이고, 한국 로드숍 브랜드가 이만큼이나 세계적인데 무슨 말씀이냐며 여유롭게 대꾸했다. 엄마는 뷰티 트렌드를 재빠르게 캐치했고 손님들이 원하는 대로 해줄 줄 알았다. 마감 시간이 가까워지자 엄마는 연수에게 다가와 말을 걸었다.

너 요즘도 삼각존 두껍게 칠하진 않지? 손가락으로 발색하는 건 알지? 그런데, 화장은 하니?

아이고. 출근도 안 하는데 이 마스크 시국에 무슨 화장.

엄마는 맨얼굴로 다니는 연수를 이해하지 못했다. 그럼 마스크 닿는 부분은 빼고 보이는 부분만 베이스 프리 메이크업이라도 해, 엄마는 이마를 쓸어 보이는 시늉을 하며 타박했다. 엄마가 없었다면 연수 성격에 고등학생 때부터 선크림을 바를 일도 없었을 것이다. 엄마는 미용고 애들은 메이크업도 얼마나 잘하고 다니는지 아느냐며 연수에게도 너도 더이상 어린애가 아니라고 했다. 연수가 고등학교에 다닐 적엔 아무도 화장을 하지 않았다. 엄마는 잠에서 깬 지 십 분 만에 뛰어나가는 연수를 보며 한숨을 쉬었다. 외출하기 두 시간 전부터 머리를 말고 얼굴에 팩을 붙이는 엄마에게 고양이세수를 하고 로션도 바르지 않고 나가는 연수는 이해할 수 없는 존재였을 것이다.

또한 연수가 중학생일 때, 화가 난다는 이유로 '네 친엄마 찾아가라'라고 했던 너무 솔직한 엄마도 연수에게는 이해할 수 없는 존재였다.

연수는 엄마에게 임신했다고 말했다. 아무리 쿨한 엄마여도 오래전 임신 때는 결코 입 밖으로 그 얘기를 꺼낼 수 없었다. 산부인과에서 받아온 약을 동전 지갑에 꼭꼭 숨기고 몰래 꺼내 먹었다. 엄마는 자기가 유리할 때만 쿨한 경향도 있으니까. 연수가 대학을 가고 싶어한다는 걸 잘 알면서도, 성적이 떨어졌다는 이유로 자기가 근무하는 미용고에 오라고 을러댔던 것처럼 임신중절을 했다는 걸 알면 부도덕한 인간 취급을 할까봐 두려웠다. 처녀가 애를 배도 할말이 많다더니, 로 시작하는 욕설이 엄마 입에서 나오는 걸 어렸을 때부터 봐왔으니까. 연수에게 한 번도 하지 않았지만 언제나 들을까 무서웠던 '널 괜히 데려왔다'는 말을 할까봐 걱정이 되었다. 연수는 그런 기억에 사로잡혀 자기도 모르게 이렇게 말했다.

나 임신했었어.

엄마는 어리둥절한 표정으로 물었다.

왜 과거형이야?

아니, 과거형은 아냐. 지금 임신중이야.

엄마는 청소기를 돌리던 채로 멈춰 서 말했다.

음, 약혼중에 임신. 나쁜 건 아니야. 나도 약혼중에 임신했었어.

연수로서는 처음 듣는 소리였다. 엄마는 태어난 지 팔 개월 된 연수를 첫아이로 입양했고, 칠 년이 지난 후에야 동생을 출산했다. 엄마에게 물어보지는 않았지만 아마 임신이 안 되는 줄 알다가 뒤늦게야 된 거라고 막연히 생각해왔다. 그게 아니라면 약혼자의 형이 낳은 아이를 입양할 까닭이 무엇이겠는가. 연수는 딸의 임신 소식을 듣자마자 자기 얘기를 꺼내는 엄마가 참 엄마답다고 생각하면서도 의문스러웠다.

아니 그럼 엄마, 내가 솔직히 물어볼게. 임신할 수 있었는데 나를 왜 데려온 거야?

야, 엄마가 뭐 임신 못해서 너 데려왔다고 생각했니? 엄마 임신 여러 번 했었어. 알잖아, 너네 아빠 피임하는 거 되게 싫어한 거.

모르지, 나는.

엄마는 네가 예뻐서 데려온 거야. 알지? 엄만 예쁜 거 좋아하는 거.

*

엄마는 1987년 초봄에 약혼을 했고, 육 개월 후에 결혼했다.

말이 좋아 약혼녀지, 그냥 아들의 여자친구일 뿐인데, 약혼녀는 며느리도 남도 아닌 위치에서 어쨌든 확실한 아랫사람이었지.

엄마는 '약혼식이야말로 정말 허례허식이다. 그렇지만 외할아버지는 약혼을 빨리하길 바라셨어. 네 아빠가 나 버리고 도망갈까봐'라고 덧붙였다.

엄마는 색동저고리를 입고, '실력도 없는 것들'이 만져댄 엉망진창인 얼굴로 약혼 사진을 찍자마자 시댁에 끌려갔다고 말했다. 약혼을 이러려고 했나? 바로 가서 사모님들 모시려고? 엄마는 시댁 여성들을 '사모님들'이라고 표현하곤 했다. 아니, 나는 아들의 여친일 뿐이었다고. 알잖아. 엄마는 오랜만에 담배가 당긴다며 말했다. 연수가 임신했다니까 자제해야지, 중얼거리며 엄마는 덧붙였다. 연수야, 정말 너 아니었으면 나는 진작에 도망갔을 거야. 그러니까 알아? 네가 나를 결혼시킨 거야, 이때껏 결혼생활 하게 만들고.

엄마의 그런 말은 다른 엄마들의 말과는 언제나 조금 달랐다.

너 때문에 살았어, 라는 레토릭은 비슷한데, 너를 낳아서 억지로 살았다는 게 아니라 예비 시댁에서 너를 봤기 때문에 결혼했다는 거였다.
 연수를 처음 봤을 때를 엄마는 자세하게 묘사했다.
 사람들은 자기 아이를 낳아봐야 한다고 말하는데, 내가 그래서 현수까지 낳아보지 않았겠니? 남이 낳은 아이를 보는 것과 자기가 낳은 아이를 보는 것이 정말 그렇게 못 견디게 다른지 보려고? 그런데 연수야, 아니다. 너야말로 잘 알겠지만 내가 배 아파 낳은 아기만 예쁜 건 아니야. 너는 정말, 그냥, 너무 예뻤어. 왜 네가 갈수록 못생겨지는지 알 수 없었지만, 또 나이 먹고는 왜 살까지 찌는지는 더 알 수 없었지만…… 그때 너는 정말 예뻤어. 뭐가 예뻤냐면.
 인중 선 있잖아. 코랑 입술 사이의 주름. 그게 또 없는 애들도 있거든. 강아지처럼 진한 거야, 그게. 그리고 볼의 그 뽀얀 분홍빛. 그리고 네가 그땐 주먹고기 먹을 때였거든. 주먹을 야무지게 빨고 있거나, 아무거나 입에 집어넣는 게 진짜 갓난 짐승 같고 예쁜 거지. 사실 엄마 짐승 싫어했던 거 알지? 그래, 동물 말이야. 강아지나 고양이나 이뻐 보인 적이 없는데, 너 보고 나서 그런 작은 짐승들, 그래 동물들, 좋아하게 됐어. 네가 기어다닐 때는 골목에서 기어다니는 쥐새끼들까지 귀여워 보이더라. 너는 기어다닐 때도 꼭 그 통통한 발등을 살짝 들고 마치 발굽 있는 짐승처럼 조신했다. 네가 손가락이나 발가락을 움직이던 모습, 그 쪼끄만 근육으로 뭘 붙잡겠다고 움찔움

찔하는 거. 물건을 손에 꼭 쥐는 행동. 그런 게 예뻤지.

그리고 너는 그때부터 애가 좀 앙큼해서, 어른들 이야기할 때 꼭 그렇게 누구누구 사이에 껴서 가만히 듣고 있더라. 진짜 뭘 알아듣는 것처럼 눈썹을 움직여가면서 말하는 쪽 한 번 보고 듣는 쪽 한 번 보고 그렇게 들여다보고 앉아 있더라고. 연수야, 정말 너는 내가 길에서 봤다면 죄책감 없이 들쳐업고 도망갔을 거야.

그 시점에서 연수는 엄마를 보며 말했다.

엄마, 그게 그렇게 예뻤다면서 왜 어른들 말에 참견하느냐고 구박한 거야?

아니, 그걸 말이라고 해? 그건 네가 말 못했을 때 이야기지. 알아듣지도 못하는 애가 알아듣는 척 표정 짓고 있으니 앙증맞았던 거지. 네가 어른들 말 다 알아듣고 자기표현 또박또박 할 때는 아주 성가셨지 뭐야. 너는 그렇게 돌 되기 전부터 어른들이 짓는 표정을 짓더라. 그게 아주 아기 같고 예뻤어. 사실 네가 처음 엄마 소리 할 때, 나는 그날을 날마다 고대해왔는데, 조그만 입을 벙긋거리며 엄마, 할 줄 알았는데 너는 마치 시어머니처럼 호통치며 '엄마!' 하는 거야. 아주 혼내는 표정으로 말이야. 기가 막혀서.

엄마의 말은 앞뒤가 맞지 않는다고 연수는 생각했다. 어른 같이 표정 짓는 게 아기 같고 예쁘다니. 엄마 특유의 형용모순

화법에 웃음도 났다. 연수는 늘 그러듯 무심하게 엄마에게 퉁을 놨다.

그런데 막상 키워보니 생각 같지가 않아서, 그래서 그렇게 구박한 거야?

엄마는 연수를 흘겨보았다.

너, 내가 너를 친딸 아니라서 구박했다고 아직도 생각해? 그냥 너는 구박받을 만한 행동을 많이 했어. 현수는 지금껏 내 속 썩인 적 한 번도 없잖아. 그래도 지금은 네가 효녀지. 좋은 집에 시집가고 사고도 안 치고.

엄마는 성인이 된 연수가 연애 문제로 힘들어할 때마다 말했다. 남자 때문에 힘든 건 아무것도 아니다. 안 그런 여잔 없더라. 네가 어디 가서 사채를 쓴 것도 아니고, 다단계에 빠진 것도 아니고, 노름을 한 것도 아니고. 그러면 내가 겨우 사채, 다단계, 노름 안 해서 효녀냐며 따지고 싶을 때도 있었다. 그렇지만 엄마가 미용고에 근무하던 시절, 세상 말 안 듣는 딸년이 얼마나 많은지 이제야 알았다며 연수는 아무 잘못도 하지 않았는데 자기가 너무 상처를 줬다고 울던 모습도 연수는 기억했다.

연수는 외투를 들며 빨리 식당에 가서 밥이나 먹자고 말했다. 엄마는 자꾸 연수의 손에 들린 외투를 잡아채며 이야기 좀 더 하자고 했다. 예약 시간도 한참 남았는데 미리 가는 거 아니다. 너. 너 때문에 오늘 일찍 마감했어. 어쩐지 너랑 이야기하고 싶더라. 연수는 엄마 역시 자신의 임신을 드라마틱하게 기념하려고 옛날이야기를 하려 든다고 생각했다. 엄마 나 사실 첫 임신은 아니야. 그리고 지금도 기쁘지 않아. 이런 이야기를 할 수 있을까. 연수는 생각했다.

연수야, 나는, 큰사모님이, 네 할머니가 말이다. 그렇게 결혼 앞둔 예비 며느리라고 불러다가 집안일 시켜먹을 때도 그저 널 볼 수 있다는 생각에 한달음에 달려갔었어. 그 집구석에 가면 그래도 아기가 있겠지, 오늘도 아기가 꼬물꼬물 손가락을 움직이며 내게 웃어주겠지, 하는 생각에. 너를 낳은 여자는 오래전에 집을 나갔고, 네 친아버지란 양반은 기억상실도 아니고 애를 낳은 걸 까먹은 것처럼 집구석에 안 들어오는데. 그래도 그 집 사람들이 그렇게 너를 업둥이처럼 취급하니까, 내가 가서 네 볼을 마구 비비고 입을 맞추고 발바닥을 간질여도 뭐라고 할 사람 하나 없어서 그저 좋다고 생각했었다. 네 아빠랑 결혼하고 나면 이제 우리가 너를 거둬 먹여야 한다고 생각하니 화도 났지만 네 예쁜 얼굴을 보면 속상한 마음도 사르르 녹아버렸지.

어느 날 김장하고 집에 돌아가는데 갑자기 비가 뚝뚝 떨어지는 거야. 김칫물까지 들어버린 양장이니까 그냥 맞으면서 걸었어. 그런데 문득 말이야. 내가 네 엄마가 되면, 그러니까 내가 네 작은엄마가 아니라 그냥 엄마가 되면 모든 게 가능해질 것 같았어. 아주버님의 아이를 내가 돌봐야 한다는 부담이 아니라, 내 아이를 돌본다는 사명감으로. 사실 너도 다 컸으니 말하지만 말이야. 엄마는 널 입양하기로 마음먹기 직전에 아이를 뗐었다. 도망가고 싶었거든. 쓸모없는 딸내미 하나 떨궈놓고 도망갔다고 네 친어미를 욕하는 시어머니를 볼 때마다 무서웠어. 나도 딸을 낳으면 어떡하지, 하고. 네 아빠가 애를 뗐다는 이야길 듣고 나를 무슨 짐승 취급하더라. 그래, 동물 아니고 짐승. 그땐 진짜 짐승. 솔직히 말하면 너 같은 딸을 키우고 싶은데, 딸을 낳는 건 너무 무서웠어. 내 핏줄, 내 유전자, 이런 게 다 무슨 소용이냐 싶었지. 누구나 당연히 자기 몸에서 나온 아이를 가질 권리가 있다고 주장한다는 게 우습게 느껴졌다. 내 아이를 낳는다고 해도 내가 너에게 가진 애정 이상일 수 있을까, 그런 생각이 들었지.

  비를 맞으면서 나는 옷이 젖는 줄도 모르고 기뻐서, 이제 연수 네가 내 아이가 되어도 좋으리란 생각에 벅찼어. 연수야, 이런 말 하면 조금 웃긴데, 너는 나한텐 혁명 같은 거였다. 내 주변에선 아무도 가지 않은 길이었고 한 번도 상상해보지 않은 길이었거든. 그리고 내 혁명의 증거는 당연히 너야. 임신하지 않아도 아이를 가질 수 있다는 게 나한텐 혁명이었어. 연수야, 그거 아니? 임신을 축하한다.

연수는 숍 근처에 예약해둔 한정식집으로 걷는 동안, 언제나 그렇듯 앞뒤가 맞지 않는 말들 속에서 유독 생경하게 들리던 단어를 생각했다. 혁명이라니. 엄마는 혁명이라는 말의 뜻을 알까. 엄마는 평범한 친정엄마 모드로 돌입해서 뭐 먹을까? 다 사줄게, 따위의 말을 하며 웃었다. 연수는 1987년 엄마의 혁명을 생각했다. 그리고 내 혁명의 증거는 당연히 너야, 라는 엄마의 말을 듣자마자 떠오르던 혁명의 뒤안길을 조금씩 되새겨보았다. 혁명이란 어떤 레지스탕스의 영원히 이루어지지 않을 장래희망일 수도 있었다. 엄마에게 연수 자신이란, 혁명이 아니라 혁명의 뒤안길 아니었을까. 자신이 좇던 혁명의 불빛이 허상이라는 걸 알면서도 지금껏 지탱해온 그 허상에 대한 희망이 사라지는 게 두려워 집착한 건 아니었을까. 내가 꿈꾸던 아이가 아무것도 아니라는 사실을 알게 된 엄마의 기분은 진짜 어땠을까.

중학교 3학년 때 담임이 엄마에게 전화를 건 적 있었다. 엄마는 담임의 말을 그대로 연수에게 전달했다. 어머님, 연수는 그저 조금 맹하고 성적이 낮은 정도가 아닙니다. 연수는 지나치게 산만하고 집중력이 유달리 떨어져요. 조금 전문적인 용어일 수도 있지만 어쩌면 경계선 지능이 아닐까 싶기도 합니다.

이 아이에겐 학업이 아니라 치료가 필요할 수도 있어요……

훗날 엄마는 '미친년, 애 성적 좀 안 나왔다고 별 개같은 소리를 다 했어'라고 욕했지만, 당시에는 충격을 받은 것 같았다. 엄마는 연수를 앉혀놓고 눈물을 흘렸다. 연수야, 엄마는 네가 공부를 잘하길 바랐어. 서울대나 전교 일등을 바란 게 아니야. 그저 네가 반에서는 평균 팔십오 점 정도나 맞고 너 책 읽는 거 좋아하니까 서울에 있는 대학 국문과나 무난히 갔으면 좋겠다고 생각했는데, 이게 뭐야, 수학이 이십 점이라니. 이래서는 공부시켜도 가망 없어. 넌 대학 못 가. 연수야, 엄마가 진지하게 제안하는 건데 너는 아무래도 실업계에 가야 할 것 같아. 엄마 나가는 학교 있지? 엄마 방과후 하다 이제 정규 교과목으로 들어갈 거야. 그럼 엄마가 앞으로는 그 학교에 계속 나가게 돼. 엄마가 그만두기 전까지. 거기에 들어오는 것도 좋겠다. 엄마가 미용 가르쳐줄게.

엄마는 연수가 무슨 죽을죄라도 지은 것처럼, 파래진 얼굴로 눈물을 흘리며 말했었다. 엄마도 메이크업 일을 하면서, 그런 기술을 배우는 게 인생의 종착이라도 되는 것처럼, 연수의 어깨를 꼭 붙들며 말했다. 연수는 반에서 꼴등을 한 것도 아니고 인문계에 진학하는 데 문제도 없었다. 그런 이야기를 나중에 넌지시 하자 엄마는 민망해하며, '그러니까 그 대가리 빈 담임년 때문에 내가 너한테, 어휴' 하고 말을 끊었다.

후에 알게 되었지만 그때 엄마는 미용고 학생들의 단체행동에 시달리고 있었다. 그 학교 학생들은 엄마를 무척 좋아하고 따랐는데, 그런 만큼 엄마에게 배신감을 느낀다고 했다. 엄마가 무심코 던진 말 때문이었다. 엄마는 늘 무심코 그랬다고 말했지만 연수는 그게 엄마의 진심이었고, 엄마의 진심이란 건 그렇게 바짝 단속하지 않으면 언제든 튀어나와 사람들을 떠나가게 하리라고 생각했다.

 우리같이 공부 안 한 여자들은 열심히 살아야 된다고 했을 뿐이야.

 엄마는 그렇게만 말했지만, 연수는 짐작했다. '공부 안 한 여자들'이 아니라 '못 배운 년들' 정도로 표현한 건 아니었을까. 엄마는 실업계 애들을 마음 깊은 곳에서 꾸준히 무시해왔으니까. 아무리 '우리 같은'이라는 말을 붙여봐야 그건 당연히 학생들에게 상처를 주는 말이라고, 연수는 엄마에게 얘기하려다 그만두었다. 엄마는 절대 변하지 않을 사람이었다. 미용고 학생들은 엄마의 수업을 보이콧하고 엄마를 피해다녔다. 연수의 칠 세 반 아이들이 연수에게 그랬던 것처럼.

 어린이집 학부모들의 항의와 부당한 비난보다 더 무서웠던 건 고작 칠 세밖에 되지 않은 아이들이 표현하는 뚜렷한 거부였다. 계속 가슴이 답답하다고 호소했던 아이에게 몇 숟가락 더 먹이려 했던 것 때문이었다. 아이가 목도리도 두르지 못하고 립밤도 바르지 못할 정도로 예민한 체질이라는 걸 파악하지 못한 탓이었다. 아이에게는 억지로 먹어야 했던 한 숟가락의 밥이 죽음에 육박할 만한 공포였다는 걸 연수는 뒤늦게야 알았다. 아이가 발작하듯 울며 토하고 쓰러지는 걸 지켜본 아이의 친구들은 연수를 멀리하고 '나쁜 샘'이라고 말하기 시작했다. 어떤 아이는 나쁜 샘이 있는 어린이집에 가지 않겠다고 또박또박 말하며 등원을 거부했고, 그런 아이들이 뒤따르자 학부모들에게서 연락이 왔다.

엄마는 보이콧 사건 후로도 십 년을 더 미용고등학교에서 근무했다. 학생 인권도 SNS도 지금 같지 않았던 시절이라 가능했던 일일지 몰랐다. 그후로 엄마는 언행을 무척 조심했다. 가끔 연수는 치받는 마음에, 어쩌면 그게 다 담배 때문인지도 모른다고, 스스로가 보아도 터무니없는 변명을 했다. 엄마는 미용고 뒷담에서, 나는 어린이집에서 오백 미터 떨어진 공터에서 담배를 피우는 모습을 아이들이 봤을지도 모른다고. 그냥 그런 이유 때문인지도 모른다고.

엄마와 연수가 식당에 도착하고 얼마 후 동생 현수도 도착했다. 엄마는 냅다 현수에게 말했다.

야, 네 누나 임신했단다.

누나, 정말이야?

현수는 해사한 얼굴로 매형이 좋아하겠네, 하며 철부지같이 웃었다. 연수는 마음속으로만 '야, 아직 매형 아니라고. 우린 약혼중이라고' 말했다. 현수를 부를 때면 자기를 부를 때보다 약간 더 힘주어 이름을 발음하던 부모의 모습을 떠올리며. 단지 비슷한 발음 때문에 연수를 부를 때도 자기를 부르는 줄 알고 달려오던 현수 때문에 그랬으리라는 걸 모르는 것도 아니었으면서, 저 아이는 부모님의 친자식이다, 라고 매번 생각했던 어린 날들이었다. 현수는 고등학교에 들어갈 때까지 연수에게 언니라고 불렀다. 교복 입은 현수가 처음으로 누나, 라고 걸걸한 목소리로 불렀을 때 얼마나 감격했는지 연수는 기억했다. 친동생이 아닌데도 저 아이가 왜 이렇게 마음에 걸리고 아플까, 생각했던 날들까지.

어느새 연수는 눈앞에 놓인 음식들을 한 가지도 빠짐없이 집어먹고 있었다. 예전과는 다르게 속이 울렁거리지 않는다는 사실을 의식했지만, 무엇보다도 이렇게 많이 먹고 있다는 것을 연수는 두렵게 실감했다. 연수에게 그것은 아주 오래된 묵직한 두려움이었다.

헤일리 하우스

금요일 오후가 되면 대개 사람들은 즐겁다. 불과 몇 년 전까진 너도 그랬다. 퇴근하면 돌아갈 곳이 있어서였다. 비록 당시에도 어지간하면 모두가 잠든 후에 들어가고 싶었기에 카페에서 시간을 끌기는 했지만. 어둠이 깔리면 귀가했고 미처 밝아지기 전에 출근했다. 어둠 속에서는 천장을 잠식한 곰팡이가 시커먼 아가리를 벌리고 있는 꼴도 금방 눈에 들어오지 않았다. 그런 집이라고 한들 돌아갈 곳이 있었구나, 다 지나고 나서야 너는 생각했다.

 982-2번지에 살던 시절 너는 그런 꿈을 자주 꿨다. 다만 백지 같은 공간에 있는 꿈. 사면에 아무것도 없는 방. 이왕이면 하얀 벽지. 아직도 너는 이따금 그런 꿈을 꾼다. 누군가에게는

오히려 공포를 불러일으킬 수도 있는 새하얀 방에 있는 꿈. 놀랍게도 깨어나면 너의 오랜 꿈이 현실이 된 것처럼 곧장 빈 벽이 보였다. 여기가 어디인지는 잠에서 깨자마자 금방 알아차렸다. 여기는 라라네 집이었다.

　어떤 면에선 너는 다소 운이 좋은 편이었다. 이 시대의 학부모들은 같은 한국인을 그다지 선호하지 않았다. 숙식을 제공하는 입주 가정교사를 들이는 집들은 대개 영어가 유창한 외국인을 선호했다. 한국에 사는 사람 중 영어가 모국어인 외국인들은 예전과 비교할 수 없을 정도로 많아졌다. 학부모들은 턱없이 적은 봉급도 마다않는 사람을 고용했다. 너를 고용한 집 아이, 라라는 사실 영어로 말하는 게 훨씬 편한 아이였다. 라라에게 필요한 건 오히려 한국어로 된 교재를 이해하는 능력이었다. 몇 년 전부터 문해력이라는 말이 사교육 시장에서 돌았다. 한때는 국어, 한때는 논술을 가르치며 돈을 벌어온 너에게 문해력이라는 새로운 시장이 열린 셈이었다. 덕분에 귀국한 지 몇 년 되지 않은 라라네 집에 '포괄적 문해력 강사'로 채용될 수 있었다.

　잠에서 깬 직후에 너는 대체로 얼떨떨했다. 찰나와 같은 순간이었지만 단 한 번도 와보지 않은 낯선 공간에서 깨어난 기분이 들었다. 하지만 금세 너의 거처가 어디인지 깨달았다. 금요일 저녁, 한 주의 마지막 수업을 마치면 나가야 하는 집이었다. 입주한 베이비시터도 가정교사도 남들처럼 정해진 근무를 마치면 일터이자 삶터인 집을 잠시 나가야 하는 규칙이 있었다. 가정교사의 경우 수업시간이 언제인지에 따라 집에 머무는 시간을 조정할 수는 있었지만 근무일이 주 오 일이라는 점은 어차피 동일했다. 너는 라라가 등교하기 전 오전에 잠시, 그리고 하교한 후부터 저녁까지 수업을 했다.

주중 근무를 마치고 라라네 집에서 출가하면 너는 곧장 근방에 있는 스터디 카페로 향했다. 비록 누워서 잠을 잘 순 없어도 값싼 가격에 편안한 의자가 있는 자리를 이십사 시간 아무때나 대여할 수 있었다. 가끔은 모텔에 갔다. 어쨌거나 언젠가 동네를 지나다 본, 굴다리 밑으로 가지는 않았기에 다행이라고 생각했다. 전국에서 오직 이 동네에서만 유난한 현상이라지만 어떤 베이비시터들은 주말 내내 굴다리 밑을 서성였다. 주말에는 잠시 필요 없어진 사람들이었다. 멀끔한 차림새의 여성들이 노숙하는 모습에 너는 간혹 이런 풍경은 눈으로 보고도 믿기지 않는다고 생각했다.

그날도 너는 여느 때와 같이 출가를 했다. 사흘 밤을 보내고 돌아와야 했기에 배낭에 이런저런 짐을 꾸려 나갈 채비를 했다. "그냥 이대로 없어져버렸으면 좋겠어"라고 라라가 영어로 지껄였다. 하필 네가 현관을 나서는데 그랬기에 순간 움찔하긴 했지만 그건 너에게 한 말이 아니었다. 자기보다 열 살이나 어린 늦둥이 동생 니나를 두고 하는 소리였다. 너는 단지 라라가 조금 불쌍하다고 생각했다. 네가 보기에 라라는 정상적인 아이가 아니었다. 너는 입주 가정교사였지만 다만 문해력 강사였을 뿐 아이의 전인적 교육을 담당할 의무는 없었다. 한집에 살고 있었지만 너와 라라는 수업시간에만 주로 대화했다. 문해력 교육과 전인적 교육이라는 게 말끔하게 나뉘는 일이 아니라는 건 잘 알고 있었다. 그러나 라라 엄마는 너에게 딱 문해력 교육에 해당하는 비용만 지불했고, 너도 그간의 경험을 바탕으로 그들에게 정확하게 일러주었다. 라라가 겪는 이런저런 심리적 고충에 대해서 함부로 개입할 수는 없다고. 그런 건 전문가의 영역이므로 내가 함부로 아이를 상담했다가는 역효과만 날 거라고. 라라 엄마도 문해력 강사인 네가 수업 외에 별다른 케어를 하지 않는 데 충분히 동의했다.

  라라는 초등학교를 졸업할 때까지 부모와 떨어져 살았다. LA에 사는 조부모가 칠 년간 라라를 맡아 키웠다. 라라 엄마가 늦둥이 니나를 낳으러 미국 조부모의 집으로 건너갔을 때 라라는 오랜만에 만난 엄마를 노려봤다. 라라는 수업중에 모진 말을 냅다 던졌다. 교재 지문에 '출산'이라는 단어가 나왔을 때였다. 라라는 엄마가 출산을 위해 병원에 입원해 있을 때 방에서 〈머핀 맨〉을 듣고 있었다고 했다.

  "엄마가 병원에서 안 돌아와도 좋다고 생각했어요."

그럴 때 너는 건조한 말투로 대답했다.

"그랬구나."

라라의 말에 관심 없다는 기색으로 수업을 이어갔지만 너의 머릿속에는 〈머핀 맨〉이라는 아주 오래된 노래가 자연스럽게 지나갔다. 오, 당신은 머핀 맨을 아시나요? 너도 어릴 적에 그 노래를 좋아했다. 네가 그 노래를 듣던 어린 시절에는 TV에서만 외국인을 볼 수 있었다. 이만큼 시간이 흘러 거리에서 마주치는 대여섯 명 중 한 명이 용모가 사뭇 다른 외국인이 되리라곤 예상도 못했다. 너는 침대에 누워서 이리저리 구르며 〈머핀 맨〉을 듣는 라라를 수업 내내 상상했다. 상상 속 라라는 사탄의 인형처럼 심술궂은 얼굴로 히죽거렸다. 너는 절로 한숨을 쉬었다. 부모가 오랫동안 떼어놨다고 해서 저 지경으로 생각하는 애가 흔하진 않을 것 같았다. 라라는 지금까지 네가 만난 어떤 아이보다 순수했다. 아주 순수하게 악한 소녀였다.

마침내 동생을 낳고 돌아온 엄마의 파리한 얼굴을 보며 라라는 무슨 생각을 했을까. 너는 짐작해봤다. 조금 실망했다고 해야 하나? 큰일이 일어나지는 않았구나. 엄마도 멀쩡하고 아기도 멀쩡하다니. 아무 일도 일어나지 않은 이 평화롭고 지루한 상황 속에서 웃으며 덕담을 나누는 저 어른이란 사람들. 너는 그날 잠들기 전까지 라라가 그때 느꼈을 감정을 상상해봤다. 너도 어릴 적엔 순수했었다는 걸, 아침에 눈을 뜨면 파국이 일어나길 기도하며 잠드는 미친 아이였다는 걸 스스로 잘 알고 있었다. 침대에서 이리저리 뒹굴뒹굴하며 〈머핀 맨〉을 들은 아이는 바로 어린 시절의 너였다. 동화 속에 나오는 사람들, 네가 가끔 부모 틈에 껴서 볼 수 있었던 드라마 〈베벌리힐스의 아이들〉과 〈베이사이드 얄개들〉에 나오는 백인들을 언젠가 실제로 만나게 된다면 어떤 기분일까 생각했다. 베벌리힐스는 라라 조부모가 오랫동안 터를 잡고 살고 있는 동네, 라라 엄마가 태어난 집 근방이라는 사실을 생각하면 웃겼다. 그 근방에 한국인들도 터를 잡고 살고 있었다는 걸 어릴 적 너는 당연히 알 수 없었다.

라라 엄마와 라라, 동생 니나 모두 LA에서 태어났다. 라라 엄마는 미국인이었지만 이후 국적법이 바뀌어 두 딸은 선천적 복수국적을 가질 수 있었다. 한국에 살고 있는 라라네 가족 중 라라 아빠만 미국 국적과 아무런 관계가 없었다. 라라는 한국에서 유치원을 다니다가 졸지에 LA 조부모 댁에 맡겨졌다. 라라의 말론 함께 할머니 집에 놀러갔다가 엄마가 "할머니네 좋아?"라고 물어봐서 그렇다고 대답했을 뿐인데 엄마가 "그럼 여기 살자"고 냉큼 말했고, 함께 살자는 줄 알았던 라라는 혼자 남겨졌다고 했다. 라라는 싱글싱글 웃으며 말했다.

"그때부터 나는 그냥 고아."

라라는 엄마에게 니나도 LA 조부모 댁에 보내야 하지 않느냐고 물어봤는데, 엄마가 깔깔 웃으며 그럴 일은 없다고 말했다고 했다. 니나가 떠나면 자기가 잃어버린 부모와의 시간을 독차지할 줄로 여긴 모양이었다. 그때부터 라라는 니나를 더욱 싫어했다. 너는 그런 이야기를 라라에게 들을 때마다 차라리 상담을 해준다고 하고 돈을 더 받을까 생각하기도 했다. 듣기만 해도 피곤해지는 이야기를 라라는 시도 때도 없이 떠들었다. 니나의 귀가가 늦어지던 그날, 마치 저주하듯 없어져버렸으면 좋겠다고 말하는 라라를 뒤로하고 스터디 카페로 향하면서 너는 생각했다. 아무리 그렇다고는 해도.

라라는 열다섯 살이나 먹은 아이였다. 니나는 고작 다섯 살이었다. 저만한 터울이 나는 동생에게 할 만한 생각인가. 라라가 이상한 아이라는 생각이 들 때마다 너의 머릿속을 잠식하는 건 다시 주거 불안이었다.

*

책상에 엎드려 자던 네 꿈속에 어린 시절 〈베벌리힐스의 아이들〉에서 본 장면들이 가물가물 지나갔다. 미국의 청소년들은 자동차를 운전하는구나, 놀랐던 장면. 학생들이 빵을 먹으며 잡담을 나누는 학내 카페테리아. 복도에 늘어선 길쭉한 사물함들. 연필에서 우스꽝스러운 김이 펄펄 날 만큼 열기 가득

한 시험 시간. 거기 어딘가에서 핑크 더플백을 메고 포니테일을 한 라라 엄마가 발랄하게 웃고 있는 것 같았다. 너는 오른쪽 발을 쿵 구르며 화들짝 잠에서 깨어났다. 주머니에 넣어둔 핸드폰이 진동하고 있었다. 라라 엄마였다.

"선생님, 니나를 잃어버린 것 같아요."

무심코 전화를 받자마자 라라 엄마의 떨리는 목소리가 들렸다. 너는 허둥지둥 핸드폰을 감싸쥐고 밖으로 나갔다. 어머님? 너의 목소리를 듣자마자 라라 엄마는 울음을 터뜨렸다.

"헤일리 하우스가 잠겨 있어요. 헤일리도 전화를 받질 않고요."

두서없는 라라 엄마의 말에 너는 어리둥절했다. 잠에서 막 깨어난 터라 머릿속이 혼미했다. 오늘 네가 그 집을 나설 때까지 니나가 귀가하지 않았다는 사실은 알고 있었다. 너도 여러 번 헤일리에게 전화를 걸었다. 라라 엄마가 경우에 어긋나게 행동한다고 느꼈던 적이 많지는 않았다. 다만 더러 헤일리나 루크와의 상담을 네게 떠맡길 때가 있었다. 그건 약속한 업무가 아니었으므로 너로서는 당연히 불편한 일이었다. 머릿속으로 라라네가 간혹 베푸는 호의를 생각하며 적당히 셈하고 넘어갔다. 이 동네 타운 하우스에 사는 니나 또래의 모든 아이가 같은 시각에 귀가한다는 것도, 아이를 데리러 나갈 필요조차 없이 담임교사가 대문 앞까지 데려다준다는 것도 너는 잘 알고 있었다. 다른 집 아이들은 전부 귀가했는데 왜 니나만 돌아오지 않는지 알 수 없었다. 모두 같은 동네에 사는 헤일리 하우스 오렌지반 아이들과 부모들 하나같이 유치원 수업이 끝난 후 니나를 본 기억이 없다고 했다. 네가 집을 나설 때 이미 라라네는 뒤숭숭했다.

네가 알고 있는 건 거기까지였다. 너는 아연실색해 여기저기 전화하는 라라 엄마와 그런 엄마를 노려보며 콧방귀를 뀌던 라라를 한심하게 여기며 집을 나왔을 뿐이었다. 이렇게 늦도록 돌아오지 않았을 줄은 몰랐다. 하지만 꿈에서 본 미국 하이틴 드라마 장면들이 머릿속에서 점점 희미해졌다. 선잠에서 서서히 깨어날수록 실감이 났다. 니나가 없어졌다. 라라가 지껄인 대로, 정말 없어져버리고 말았다.

원장 헤일리와 오렌지반 담임교사 루크 둘 다 전화를 받지 않았고, 헤일리 하우스도 닫혀 있다고 했다. 너는 넋이 나간 라라 엄마를 적당히 달래고 전화를 끊었다. 시계를 보니 자정이 넘었다. 라라 엄마는 동네 엄마들이 경찰에 알리지 말라고 간곡하게 당부해서 아직 신고를 못했다고 했다. 이상한 일이었다. 당연히 이상한 일이었다. 다섯 살 아이가 돌아오지 않고 아이를 마지막으로 본 임시 보호자들도 연락이 되질 않는데 경찰에 알리지 않는다니.

너는 복도를 걸으며 생각했다. 모두 다 말이 되지 않는다고.

라라 엄마가 너에게 가끔 유치원 교사들과의 상담을 부탁하는 것도, 물론 미국에서 태어나 자랐고 국적이 엄연한 미국인인 라라 엄마가 영어로 말하기를 제법 꺼린다는 것도, 온 동네 아이들이 전부 한 반이라는 것도, 베이비시터 역시 언젠가부터 모두 외국인이라는 것도, 다름 아닌 너의 가정이 그렇게 무너져버렸고 지금 너는 입주 가정교사라는 것도.

언젠가부터 너는 그런 이치에 맞지 않는 상황들을 이해하기를 포기해버렸다. 어릴 때부터 자연히 알았고 배웠던 통념이나 상규가 문득 전부 통하지 않는 세상이 되었다고 생각했다. 그런 혼란 속에서 당연히 누군가는 냉큼 기회를 잡아 올라타고 대체로는 벼랑 끝에 몰리다못해 뒤따라 몰려오는 사람들에게 밀려 전부 추락해버린다. 어디서부터 잘못되었는지 알 수 없었고 너와 네 가정이 몰락한 것인지 한국 사회가 몰락한 것인지 세상 전부가 몰락한 것인지도 알 수 없었다. 너는 라라의 문해력 강사였다. 오래전에 공부한 것들만으로도 중학생 아이 하나는 가르쳐낼 수 있었다. 그저 그렇게 살고 있을 뿐이었다. 그러나 지금 너는 다시 뭔가를 이해해야만 했다. 헤아려봐야 했다. 헤일리와 루크가 왜 니나를 데려다주지 않았는지, 아이가 실종된 것이 분명하다면 당장 경찰에 알려야 하는데 아이 엄마가 그러지 않는 까닭이 무엇인지.

너는 라라 엄마에게서 번호를 전달받아 헤일리에게 전화를 걸었다.

헤일리는 신호가 몇 번 울리지도 않았는데 전화를 받았다. 목소리는 밝았다. 아무 일도 없다는 듯. 누구냐고 묻는 헤일리에게 니나 언니의 가정교사라고 답하자 헤일리는 유쾌하게 말했다.

"아, 라라의 가정교사. 오늘은 그 집에 없지?"

"저기, 헤일리. 니나는 지금 어디 있어?"

"물론 내 집에 있지."

"그거 알지? 지금 니나가 당신 집에 있으면 안 된다는 거."

"모르겠는데."

"왜 이래, 알잖아."

"니나를 보호하는 중이야. 니나도 그러길 원했고."

"그럼 왜 아이 엄마의 전화를 받지 않아?"

너의 그 말을 듣자마자 헤일리는 전화를 냅다 끊어버렸다. 너는 못내 당황했다. 사실 너는 그녀가 전화를 받으리라고 기대하지 않았다. 다급한 마음에 헤일리를 자극해버렸다는 생각이 들었다. 너는 라라 엄마에게 메시지를 보내 헤일리와 짤막하게 통화한 내용을 타전했다. 재차 헤일리에게 전화를 걸어봤지만 받지 않았다.

너는 종종걸음으로 복도를 걸으며 헤일리와의 통화를 곱씹었다. 니나의 행방을 묻는 너에게 헤일리는 망설임 없이 자기가 데리고 있다고 대답했고 쿡쿡 웃기까지 했다. 무엇보다 그녀는 아이를 '보호'하고 있다고 말했다. 더구나 다섯 살 아이가 그러길 원했다고 주장하기까지 했다. 너는 니나의 키즈 노트에서 본 헤일리의 얼굴을 떠올렸다. 니나는 이십칠 개월에 프리 헤일리 하우스에 입학했다. 입학시험을 치르고 정식으로 원생이 된 지는 얼마 되지 않았지만 예비반까지 포함하면 헤일리와 꽤 긴 시간을 보내온 셈이었다.

작년 핼러윈 키즈 노트에서 너는 처음으로 헤일리의 사진을 봤다. 니나의 어깨를 감싸안은 헤일리는 덩치가 큰 흑인 여성이었다. 핼러윈 데이에 걸맞은 다양한 분장을 하고 호박 바구니를 들고 있는 아이들 사이에서 그녀는 반짝이는 핑크 드레스를 입고 왕관을 쓰고 있었다. 플래카드에 적힌 그대로 '헤일리 하우스의 황제' 같았다. 너는 헤일리의 몽타주를 기억해보려 공연히 애썼지만 그보단 까마귀 분장을 한 니나의 모습만 자꾸만 생각났다. 검은 마스크를 쓰고 검은 머리띠를 한 니나의 표정은 잘 기억나지 않았다. 라라 엄마는 까마귀 분장을 한 니나의 사진을 한동안 프로필 사진으로 썼다.

너는 책상으로 돌아가 짐을 챙겼다. 주말 밤에 라라네로 돌아갈 일이 생길 줄은 몰랐으나, 라라 엄마가 연락을 해온 이상 스터디 카페에 맥없이 앉아 있을 순 없었다. 너는 체크아웃을 하려다가 문득 멈칫했다. 돌아가도 되나? 그러다 재빨리 그 생각을 지웠다. 지금으로선 규칙 따위는 잊어버려야 했다.

*

 너에게 지난 20세기에 보낸 학창시절은 등나무 아래 정윤과 앉아 이야기 나누던 장면 하나로 요약된다. 너는 학칙에 두발 제한이 있던 시절 머리카락을 기르고 싶다는 이유로 무용반에 들었던 친구, 정윤을 떠올렸다. 오직 무용반 아이들만 머리카락을 길러 묶고 다닐 수 있었다. 정작 정윤은 무용 수업이 무섭다고 말했다. 사물함에 넣어둔 풀치마를 누군가 자꾸 훔쳐간다고 했다. 풀치마는 한국무용을 하는 아이들이 가장 먼저 접하는 기본 의상이었다. 자길 괴롭히려고 언니들이 빼돌리는 줄 알았는데 어느 날엔가 가만 생각해보니 무용반 담당 교사가 훔쳐가는 것 같다고 했다. 너는 이야기를 들으며 눈이 휘둥그레져 물었다. "선생님이 왜?" 너의 말에 정윤은 자기도 모르겠다고 답하며 한숨을 쉬었다. 자꾸 없어지니까 의상과 소품을 사물함에 두는 대신 매번 들고 다녔는데, "오늘도 풀치마 없어?" 하며 노려보던 교사가 정윤이 챙겨온 걸 확인하고 약간 실망하는 것 같았다고 했다.
 "없어진다고 해도 믿어주지도 않고 늘 궁채로 때리기만 해."

정윤은 급기야 자기를 때리고 싶어서 교사가 풀치마를 일부러 빼돌린다는 생각을 하기에 이르렀다. 너는 그런 정윤의 푸념을 안타까운 마음으로 들어주었다.

"나더러 기본이 안 된 아이래."

"무용이 싫으면 그만해. 머리카락 좀 자르면 어때."

"그래도 해야 돼."

너는 정윤이 정수리까지 틀어올려 묶은 머리를 바라봤다. 그런 올림머리를 하고 다니는 학생은 무용반 아이들밖에 없었다. 그때 너는 정윤을 이해하지 못했다. 단지 머리카락을 길러 특별해 보이고 싶은 욕심 하나만으로 괴로운 무용반 생활을 견디고 있다고만 생각했다.

정윤은 이미 유별나게 눈에 띄는 전학생이었다. 전학 올 당시만 해도 정윤의 머리카락은 너처럼 단발이었다. 중학교 2학년, 지금 라라와 같은 나이였다. 아이들은 전학생에게 끔찍한 루머를 여럿 떠안겼다. 인터넷 커뮤니티가 막 생길 무렵이었다. 깡마르고 피부가 흰 소녀에게 호기심을 갖던 아이들은 곧 그애를 죽도록 미워했다. 정윤과는 고등학생이 되고 나서부터 연락이 끊겼지만 너는 살아오는 내내 정윤을 잊어본 적 없고 아직도 때때로 떠올렸다. 라라가 이상한 소리를 할 때마다 내심 혀를 찼지만 그 시절에도 괴물 같은 아이들이 있었다는 사실을 너는 잘 알고 있었다. 정윤 앞에서는 고개도 못 들던 남자애들이 학급 커뮤니티에 '하굣길 뒤를 밟아 강간하겠다'는 글을 올렸다. 너는 정윤이 좀더 처신을 잘했으면 좋겠다고 자주 생각했다. 가뜩이나 눈에 띄어 고생인데 왜 무용반 같은 걸 자처해서 하는지 이해할 수 없다고도 생각했다. 물론 정윤이 사이버불링을 당하는 까닭도, 무용반에서 고생하는 이유도 전부 정윤의 탓은 아니었다.

사실 정윤이 루머에 시달린 이유는 놀랍게도 그녀가 미군 부대 근처에서 살다가 전학을 왔기 때문이었다. 너는 그때도 지금도 믿기지 않았다. 다만 기지촌에서 살다 왔다는 이유로 열다섯 살 아이가 온갖 모욕을 겪었다는 사실이. 정윤이 이미 백인 미군이랑도 흑인 미군이랑도 자봤을 거라고 소문을 내던 아이들은 고작 중학생이었다. 아이들 머릿속에 미군 부대와 인근 동네의 이미지가 바로 그런 방식으로 만들어진 데는 못할 말을 지껄이던 부모들 영향이 컸다고밖에 할 수 없었다. 너는 그 이후로도 인터넷에서 벌어지는 끔찍한 혐오를 수없이 봤지만 정윤을 희롱하는 커뮤니티 글을 보고 받은 충격과 고통은 결코 잊을 수 없었다. 그저 '반 홈피'일 뿐이었는데. 그들이 성인이 된 후 어떻게 살아가고 있을까 가만 떠올려보자면 언제나 새삼스러운 고통이 일었다.

너는 정윤의 유일한 친구였다. 남자애건 여자애건 노상 정윤을 흘끔거리면서도 곁에 다가가지 않았다. 친구가 없다는 사실이 가끔 성가시고 불편할 뿐 딱히 힘들지 않았던 너는 전학생 정윤과 단짝이 되었다. 정윤은 등나무 아래에서 아빠 사진을 보여주었다. 어쩐 일인지 정윤은 아빠의 낡은 선원수첩을 갖고 있었다. 정윤은 자기가 아빠와 똑같이 생겼다며 웃었다. 정윤처럼 작은 얼굴에 이목구비가 큼직한, 평범한 남자였다. 선원수첩이라는 걸 구경해본 경험은 평생을 통틀어 그때밖에 없었다.

"어떤 애들이 나한테 아빠가 없을 거래."

나더러 혼혈이래, 정윤은 그런 말도 자주 했다. 혼혈이라는 말은 언제나 멸칭으로만 쓰였다. "네가 좀 예쁘게 생겼다는 뜻이야"라고 덧붙이며 비열하게 웃는 애들도 있었다. 미군 부대 근처에서 살다 온 정윤에게 혼혈같이 생겼다고 굳이 말하는 덴 남다른 맥락이 있었다.

어느 날 너는 정윤과 길을 걷다가 대뜸 물었다.

"넌 진짜 외국인 많이 봤어?"

너는 그 말을 뱉어놓고 곧장 후회했다. 눈치를 살피며 침묵하는 너의 어깨를 정윤이 툭 쳤다. 밀치는 손길이 의외로 가벼웠다.

"당연하지. 어릴 때부터 맨날 아저씨들이랑 놀았지."

네가 묻기 전까지 정윤은 기지촌에 살았던 이야기를 하지 않았다. 막상 물꼬가 터지자 정윤은 신나서 옛날이야기를 줄

줄이 늘어놓았다. 정윤이 말하는 동네 아저씨들이란 소문의 미군들이었다. 너는 눈을 반짝이며 이야기를 들었다. 사진이나 드라마나 영화로 숱하게 본 외국인들을 실제로 본다면 어떨까, 더구나 그들과 대화를 나눈다면. 정윤은 아저씨들과 이야기를 나누며 영어 회화를 연습했다고도 했다.

"아저씨라고는 하지만 그냥 오빠야. 다들 생각보다 젊어."

정윤이 그렇게 말할 때 너의 머릿속엔 커뮤니티에 떠돌던 말들이 잠시 스쳤다. 팔뚝을 드러낸 미군이 탄 자전거 뒷좌석에 올라앉은 정윤의 모습을 그만 잠깐 상상하고 말았다. 상상 속에서 정윤의 교복 치마가 펄럭였다. 너는 정윤이 너를 보고 있다는 사실조차 인지하지 못한 채 고개를 세차게 저어 상상을 떨쳐내려고 했다. 고개를 얼마나 세차게 저었는지 너는 알지 못했다.

울고 있는 라라 엄마를 내려다보면서 너는 다시금 정윤을 떠올렸다. 라라 엄마의 목덜미를 보는데 올림머리를 한 정윤의 뒤통수를 빤히 보던 생각이 났다. 라라 엄마는 너보다 두 살 많았지만 단 한 번도 언니 같다고 생각해본 적은 없었다. 분명 중학생인 라라의 엄마였고 무엇보다 너에게는 니나 엄마가 아니라 라라 엄마였지만, 언제나 다섯 살 아이의 엄마 같기만 했다. 동생이 없어져버렸으면 좋겠다고 말했던 라라가 느끼는 것을 너도 느꼈다. 라라의 입장에선 도저히 납득할 수 없

헤일리 하우스 275

는 일일 터였다. 자긴 일찍이 부모와 떨어져 미국에서 자라야 만 했는데, 동생은 그러지 않아도 된다는 사실이. 헤일리 하우스는 당연하게도 라라가 외따로 지냈던 LA가 아니었다. 라라는 조부모와 살며 영어를 배워야 했는데, 동네 한인 할머니들을 따라다니며 교회 전단지를 돌려야 했는데, 니나는 엄마 품에서 살고 있었다. 라라가 미국에서 배워야만 했던 영어를 영어 유치원에서 배우면서. 라라는 너에게 그런 말을 했었다.

"내가 한국에 없는 동안 둘은 헤어져 있었을 거예요."

제 부모를 두고 하는 소리였다. 너는 고개를 끄덕였다. 나도 그럴 거라고 생각해. 너는 진심을 담아 말해주었다. 자기가 버림받은 것 같다고 생각하는 것보다는 그편이 나은 듯했다. 너는 내내 울고 있는 엄마 옆에 웅크리고 앉은 라라를 살펴봤다. 없어져버렸으면 좋겠다고 지껄일 때완 다르게 풀죽어 보였다.

사달이 난 와중에도 라라 아빠는 집에 없었다. 애초에 집에 잘 들어오지 않긴 했지만 막내딸이 사라졌다는 연락을 받고도 코빼기조차 보이지 않았다. 라라 모녀와 베이비시터와 너는 소파에 둘러앉아 침묵하고 있었다. 너의 머릿속에 헤일리의 말이 울렸다. 니나를 보호하는 중이야. 장년의 베이비시터가 라라의 어깨를 한 번씩 토닥였다. 남아시아에서 온 베이비시터는 영어는 물론이고 한국어도 잘했다. 라라는 그녀를 큰엄마라고 부르며 잘 따랐다. 큰엄마 앞에서만 라라는 신생아처럼 순했다. 그녀 역시 평소라면 출가하고 없을 시각이었다. 너처럼 그녀도 금요일 저녁에 집을 나가 월요일 새벽에 돌아왔다. 그녀가 주말에 어디서 지내다 오는지 알 수는 없었다. 굴다리 밑에서 서성이는 그녀의 모습까지 상상할 필요는 없었다.

큰엄마는 자장가를 부르듯 나지막한 음성으로 라라에게 말했다.

"잠깐 놀러간 거야. 헤일리 선생님한테. 알지?"

네가 아는 라라는 그런 말에 속아넘어갈 아이가 아니었다. 그러나 라라는 유순하게 고개를 끄덕였다. 너는 라라 엄마의 눈치를 살폈다. 라라 엄마는 주먹으로 눈두덩을 문지르다가 너를 보며 말했다.

"선생님, 원장님에게 전화 좀 넣어주세요."

"헤일리 말인가요?"

"아뇨. 진짜 원장님이요. 김원장님."

*

그날 밤이 지나고 나서도 훨씬 더 나중이 되어서야 너는 김원장이 옛친구 정윤이라는 사실을 알게 되었다. 헤일리 하우스의 헤일리도, 근방에 있는 다른 영어 유치원인 '하이디 도어'의 하이디도 유치원을 소유한 사람들이 아니었다. 모두가 그녀들을 원장이라고 불렀지만 그들이 다른 교사들과 마찬가지로 고용된 외국인 노동자라는 사실 역시 다들 알고 있었다. 시간이 흐른 후 정윤이 헤일리 하우스의 소유주였다는 걸 알았을 때 너는 당연히 놀랐지만, 단지 이런 방식으로 재회했다는 우연 때문만은 아니었다. 정윤이 끝내 무용을 계속해서 무용과를 졸업했고 무용 학원을 개업하면서부터 학원 사업을 시작했다는 사실에 너는 더욱 놀랐다. 정윤은 중학교 무용반에서 누군지도 모르는 상대로부터 끈질긴 괴롭힘을 당했고, 교사에게는 하루가 멀다 하고 체벌을 받았고 당연히 예고에 간 것도 아니었지만 사교육만으로 무용과에 진학한 것이었다. 머리카락을 기르고 싶어서 무용을 한다고 생각했던 건 순전히 너의 오해일 뿐이었다. 당연히 그런 이유만으로 버틸 수 있는 시간들이 아니었다. 재회한 정윤은 자긴 누구보다 사교육을 믿는 사람이었다고 술회했다.

"나도 콩쿠르 우승해서 대학 갔는데 거기선 또 나더러 학원 출신이라고 비웃더라."

나이든 정윤은 예전처럼 호리호리하지도 않았으며 다부진 인상이었다. 니나 사건을 겪으면서 정윤은 평생을 괴롭힘과 헛소문에 시달린 자기 인생이 다시 시험에 들었다는 걸 깨달았다. 끝내 이런 방식으로 신은 나에게 보복하는구나. 그러나 그때 너는 정윤의 말에 그다지 공감할 수 없었다. 하필이면 정윤이 만난 원어민 파트너가 헤일리와 루크였다는 사실은 분명한 불운이었지만 정윤이 사교육 시장에서 그만큼 성공했다는 사실을 생각하면 옛날처럼 함께 아파하긴 어려웠다. 만약 신이 자꾸 누군가를 지목하며 보복한다면 너 역시도 정윤 못지않게 당했다. 다시 만난 정윤에게는 집과 생산수단이 있었지만 네 형편은 정윤의 발끝에도 미치지 못했다.

그날 밤 전화를 받은 김원장은 미국에 체류하는 중이라고 했다. 바로 한국행 비행기를 탄다고 해도 다음날 오후에나 돌아올 수 있었다. 라라 엄마는 김원장에게 당장 오라며 울면서 소리쳤다. 라라 엄마의 말을 전하자 김원장은 당연히 당장 돌아갈 순 없다고 대꾸했다. 라라 엄마는 고래고래 소리를 질렀고 큰엄마가 라라의 귀를 틀어막았다. 잠시 숨을 고른 라라 엄마는 헤일리 하우스에 들어갈 수 있는 방법을 알려달라고 했다. 헤일리와 루크가 학원 내에서 머문다는 사실을 안다며, 지금 아이와 함께 거기 있든 아니든 들어가봐야겠다고 했다. 라라 엄마는 아직 경찰에게 알리지 않은 까닭을 모르느냐고 다시 한번 소리를 버럭 질렀다. 나를 가운데 두고 라라 엄마와 전화 너머로 신경전을 벌이던 김원장이 내게 말했다.

"저, 선생님, 어머님을 좀 진정시켜주세요. 사실 헤일리와 연락했어요. 잠시 니나를 데리고 있었을 뿐인데 어머님이 오해하는 것 같다고 하더라고요. 두려워서 뭘 어떻게 할 수가 없대요."

"그러면 원장님, 어쨌든 아이는 보내야지요. 벌써 자정이 넘었는데 계속 이런 상황이면 어떡합니까."

"다시 헤일리와 이야기 좀 해볼게요."

별다른 소득 없이 전화를 끊으니 라라 엄마는 흥분해서 소리를 지르고 집밖으로 나가버렸다.

"엄마 말을 들었어야 하는데! 혼혈은 안 된다고!"

너는 라라 엄마가 입 밖에 내뱉는 혼혈이란 말을 들었다. 실로 오랜만에 듣는 말이었다. 누구를 엄마라고 말하는지도 선뜻 알 수 없었고 또 누구를 혼혈이라고 말하는지도 분간할 수 없었다. 엄마가 자리를 뜨자 라라도 자기 방으로 냉큼 들어가버렸다. 내내 가만히 있던 큰엄마가 너에게 말했다.

"난 처음부터 이상하다고 생각했어요. 이 집에서 혼혈 미국인에게 아이를 맡긴다니."

큰엄마는 속삭이며 덧붙였다.

"라라 할머니는 흑인을 혼혈이라고 불러요."

라라 할머니, 라라 엄마의 엄마에 대해서 나는 아는 바가 없었다. LA에 살며 한인 교회의 마당발 역할을 하는 재력가라는 사실만 대강 알고 있을 뿐이었다. 큰엄마는 라라가 미국에 있을 때부터 도우미로 일하던 사람이었다. 당연히 라라네 사정에 대해 훤히 알고 있었다. 너는 언제나 라라를 그저 학생으로

만 생각하려고 노력했고 비록 입주하긴 했으나 라라네 집안 사정 따위에 관심을 기울일 여력도 없었다. 그런데 라라 엄마가 내지른 말 한마디에 너는 혼란스러워졌다. 너는 큰엄마에게 물었다.

"저기, 큰엄마. 혹시 헤일리에 대해서는 몰라요?"

"헤일리, 출신이 불분명하다는 건 알지요. 라라 할머니가 몇 번이나 얘기했는걸요."

"흑인이라는 이유만으로 반대한 거예요?"

"그렇기도 하지만, 사실 백인인 루크도 그다지."

"어떻게 알아요?"

"라라 할머니가 이 사람들이 LA 출신이라는 걸 듣고 좀 알아봤나봐요. 알고 보니까 두 사람 다 아주 어릴 적부터 친구였고 코리아타운 근처에 살았어요. 그런데 출신이 좀."

너는 키즈 노트에서 본 헤일리와 루크의 얼굴을 떠올렸다. 외국인들의 생김새를 보고 나이대를 추측하긴 어려웠지만, 기억을 더듬어보면 라라 엄마나 너와 비슷한 또래로 볼 수도 있었다. 너는 큰엄마가 거듭 말하는 '출신'이라는 단어가 마음에 걸렸다. 그럼 당신이나 나는 무슨 출신이지요? 묻고 싶은 마음이 불쑥 치밀었다. 하지만 그보다는 큰엄마가 헤일리 하우스의 원어민 강사들에 대해 이만큼이나 알고 있다는 사실이 훨씬 더 중요했다. 아무 일도 없다는 듯 뻔뻔하게 대답하던 헤일리의 음성이 귓가에 자꾸만 맴돌았다. 너는 말하기 거북한 단어를 입에 올렸다.

"두 사람 출신이 어떤가요?"

큰엄마는 목을 빼고 라라의 방이 있는 쪽을 눈으로 살피더니 대답했다.

"선생님도 알잖아요. 쓰레기들. 웰페어 퀸."

*

훗날 너는 이런 이야기를 전해듣게 된다. 라라 엄마, 박소은은 미국에서 태어났다. 여권에 적힌 이름은 소피 소은 박이었다. 그녀의 부모는 결혼하자마자 이민을 간 사람들이었다. 그들은 소은이 자라는 내내 자기들이 얼마나 비참하게 이 땅에 자리를 잡았는지 강조했다. 소은을 앉혀놓고 너는 이 나라의 소수자, 약자라고 가르쳤다. 우리 같은 사람들이 살아남는 길은 오직 자력으로 성공하는 것밖에 없다고 말했다. 라라의 조부모는, 물론 한푼도 없이 이민을 떠난 사람들은 아니었고, 그들의 부모가 지주 출신들이긴 했으나, 그래도 자수성가한 사람들이라고 볼 수 있었다. 그들은 당시 한인들이 대체로 선택할 수밖에 없었던 종류의 자영업을 했고 코리아타운 안에서도 손꼽히는 리커 마켓을 운영했다. 훗날 너는 라라의 조부모가 운영하는 매장을 검색해보고선 업장의 한글 이름에 잠시 놀랐다. 가주 나성 리커 스토어. 캘리포니아를 뜻하는 가주와 LA를 뜻하는 나성을 간판에 모두 쓸 수 있다면 그 규모나 영향력이 어마어마하리란 생각이 들었다.

소은은 부모가 업장을 키워나가고 교회에서 중책을 맡고 이웃에게 신망을 얻는 과정을 모두 지켜봤다. 부모는 다른 아시안 천재들처럼 소은을 공부 잘하는 애로 키우고 싶었지만 그건 부모의 바람만으로 되는 일이 아니었다. 소은은 미국에서 태어나고 자랐지만 영어를 어려워했다. 10학년이 되도록 영어 교재로 하는 수업을 좀처럼 따라가지 못했다. 그 이야기를 정윤에게 들었을 때 너는 그녀가 영어를 못했던 게 아니라 그저 언어능력, 그러니까 요즘 말론 문해력이 부족했으리란 생각을 했다. 그러나 어린 소은의 부모는 차라리 한국에 보내는 게 나을 것 같다고 생각했다. 10학년 중간에 한국에 온 소은은 외국인학교를 다녔다. 재외 동포 특별전형으로 한국 대학에 진학하려 했으나 실패했고 소위 '아무 대학'에 갔다. 부모는 소은에게 미국 국적을 선택하라고 강요했지만 아이가 미국에 살기를 바라지는 않았다. 그들이 속한 커뮤니티에서 능력 없는 아이가 어떤 취급을 받는지 너무 잘 알고 있었다. 이런 이유로 소은은 한국에 살 수밖에 없었다.

라라의 조부모는 딸과 결혼한 남자에게 관심이 없었다. 어차피 한국에서 살아야 하는 소은의 곁에 머무르기만 하면 그만이었다. 그러나 첫아이 라라를 낳을 때도, 늦둥이 니나를 낳을 때도 미국에 함께 들어오지 않는 꼬락서니를 보며 아예 정을 떼버렸다. 주변에서 소은의 남편에 대해 물으면 '사위 새끼 개새끼다' 대답하고 말았다. 라라 할머니는 딸의 마음 같은 건 조금도 배려하지 않는 사람이었기에 늦둥이 니나를 가졌다고 했을 때 딸에게 "그래도 할 건 하나보구나"라며 조롱했다. 그러나 라라의 조부모는 둘 다 한평생 딸을 경멸했던 것과는 달리 손주인 라라와 니나는 무척 아꼈다. 라라를 미국에 보내라고 재촉했고 니나의 유치원 문제에도 간섭을 했다. 큰엄마, 그러니까 라라의 베이비시터는 라라의 조부모를 은인으로 여겼다. 미국에서도 한국에서도 그녀에게 일터와 삶터를 제공해준 사람들이 가주 나셩 리커 스토어의 주인들이었다.

그날 밤 큰엄마는 너에게 헤일리와 루크가 다름 아닌 컴튼 출신이라는 걸 알았을 때 라라의 조부모가 불같이 화를 냈다는 걸 알려주었다. 그 쓰레기 같은 동네 출신 쓰레기들에게 비싼 돈을 주고 아이를 맡긴다고? 조부모는 차라리 니나도 미국에 보내라고 말했다. 소은은 살아오며 부모 말을 거역한 적이 없으나 이번만은 말을 듣지 않겠다고 했다. 라라가 어떤 애가 되어서 돌아왔는데, 자길 미국에 두고 갔다는 이유로 엄마를 얼마나 우습게 보는데, 떨어져 있었던 시간 동안 얼마나 많은 것을 잃었는데, 돈 주고도 못 살 것들을 그렇게 우습게 버렸는데. 그 말을 듣던 라라 할머니는 딸에게 물었다.

"돈 주고도 못 살 것이 있다는 걸 안다는 애가 왜 남들 말만 듣고 있니?"

큰엄마는 라라의 조부모는 지금 한국이 얼마나 많이 변했는지 전혀 모른다고 했다. 그들에게 한국은 너무 오랫동안 LA 코리아타운일 뿐이었고, 이젠 한국도 미국만큼 이민자가 많이 모여 사는 동네라는 것도 모를 터라고 말했다.

"상상이 되겠어요? 나도 눈으로 보고도 믿기지 않았는데."

너는 큰엄마가 한국에서 대학을 졸업했다는 걸 그날 대화에서 알았다. 집을 나가버렸던 소은이 들어오는지 도어록 소리가 나자 큰엄마와 너는 입을 다물었다. 소은은 너와 큰엄마에게 편의점 음료를 한 병씩 건네며 말했다.

"같이 가줘요. 헤일리 하우스에."

*

소은이 운전하는 차에서 너는 큰엄마에게 들은 말들을 떠올리며 몇 개의 단어를 검색했다. 웰페어 퀸. 컴튼. 코리아타운. 큰엄마는 너도 당연히 알 만한 내용이 아니냐고 물었으나 너에겐 그 단어들이 선뜻 와닿지 않았다. 웰페어 퀸을 검색하면 마치 깡통을 차고 구걸하던 거지가 고급 승용차를 타고 사라지더라는 이야기와 흡사한, 실체가 없는 '복지 여왕'에 대한 이야기가 나왔다. 수십 개의 가명을 사용해서 복지 수당을 받아낸다는 사람들. 상상만으로 존재하는 그들은 모두 흑인 여성의 얼굴을 하고 있었다. 라라의 조부모는 헤일리를 웰페어 퀸이라고 불렀다. 컴튼 출신 흑인 여성이라는 이유였다.

컴튼, 코리아타운 옆 게토였다. 너는 '루크'라는 이름을 가진 남자가 주인공이었던 미국 드라마를 떠올렸다. 루크는 흑인 남자에게 주로 붙는 이름이라던 대사도, '루가복음'의 루가가 이름의 어원이라던 대사도 기억났다. 니나의 담임교사 루크는 백인이었다. 그는—라라의 조부모가 알아본 바에 따르면—컴튼 출신 '화이트 트래시'였다.

헤일리 하우스 이층 창가에서 헤일리와 루크가 야광 뿔 머리띠를 착용하고 머리에서 번쩍번쩍 빛을 내며 나란히 서서 아래를 내려다보던 모습을 너는 오랫동안 기억하게 된다. 헤일리 하우스는 오래된 이층 단독주택을 개조한 건물이었다. 너와 큰엄마와 소은, 그리고 누구도 잡아끌지 않았는데 선뜻 따라나선 라라는 마당에 서서 그들을 올려다봤다. 라라는 양팔을 벌려 휘휘 흔들었다. 소은은 "니나!"를 큰 소리로 외치고 또 외쳤다. 큰엄마가 손전등을 켜서 그들의 얼굴에 비추었다. 헤일리와 루크는 꿈쩍하지 않았다. 너는 그들에게 외쳤다.

"바보 같은 행동을 하는 이유가 있다면 솔직히 말해줘!"

헤일리와 루크는 그저 한참 동안 마당을 내려다봤다. 너는 용기를 내서 말했다.

"그래도 우린 선생이잖아! 아이의 보호자라고."

너의 말에 루크가 처음으로 입을 열었다.

"당신은 당신이 정말로 선생이라고 생각해? 초원의 야만 부족도 손님을 이렇게 대하진 않았어."

너는 입을 다물고 있는 소은을 돌아봤다. 소은과 헤일리는 끝내 아무 말도 하지 않았다. 잠시 후 가방을 멘 니나가 현관문을 열고 걸어나왔다. 소은은 울음을 터뜨리며 니나를 안아 들었다. 헤일리와 루크는 여전히 이층 창가에서 그 모습을 내려다보고 있었다.

시간이 흐른 후에야 너는 정윤에게서 전해들었다. 그들이 라라의 조부모가 컴튼에 있는 이웃들을 들쑤시고 다니며 뒷조사를 했다는 사실을 이미 알고 있었다는 걸. 뜻밖에 정윤은 이렇게 말했다. "헤일리는 웰페어 퀸이 아니었어. 비록 대학은 나오지 못했지만 미국에서도 성실하게 일하던 사람이었는데. 루크도 마찬가지고."

너는 그 밤이 지나고서도 한참 더 라라의 가정교사로 일했다. 니나는 그 밤의 일에 대해서 단지 '선생님들이랑 놀았다'고 표현했지만 현관문을 스스로 밀어 열고 걸어나오며 목격했던 눈빛들, 가족과 베이비시터와 가정교사의 놀란 눈빛을 오래 기억하게 되리라고 너는 생각했다. 대개 사람들은 다섯 살 때 일어났던 일을 기억하니까. 모두가 아연실색한 낯빛을 감추지 못했고 새카만 밤의 플래시는 핀 조명처럼 걸어나오는 니나를 비췄다. 너는 아이의 미래를 불안하게 감지했다. 마당에서 동생의 이름을 목이 쉬도록 불러대던 라라의 앞날에 대해서도.

헤일리와 루크가 작성한 마지막 키즈 노트에는 뜻을 짐작하기 어려운 글귀가 적혀 있었다.

솔로몬 그런디는, 월요일에 태어나서, 화요일에 세례받고, 수요일에 결혼하고, 목요일에 병들어서, 금요일에 악화되어, 토요일에 눈을 감아, 일요일에 묻혔다네, 솔로몬 그런디는, 그렇게 살다 갔네……

불길한 노랫말이었다.

해설 | 소영현(문학평론가)

이야기로 저널리즘 하기

1. 사회를 탐색하는 소설

　박민정의 소설은 이야기 형식을 통과한 사회학적 탐구의 기록물이다. 작가는 대상과의 거리를 통해 비판적 관점을 마련하고 현실과 그 안의 존재들을 관찰하고 기록한다. 소설에서 거리 두기는 시도되지만 그렇다고 세계를 조망할 수 있는 시선의 자리가 확보되어 있지는 않다. 현실을 투시할 수 있는 시선이 상정되어 있지도 않으며, 현실의 문제를 입체적으로 보여줄 수 있는 결절 같은 것이 따로 존재하지도 않는다. 박민정의 소설은 조망적 시야에 대한 확신이 없는 채로, 그럼에도 비판적 관점을 유지하면서 현실을 사실적으로 서사화하는 일의 가능성을 실험한다.

19세기 파리의 시체 공시소였던 모르그와 비동의 성적 촬영물이 불법으로 업로드되는 21세기 인터넷 공간의 의미를 동일한 층위에서 살피게 하는 「모르그 디오라마」와 같은 단편이 잘 보여주듯이, 긴 시간에 걸쳐 축적되어온 억압이나 폭력의 역사를 눈에 보일 듯이 생생하게 구현하기 위해서는 그 축적의 시간을 거슬러오르며 지워진 길을 찾듯 한 발씩 되밟아가야 한다. 박민정의 소설이 종종 국지적 현실의 배치를 통해 자연화된 인식을 깨뜨리는 계보학적 서사를 구축하는 것처럼 보인다면 그래서일 것이다. 눈치 빠른 독자라면 이미 알아챘을 것이다. 긴 시간을 역사적으로 거슬러오르는 이러한 쓰기 방식을 통해 박민정의 소설은 조망 불가능한 시대에 맞서 비판적 관점을 가능하게 할 지대를 확보한다.

박민정은 서사적으로 구현 불가능하다고 여겨졌던, 우리가 그간 볼 수 없었던 세계를 공기에 색을 입히듯 볼 수 있게 한다. 가령, 인물이나 주위 환경을 통해서는 좀체 가시화하기 어려운 힘의 작용과 같은 것, 사회를 틀 지우는 여성혐오와 같은 것, 문화처럼 보이지만 사회 내부에 안착해 있는 폭력적 위계구조와 같은 것, 개별 인격을 초월해서 한 시대나 세대 혹은 사회나 국가가 무의지적으로 공유하는 비윤리적 신념과 같은 것과 대면하게 한다. 박민정의 소설은 어디에나 있고 누구에게나 영향을 드리운 이념이나 체제 혹은 사회구조를 가시화하는 작업을 밀어붙임으로써 제도나 문화 혹은 관습의 이름으로 강제되는 거대하고도 압도적인 폭력과 그 비가시적 편재성을 기어이 언어를 통해 보고 감지할 수 있는 것으로 만든다. 시간과 공간을 가로지르며 연속적인 것으로는 여겨지지 않던 일면들을 중첩시켜 세계의 면모를 전체로서 포착할 수 있게 한다. 혐오와 광기의 시대 그 자체를 서사화한다는 것을 실현한다. 그렇게 박민정의 소설은 언어로 재현할 수 있는 세계의 경계를 계속해서 확장해왔다.

박민정의 소설을 읽으며 독자는 소설 속 허구의 세계에 마냥 빠져들어갈 수만도, 허구의 세계 바깥에서 관람자의 태도를 유지할 수만도 없다. 계보학적으로 구축되어 배치가 달라지는 현실에 대한 이해는 온전히 독자의 몫으로 남겨진다. 계보학적 서사를 통해 독자는 향유하는 존재이자 성찰하는 존재가 된다. 소설은 진전하고 시야는 확장되며 독자는 성찰한다. 페미니즘 대중화의 시대가 열어젖힌, 리얼리즘의 새로운 가능성의 지대라 할 것이다. 박민정의 소설세계 전체에 대해서라면 이렇게 말할 수 있다.

2. 재현적 폭력의 서사화

조도를 조금 높여 들여다보면 소설세계 내의 방법론적 차이를 살필 수 있다. 작가는 서사적 재현 과정이 근본에서 피할 수 없는 폭력적 권한 행사의 면모를 예민하게 의식하며, 재현의 폭력을 피한 채로 서사화할 수 있는 방법론을 검토해왔다. 시대나 현실보다는 그 속의 인물들을 다룰 때 재현의 윤리를 좀더 의식하는데, 재현의 원천적 폭력성에 대한 예민한 감각은 장편소설에서 좀더 뚜렷하게 감지된다. 시대와 현실의 구조적 폭력이 재현을 통해 전시되거나 반복되는 것에 대한 조심스러운 거부는 태도이자 작법으로 견지되어, 누군가를 어떻게 그릴 것인가가 아니라 무엇을 다루지 않거나 삭제할 것인가를 고민하는 과정을 통해 빼기의 쓰기, 피하기의 쓰기의 서사로서 실현된다. 그것은 재현의 실패를 통해 완수될 수 있는 시도로서, 요컨대 박민정의 소설은 재현의 실패를 소설적 제재로 삼음으로써 역설적으로 재현의 폭력에 대한 비판적 서사화에 성공한다.

이런 흐름 속에서 보자면, 페미니즘 대중화의 시대를 통과하면서 역사학적이고 사회학적인 관점을 활용하여 동시대 현실의 문제를 통찰하던 그간의 작업은 이번 소설집 『전교생의 사랑』에서 그 지향성을 유지한 채로 한차례 점검의 시간을 갖는 듯하다. 개인을 넘어선 구조적 환경이나 시대를 언어의 세계로 구축하던 작업이 관찰하고 기록하는 주체 쪽으로, 종종 소설가로 등장하기도 하는 이들이 견지해야 할 태도나 윤리에 대한 고민과 성찰 쪽으로 무게중심이 움직이고 있다는 의미이기도 하다. 특기할 점은 재현의 윤리에 대한 작가의 입장과 태도를 서사의 형식으로 구현하고자 하는 시도 자체는 지속되면서도 『전교생의 사랑』에서 그 방법론적 모색이 연작의 형식으로 구현되고 있다는 것이다. 『유령이 신체를 얻을 때』(2014), 『아내들의 학교』(2017), 『바비의 분위기』(2020)에 이은 네번째 소설집 『전교생의 사랑』은 흥미롭게도 어떤 실패들을 다뤄온 장편들, 『미스 플라이트』(2018), 『서독 이모』(2019), 『백년해로외전』(2024)의 계보를 이으며 연작의 형식으로 그 실험을 지속한다. 연작 형식의 모색 자체가 재현의 윤리에 대한 고민의 진전이라고 해야 한다.

실패자인 '왕년의 아이돌'의 삶을 추적하는 몇 편의 소설(「전교생의 사랑」「나의 사촌 리사」「나는 지금 빛나고 있어요」「하루미, 봄」「누군가 어디에서 나를 기다리면 좋겠다」)은 소설집 내의 작은 연작소설집으로 불러도 좋을 만큼 강한 연결성을 보여준다. 작가는 부분 연작의 형식을 통해 무엇을 어떻게 쓸 것인가에 대한 답안 찾기를 모색하는데, 그 성찰과 시도의 결과물은 『전교생의 사랑』에 고유의 의미를 마련해주는 동시에 작가의 작업 목록 위에 덧붙여지고 있는 새로운 가능성의 세계를 엿보게 한다. 『전교생의 사랑』을 통과하면서 박민정의 소설은 '안아키'와 '안티 백서'로 나타나는 반지성주의 경향(「아직 끝나지 않은 여름」)이나 공사 영역이 구분되지 않는 개인 방송(유튜브)이 대세가 되는 상황(「미래의 윤리」), 나아가 가부장제의 기괴한 면모를 엿볼 수 있게 하는 임신과 입양, 임신중절이 뒤얽힌 문제적 지점들(「약혼」「헤일리 하우스」)로까지 가닿으며 연결성 속에서 확장되는 세계를 포착한다. 다양한 테마 탐색이 어떠한 사유에까지 가닿게 될지 다음 행보에 대한 기대를 부풀리게 한다.

3. 연결성: 기억의 보충, 인물의 복원

『전교생의 사랑』에서 소설쓰기는 작가 자신이 '내 이야기'의 픽션화[1]로 명명했던바, 비비언 고닉에 의해 개척된 쓰기 영역인, 자전적 에세이와 사회 비평이 결합된 '개인 저널리즘 personal journalism' 형식을 취한다. 사회 비평에 내장된 관점을 진술의 목소리인 '이야기하는 나'를 통해 발화하여 개인 저널

---

[1] 박민정, 『잊지 않음—타인의 역사, 나의 산문』, 작가정신, 2021, 74쪽.

리즘이나 개인 서사처럼 보이는 사회 비판적 서사를 만들어낸다.[2] 거리 두기를 통해 마련된 시선으로 '경험하는 나'를 정직하게 들여다보면서 '이야기하는 나'라는 육체성을 가진 존재로 농축하여 구체화하는 것이다.[3]

『전교생의 사랑』에서 시대와 구조의 서사화 경향은 혐오와 폭력의 대상자에 대한 관심으로 구체화되거나 중첩된다. 그들을 '정직하게 서사화한다는 것'에 대한 관심이 좀더 두드러진다고 하겠다. 『전교생의 사랑』의 소설들 가운데에는 꽤 많은 화자가 글쓰는 사람으로 등장하는데, 이는 '정직하게 서사화한다는 것'에 대한 작가의 방법론적 고심에서 마련된 장치일 것이다. 소설가를 비롯해 글을 쓰는 이들은 글을 쓸 수 없음을 주로 고백하지만, 그것이 쓰기 자체가 불러오는 창작의 고통이나 고충에 관한 것은 아니다. 소설 내에서 그들은 종종 소설의 성공 여부와 존재를 대상화하는 방식이 이율배반적으로 결합되어 있음을 깨달으며, 그것을 곧 작가 자신의 성찰로 수렴시킨다.

흥미롭게도 소설의 완결성을 위해서는 무언가를, 누군가를 대상화하지 않을 수 없다는 재현의 딜레마는 『전교생의 사랑』

---

[2] 비비언 고닉, 『멀리 오래 보기』, 이주혜 옮김, 에트르, 2023, 8~9쪽.
[3] 비비언 고닉, 『상황과 이야기』, 이영아 옮김, 마농지, 2023, 26쪽, 37쪽.

에서 재현의 실패에 이르는 각각의 소설이 서로의 보완재가 되는 덧붙이기의 방법론을 통해 해소된다. 아이돌 연작인「전교생의 사랑」「나의 사촌 리사」「나는 지금 빛나고 있어요」「하루미, 봄」「누군가 어디에서 나를 기다리면 좋겠다」가 갖는 긴밀한 연결성은 서사의 진전이라기보다 같은 이야기의 반복을 통해 획득된다. '메가미' 그룹의 멤버들의 삶을 다른 관점으로 서사화하기 위해 기억의 반복과 변주를 구사하는 것이다. 이 다섯 편의 소설은 마치 여러 각도로 촬영된 영화 속 장면들처럼 연작으로 읽히며 그것들의 연쇄를 통해 '정직하게 서사화한다는 것'의 어떤 일면에 가닿게 된다. 기억과 회상의 반복과 연쇄 작용으로 독자는 개별 소설이 제공하는 정보 이상의 것을 상상하게 된다.

「전교생의 사랑」을 뺀 네 편의 소설을 관통하는 주된 이야기는 다음과 같이 간추릴 수 있다. 일본의 삼인조 걸그룹 메가미의 멤버 리사, 하루미, 마나는 일본을 대표하는 아역 배우 기획사를 통해 연예인이 되었지만, 한때의 대중적 열광이 사라지고 난 후에 소속사의 계약 만료 통보와 함께 급작스럽게 '비'-연예인의 삶으로 내던져진다. 이후 그들은 각자의 방식으로 자신의 삶을 살아가지만, 실패한 연예인의 낙인은 쉽게 지워지지 않고, 연예인 시절의 이미지에 박제되어 과거의 시간에 갇힌 존재로 기억된다.

개별 소설 안에서 전직 아이돌들은 여전히 특정한 이미지에 박제된 채 현재를 살아가야 하지만, 기억과 회상을 통해 관점이 다른 이야기가 이어지면서 개별 소설의 바깥에서 그들은 박제된 이미지와 다른 존재임이 확인된다. 새로운 기억들로 그들은 과거의 시간과 분리된다. 그렇게 실패의 이미지를 벗고 박제된 이미지를 탈출한다. 재현의 대상화로부터 구조되는 것이다. 소설 간 연결성, 아니 소설 속 인물들의 상호관계성과 의존성이 그들 삶에 다른 의미를 부여한다.

「나의 사촌 리사」에서 메가미의 리드 보컬이었던 리사는 한국인 사촌인 지연의 시선에서는 도쿄의 카페에서 아르바이트로 생계를 이어가는 프레카리아트로 포착된다. "얼굴에 기미가 끼고 머리카락 숱도 줄어든 삼십대 중반의" 리사는 "한결같이 무기력해 보였고, 실패한 사람 같"(47쪽)아 보이지만, 사실 그녀의 삶이 그런 '실패'의 연쇄 속에 갇혀 있지는 않다. 지연은 실제의 리사 앞에서 리사를 대상화하려는 자신의 시도가 실패할 수밖에 없음을 인정하게 된다. 리사를 어린 나이에 인생의 쓴맛을 본 사람으로 그리든, 의미 있는 전력을 가진 전직 아이돌로 그리든 그것은 불충분한 재현일 수밖에 없다는 사실을 확인하게 되는 것이다.

「나는 지금 빛나고 있어요」에서는 1990년대 말에 자매결연을 맺은 한국의 한 학교에서 만난 친구 수지에게 리사가 편지를 보내는 형식으로 메가미 멤버의 근황이 전해진다. 편지에 의해 특정 집단에 대한 공개적 차별과 혐오의 표현인 '헤이트 스피치'에 노출된 혼혈인 리사의 면모가 소개되고, 소속사의 계약 만료 이후 사기 계약의 피해자로서 성인용 비디오물 촬영을 해야 했던 하루미의 사정이 상세하게 드러난다. 「하루미, 봄」에서는 연예인으로서의 재능을 펼치고 싶었던 하루미가 어떻게 AV를 찍는 준코가 되었는지를 확인할 수 있다. 메가미의 하루미와 AV를 찍는 준코라는 이름으로는 다 요약될 수 없는 하루미의 삶, 어린 시절부터 연예인이 되기 위해 평범한 학창 생활과는 거리가 먼 생활을 해야 했던 하루미의 사연과 세계적인 미투 운동의 흐름 속에서 한 인권 활동가를 만나 새롭게 되찾게 되는 자연인 하루미의 일면도 포착된다. 「누군가 어디에서 나를 기다리면 좋겠다」에 이르면 연예인 생활이 종료된 이후 리사가 창작의 열망을 실현하고 있는 모습을 엿볼 수 있다. 소설 속에서 리사는 메가미 해체 이후 주부가 되어 아이를 키우며 살고 있는 마나를 주인공으로 한 '이야기' 한 편을 완성하고 일종의 아마추어 문학 시장에 작품을 출품하면서 "재미있는 이야기를 지어내고 싶은 마음"(137쪽)을 실천해나간다.

그러나 따지자면 그 새로운 일면과 연결성이 온전히 화자의 새로운 시선과 의외의 관점에 의해 직조된 것은 아니다. 오히려 그건 화자가 서사화하고자 하는 바가 매번 좌절되는 자리에서 마련된 것이다.

   ―외국 애가 너무 많아. 우리도 힘들어 죽겠는데.
  미키마우스 클럽에는 서양 아이도 많고 오키나와 아이도 많다고 했다. 그애들을 통틀어 리사는 '다른 데서 온 애들'이라고 말하곤 했다. 그렇게 말하는 리사가 조금 무서워서 나는 그녀를 멍하니 쳐다봤다. 리사가 일본 사람이라는 걸 실감하지 못했던 것이다. 나는 그 사실을 고등학생쯤 되어서야 받아들일 수 있었다. 어머니는 한국인이지만 아버지는 일본인이고, 일본에서 태어나서 자랐기에 나의 사촌 리사는 일본 사람이라는 것을.(「나의 사촌 리사」, 51쪽)

  동노조는 끈질기게 내게 리사의 이야기를 쓰도록 종용하는 단어였지만, 이야기가 풀리지 않는 까닭이기도 했다. 나는 오랫동안 어린 시절부터 혹독하게 훈련된 아이돌인 메가미가, 전성기에는 도쿄돔에서 합동 공연에 참여할 만큼 인기를 끌었던 메가미가 왜 노조의 집회에 함께했는지 궁금했다. 리사가 그 무대에 오를 당시 고교생이었던 나는 그 시절 리사에게 무슨 일이 벌어졌는지 아는 게 없었고, 뒤늦게 리사에게 물어보기도 어색했다.(「나의 사촌 리사」, 53쪽)

「나의 사촌 리사」의 지연은 리사가 한국계 일본인으로서의 면모를 비밀처럼 품고 있을 것이라 예상하지만, 그 예상은 일본에서 경제적으로 자립하여 비교적 건강하게 지내는 리사 앞에서 계속 미끄러진다. 일본 최대의 노조 집회에서 공연을 했던 메가미 그룹을 '일본 최초의 개념 아이돌'로 개념화하고자 하는 지연의 쓰기의 의도, 즉 남성의 관음증적 시선에 부응했던 존재인 동시에 메가미 그룹이 진지한 태도로 사회운동에 참여했을지도 모른다는 막연한 그 기대는 그녀들의 삶 자체를 구원해주지 않는다는 것, 걸그룹 아이돌을 미소녀 이미지로 박제하는 것만큼이나 그건 '정직하게 서사화한다는 것'과는 거리가 먼 행위이자 결과적으로 또다른 왜곡된 이미지에 그녀들을 가두는 일임을 보여준다.

　바로 이런 의미에서 소설 내에서 이루어지는 성찰적 거리두기가 갖는 여러 흥미로운 점 가운데 하나는, 연작소설이 '왕년의 아이돌'의 이후 삶의 추적인 동시에 그것이 무엇을 어떻게 쓸 것인가라는 작가의 쓰기에 대한 성찰의 서사적 실험이기도 하다는 사실이다. 시대와 사회의 구조적 폭력을 가시화하는 것에서 나아가, 이 연작소설들을 통해 '정직하게 서사화한다는 것'이 서사적 재현의 불가피한 일면인 왜곡과 변형을 극복하는 일이자 존재 자체에 대한 복원 가능성을 그 최대치까지 시도하는 일임을 보여준다. 당연하게도 그것은 결코 한 편의 완결된 소설 안에서는 완수될 수 없으며, 다른 각도의 소설이 포착해내는 가시화되지 않은 일면들의 중첩을 통해서나 간신히 가능한 일이다.

「나의 사촌 리사」에서 지연은 "소녀들의 워너비였으나 짜릿한 실패를 맛보고 불안정 노동자로 겨우 살아가고 있는 리사를 내 소설의 강렬한 인물로 등장시키고 싶을 뿐"(60쪽)이었음을 고백한다. 자신의 상상 속 리사를 현실에서 확인하기 위해서라면 굳이 리사를 만나러 일본까지 올 필요도 없었다는 사실을 외면하고 있었음에 대한 고백이기도 하다. 그것은 구조적 폭력을 언어의 세계 속에서 구현하느라 자신의 소설세계에서 놓쳐왔던 것을 더이상 외면할 수 없다는 성찰적 자문이기도 하다.

덧붙여두자면, 연작소설이 마련하는 연결성이 '정직한 서사화'라는 작업의 효력이기만 한 것은 아니다. 흥미롭게도 그 연결성은 인물들의 윤리적 태도에서 비롯되는 것이기도 하다. 각기 다른 소설이 환기하는 바에 따르면, 하루미가 연예인으로서의 재능을 발휘하며 계속 노래하기를 바랐던 리사는 사기계약으로 포르노를 찍게 된 하루미의 상황이 자신의 탓은 아닌지를 고민하며 오랫동안 괴로워했고, 하루미는 학교 공동체의 일원이 되고자 했던 자신의 열망이 리사를 원조교제와 관련된 소문에 휩싸이게 했던 건 아닌지, 이후로도 내내 리사가 자기 폐쇄적인 생활을 하게 했던 것은 아닌지 생각하며 오랫동안 괴로워했다.

다섯 편의 소설의 한 겹을 연예인으로서 실패한 인생이 채우고 있다면, 다른 한 겹의 층위에서 인물들은 서로의 실패를 자신의 죄의식으로 끌어안는다. 미소녀 걸그룹이든 아역 배우든 그녀들은 성공 여부뿐 아니라 해체 이후의 삶에 대해서도 서로에 대한 책임의식에서 자유롭지 못하다. 그들이 죄의식을 함께 나눈다고 말할 수 있지만, 이것은 프로이트 식의 부친 살해의 죄의식을 나누는 것과는 전혀 다르다. 이 공동체는 말하자면 서로를 구원하는 공동체라 할 만하다. 리사가 과거 이미지에 갇힌 하루미를 구하고 하루미 역시 그러한 것이다.

4. 개인 저널리즘 혹은 정직한 서사화

'정직한 서사화'에 대한 고민은 연작소설 가운데에서도 「전교생의 사랑」에서 완결된 결과물로 확인할 수 있다. 1990년대와 현재를 병치하며 전직 아역 배우들의 현재의 삶과 그들에게 트라우마가 된 과거의 한 사건을 당사자의 목소리로 복원하는 소설 「전교생의 사랑」에서 작가는 전직 아역 배우들을 실패자로 낙인찍고 그 이미지에 가두는 구조적 폭력이 미디어를 매개로 실현된다는 사실을 간파한다. 흥미롭게도 「전교생의 사랑」은 특히 온라인 사전 사이트인 '나무위키'의 구조를 통해 소설이 현실을 다루는 방식을 성찰한다. 집단 지성의 활발한 교류를 지향하는 사전형 웹사이트 나무위키는 일반적으로 사전에 등재되지 않은 항목들, 특히 서브컬처나 대중문화를 중심으로 한 항목들을 설명하는 데 집중되어 있으며 그런 까닭에 여성혐오적인 관점과 요소가 적지 않게 포함되어 있는 게 사실이다. 화자를 통해 작가는 나무위키의 위험성을 정보를 처리하는 방식에서 찾으며, 한편으로는 사실과 주관을 아무렇게나 뒤섞고 끔찍한 악플까지도 정보처럼 정리하는 그러한 서술 방식이 "쓰고자 하는" "이야기에 맞지 않는 이미지"(49쪽)를 날려버리는 소설의 서사화 방식과 다르지 않은 것은 아닌가 자문을 이어간다.

> 대단한 사실을 아는 척하지만 사실은 아무것도 아는 게 없는 문장. 정보값이라고는 없고 누더기처럼 이런저런 단어를 기워붙인 조잡한 문장. 뭔가 일갈하는 척, 폭로하는 척하지만 괄호 안으로 숨어버리는 비겁한 문장. 그 항목을 대면한 세리가 느꼈을 황당함과 분노에 전이되는 걸 방어하듯 나는 서술자의 글솜씨부터 평가했다. (22쪽)

소설은 사람들의 오해나 나무위키에 기록된 정보와 달리, 예술인복지재단에서 일하며 글쓰는 사람이 된 '나'나 연출로 전공을 바꾸고 유학을 한 후 연출가로 활동하는 세리가 더 이상 배우를 하지 않을 뿐 그 자신의 인생을 살고 있음을 보여준다. '나'와 세리에게 중요한 문제는 기묘한 하이퍼텍스트인 나무위키에서 그저 '여담으로나 처리되는' 내용일 뿐임을 넌지시 암시하면서, 진실과 왜곡이 뒤섞인 이상한 정보나 대상화의 시선이 포착할 수 있는 것은 언제나 일부일 뿐임을 말해주는 동시에 그 하이퍼텍스트를 통해 당사자의 목소리로 트라우마를 밝힐 수도 있음을 시사한다.

인물에 대한 소개 끝에 실패한 아역들의 역전의 인생담이 펼쳐지리라 예상하게 되지만,「전교생의 사랑」의 화자는 예상과는 다른 이야기를 풀어나간다. 일본 원작이 있는 한국판 리메이크 영화 〈전교생의 사랑〉에 출연한 아역 배우 당사자의 입장에서 영화감독의 연출 방식이 아역 배우에게 미치는 영향, 특히 아역 배우에게 남기는 트라우마에 대한 논의의 필요성을 환기하며, 고전이 된 그 작품의 상영회에 관객으로 참석하는 모습을 보여준다. 이러한 전개를 통해 「전교생의 사랑」은 두 아역 배우의 인생뿐 아니라, 정치적으로 올바르지 않은 작품이 고전이 되고 난 이후 어떻게 작품을 평가할 것인가라는 고민에까지 이른다.

한국어로 번역하자면 '여신'이라는 말을 가리키지만, 대중문화적 관습 속에서 미성숙한 소녀를 환기하는 '메가미ㄨガミ'라는 그룹명이 이미 말해주고 있듯이, 이 소설들은 성인 남성의 관음증을 자원으로 한 착취적 자본의 논리로 작동하는 1990년대 일본 걸그룹의 존재 자체가 그 멤버의 일상을 이미 일그러뜨리고 있었음을 떠올리게 한다. 하루미 자신이 계약서에 직접 서명했다고 해도, 그녀의 AV 출연은 동의할 수 없는 일을, 동의한 적 없던 일을 강요당한 것으로 보아야 맞다. 어린아이들도 드나드는 편의점 가판대에서 아무렇지도 않게 포르노물을 판매하던 1990년대 일본 사회의 성인지 감수성을 함께 거론하지 않은 채 걸그룹 멤버의 일상이나 그 이후의 삶을 논하기는 어렵다.

사회 전반에 공기처럼 깔린 여성혐오적인 문화가 십대 여성들에게 가한 자연화된 폭력과 착취를 성찰적으로 살피지 않을 때 소설 속 사회는 말할 것도 없이 소설을 읽는 독자 역시 그러한 폭력적인 혐오 문화가 지속되는 일에 무의식적으로 일조하게 된다. 박민정의 아이돌 연작은 한국어로 쓰인 일본의 걸그룹 문화 풍속도를 추적함으로써 가깝게는 1990년대 전후, 넓게는 그 이후 일본 대중문화의 풍경을 비판적으로 성찰하게 하며, 동시에 그 이후에 목도하게 될 한국의 걸그룹 문화와 그

모순성을 용인하는 한국사회의 혐오적인 문화 풍경을 성찰적으로 예견하게 한다.

5. 진실을 말하는 화자를 찾아서

개별 소설들이 회고록의 성격을 띠고 있기도 하고, 화자들에 의해 메가미의 활동 시기인 과거의 시간은 각기 다른 자리에서 현재를 살고 있는 이들에 의해 플래시백 형식으로 구성됨으로써 이들이 박제된 이미지를 벗어나는 장면들이 그려지고 그것이 갖는 의미가 생겨난다. 하나의 사건을 여러 인물의 시각을 통해 재현하는 방식으로 사건의 진실성에 대한 확신을 상대화하는 이른바 라쇼몽 효과가 적극적으로 발휘되고 있지만, 박민정의 소설은 그 효과가 이끄는 결론인, 진실의 파악을 미궁으로 빠뜨리고 가닿을 수 없는 불가지의 영역에 이르게 되는 경향과는 정반대 방향으로 나아간다는 점에서 특징적이다. 소설 속 화자들에 의해 복원되는 아이돌의 시간은 다르게 기억되는 과거가 아니라 '다른 기억들'로 두터워지는 과거라고 해야 한다.

한 편의 이야기로는 다 채워지지 않는 인물의 면모가 다른 관점이 건져올린 다른 기억들에 의해 연결되고 보충되어 메가미 멤버들의 개별 삶 자체가 아이돌의 '이미지'에서 벗어나 입체적 생명을 얻게 된다. 남녀의 성별 가치를 위계화하는 자리에서 구조화되는 사회의 가장 문제적 지점에 놓여 있는 미성년 여성 걸그룹을 중심으로 한 연작 성격의 소설들은 개별 존재들을 희생시키지 않으면서도 여성의 몸을 대상화하고 상품화하는 시선 권력의 폭력성을 문제로 삼을 뿐 아니라 대중문화 산업과 성 산업의 연결고리를 가시화하고 그것이 한국과 일본의 차이를 무화하는 젠더 차원의 문제임을 드러낸다.

객관성을 유지해야 하는 비판적 저널리즘적 태도를 견지하면서도 '경험하는 나'로부터 출발하여 세계를 바라보는 화자 자신의 시선을 성찰하면서 세계를 재구성하는 방향으로 나아가는 글쓰기 방식을 추구한다는 점에서 박민정의 소설은 '개인 저널리즘'을 소설 작법으로 구현하고 있다고 해도 좋을 듯하다. 비비언 고닉을 빌려 말하자면, 박민정의 소설은 거리 두기를 성취하고 정직한 서사화를 추구하면서 진실을 말하는 신뢰할 만한 화자[4]를 얻기 위해 고군분투하는 중이다. 『전교생의 사랑』의 이러한 행보는 더없이 사적인 것으로 여겨지는 경험들을 통해 더 넓고 보편적인 세계를 이해하고자 하는 노력 속에서 우리의 시야가 전보다 더 넓어지게 될 것임을 확신하게 한다.

---

4) 비비언 고닉, 『상황과 이야기』, 31쪽.

작가의 말

2018년부터 2024년까지 발표한 작품들을 엮어서 네번째 소설집을 낸다. 돌아보면 아무 일도 없었던 것 같다. 오로지 이야기가 갖는 힘을 믿고 싶었다. 내 삶 전체가 모르는 사람들을 붙들고 내 이야기 한번 들어보지 않겠느냐고 설득해온 시간인 것 같다. 때론 이야기하는 방법이 잘못되었나 자문하기도 했고 질문을 통해 공감을 얻는 과정이 못내 힘겨울 때도 있었다. 그러나 쓰기란 언제나 지금이 가장 중요하다. 지금의 나에겐 이 소설집에 담긴 이야기들이 중요하다는 확신이 있다.

연작으로 구성된 작품들과 연작이 아닌 작품들, 그리고 이 모든 작품을 관통하는 표제작 「전교생의 사랑」을 한 권으로 엮어 내는 까닭이 있다. 제법 오랜 시간 동안 쇼 비즈니스 업계의 어린이들에 관해 이야기를 해오면서도 왜 그것에 매달리는지 명확한 결론을 내리지 못했다. 쇼 비즈니스 업계라는 소재 혹은 화두는 막연히 대중에게 연출된 모습을 드러낸다는 점에서 손쉽게 쓸 수 있는 소재로 보일 수도 있겠지만, 나에게는 그렇지 않았다. 작가인 나를 왜 이렇게 아프게 건드리는지 나 자신조차 알 수 없었다. 이 소설집을 엮고 나니 이젠 알 것 같다. 이 이야기는 비단 연예인에 관한 이야기가 아니라 끝없이 자신을 정당화해야 하는 우리 모두의 이야기라는 것을.

흔히 벼락같은, 혹은 혜성 같은 천재가 세상에 나타나서 모두에게 감동을 주는 축복을 사람들은 원하곤 한다. 실은 벼락이나 혜성은 일종의 균열이다. 그러므로 '박제가 되어버린 천재'의 이후가 으레 비극이라는 것마저 우린 이미 알고 있다. 그리고 그 비극까지도 천재의 이야기다. 이번 연작을 통해 흔히 비극으로 여겨지는 '그 이후'에 관한 이야기를 하고 싶었다. 벼락같은 축복이 지나고 어느덧 사람들의 관심에서 멀어진 누군가의 이야기. 그리고 당연하게도 삶은 지속된다는 것.

연작이 아닌 이야기들을 통해서는 팬데믹을 거쳐 감염병보다 더 지독하게 사람들을 할퀴고 지나간 이기주의와 여전히 극복해야만 하는 사회적 숙제로 남은 보신, 보수에 관한 탐닉을 풀어내고 싶었다. 팬데믹 이후 우리 사회가 보다 깊고 반짝이는 진리에서 빠르게 멀어져가고 있다는 성찰을 담고자 했다. 그러므로 이야기 안쪽을 들여다보면, 팬데믹 이전에 만들어진 연작의 인물들과 팬데믹 이후에 만들어진 인물들은 더욱 화합하기가 어렵고, 연작의 인물들은 한결 더 외로워지게 된다. 그러나 내가 만들고 지지했던 인물들을 비극의 징후라고 방치하기도 어려웠던 터, 그 이후에 쓴 「전교생의 사랑」의 민지와 세리를 통해 그것을 돌파하고자 했다. 나에게는 삶이 지속된다는 것을 보여주는 이 인물들의 돌파가 제법 성공적이라고 여겨진다. 내가 만든 인물들이 나의 등을 두드려준다고 느끼는 일도 아마 이번이 처음인 것 같다.

두껍고 촘촘한 레이어를 겹겹이 쌓아도 이야기의 본질은 결국 사람을 계속 살아가게 하는 데 있다고 생각한다. 나 자신도 죽음을 가깝게 통과하면서 그 사실을 뜨겁게 실감할 수 있었다. 목숨도 운명도 사람을 쉽게 놓아주지 않으므로, 무슨 일이 있었더라도 한숨 섞인 미소 한번 지으며 가볍게 떠들 수 있다면, 그게 우리 삶이라면 정말 좋겠다. 여기 실린 작품들과 함께 한 시기를 보내며 진심을 담아 추천사를 써주신 이미상 소설가와 해설을 써주신 소영현 평론가에게 감사드린다. 어느덧 세번째 단행본을 함께 작업한 김내리 편집자에게도 감사드린다.

나에게는 아직 너무나 많은 이야기가 남아 있다.

2025년 9월
박민정

| 수록 작품 발표 지면 |

전교생의 사랑 …… 『문학과사회』 2023년 여름호

나의 사촌 리사 …… 『창작과비평』 2018년 겨울호

나는 지금 빛나고 있어요 …… 『현대문학』 2019년 5월호

하루미, 봄 …… 『황해문화』 2020년 여름호

누군가 어디에서 나를 기다리면 좋겠다 …… 『문학인』 2024년 봄호

아직 끝나지 않은 여름 …… 웹진 비유 2023년 3월호

미래의 윤리 …… 문장 웹진 2022년 5월호

약혼 …… 『악스트』 2021년 9/10월호

헤일리 하우스 …… 『릿터』 2023년 8/9월호

문학동네 소설집
전교생의 사랑
ⓒ 박민정 2025

초판 인쇄 2025년 9월 12일
초판 발행 2025년 9월 24일

지은이 박민정
책임편집 김내리 | 편집 여승주 황문정
디자인 김이정 최미영 | 저작권 박지영 형소진 주은수 오서영 조경은
마케팅 정민호 서지화 이민경 왕지경 정유진 정경주 김혜원 김예진 이서진
브랜딩 함유지 박민재 이송이 박다솔 조다현 김하연 이준희
제작 강신은 김동욱 이순호 | 제작처 천광인쇄사

펴낸곳 (주)문학동네 | 펴낸이 김소영
출판등록 1993년 10월 22일 제2003-000045호
주소 10881 경기도 파주시 회동길 210
전자우편 editor@munhak.com | 대표전화 031) 955-8888 | 팩스 031) 955-8855
문학동네카페 http://cafe.naver.com/mhdn
인스타그램 @munhakdongne | 트위터 @munhakdongne
북클럽문학동네 http://bookclubmunhak.com

ISBN 979-11-416-1316-7 03810

* 이 책의 판권은 지은이와 문학동네에 있습니다.
  이 책 내용의 전부 또는 일부를 재사용하려면 반드시 양측의 서면 동의를 받아야 합니다.

잘못된 책은 구입하신 서점에서 교환해드립니다.
기타 교환 문의 031) 955-2661, 3580

www.munhak.com